生活·讀書·新知 三联书店

著

蕩寇志

出版社

目　录

风云

董 桥

门外菜贩高声叫卖，齐白石推门一看，大白菜又壮又鲜，心中欢喜，回屋拿他画的大白菜想跟菜贩交换。菜贩是农妇，不识字，没听过齐白石大名："想拿假白菜换我的真白菜？才不上当！"羲之换鹅佳话落了空，老人悻然回屋，枯坐纳闷。许礼平引完黄永玉说的这段故事，"真亦假时假亦真"，接着议论白石字画真假问题，殷殷赞许香港艺术馆那阵子展出的辽宁省博物馆馆藏齐白石精品。齐白石真迹许礼平翰墨轩里多得很。多少年前了，轩里偏厅藏着齐白石一幅"菖蒲虾蜢"，好漂亮的中堂，题句也好，潘亦孚喜欢，我也喜欢："太息家乡久孤负，铁芦塘尾菖蒲香。"几经斟酌，许礼平割爱我夺爱，翰墨轩里一段翰墨因缘。"翰墨"二字也古也雅，跟许礼平分不开。先是开办翰墨轩经营古今中国名家书画，继而出版《名家翰墨》月刊丛刊，宣扬中国书画艺术，大收藏家刘作筹和大学问家启元白鼎力扶持。"名家翰墨"原是一幅横匾，明末清初邝露邝海雪擘窠隶书，无署款，钤"湛若"、"邝露之印"，押角钤"海雪堂"室名方章，还有几枚鉴藏印记。横匾雄秀，画框也好，八十年代挂在摩啰街古玩店大雅斋二楼雅间，黄老先生办公会客的地方，我常去，墙上字画都看熟了。过了一段时日"名家翰墨"不见了，黄老先生说许礼平买走了。许礼平写过一篇文章说那幅横匾澳门永大古玩号邓苍梧想买未买，古琴藏家沈先生想买未买，注定是许家的。邝露是广东南海人，书香世家，以收藏广东四大名琴绿绮台琴出名，古琴藏家沈先生原该要了这幅琴人墨宝，一阵迟疑错过了。许礼平那篇《"名家翰墨"之"偶然"》说买古董定真假是一难，定价位又是一难，两难既定，剩下的是心痛与后悔的抉择：花钱尽管心痛，时光慢慢流逝，心痛慢慢淡忘；该买不买的后悔倒是一辈子的牵挂了。刘作筹虚白斋"虚白"二字隶书是伊秉绶手笔，跟叶承耀"攻玉山房"那幅伊墨卿隶书一样驰名远近。许礼平说"虚白"一匾当年卖家先找群玉堂主人李启严，李启严嫌三百元太贵，议价不洽放手了，卖家转而拿去给刘作筹看，开价依旧三百，刘作筹分文不减照价买了。李启严一听后悔，疑心成交价不止三百，频频追问刘作筹，刘作筹大不高兴。许礼平文中提了民国初年大收藏家周肇祥写的《琉璃厂杂记》，说里头写了不少错过雅缘的故事，很有趣。那本书我翻烂了，真好看，文字上流，文得清丽，现代人写不出了。我家这册是北京燕山出版社出版，赵珩、海波点校，朱家溍先生题签。朱先生那回和王世襄来香港，我们聊起过周肇祥，他是徐伯郊之父徐森玉那一代的名士，绍兴人，号养庵，法政学校毕业，清末民初当过奉天警务局总办、山东盐运使、京师警察厅总监，也当过湖南省省长、北京古物陈列所所长，精鉴赏，善画兰，是北宋大儒周敦颐后裔，一九五四年下世。那一辈老世代旧人物许礼平都熟悉，掌故知识不输听雨楼主人高伯雨。老民国老中共老名人他更熟，材料也多，为了核实一段旧闻写《倾人之国的佳人》，故纸堆中史料翻遍了，还几次上京采访沈崇老人，从初稿到定稿费尽周折。许礼平这股傻劲我不陌生。毕竟学院里浸久了，他早岁雅好古文字学，是容庚门人，留学日本，师从日比野丈夫教授和白川静教授，课余编纂《货币书目知见录》和《中国语文索引》，一本京都出版，一本大阪出版。一九八七年我到香港中文大学做事，许礼平是老中大，还在校园里中国文化研究所中国语文研究中心工作，研究所所长是郑德坤教授，中心头头是我的老师刘殿爵教授。他在中心主编大型《中国语文索引》，篇目索引之外加编标题索引、书评索引、著者索引，工程浩大。学术训练学术背景这样正统，许礼平玩古董玩书画跟一般收藏家不一样，取舍不离史观，火力聚焦文献。他是广东揭阳市揭东县人，岭南这边的古今桑梓翰墨几乎遇见一件收一件，藏品又富又精，老早是南天第一藏家了。南北逢源的鉴赏家不多，许礼平这些年频频跟两岸四地博物馆美术馆合办文物特展，我这个没有公益精神的散淡闲人看着都嫌累。年事不同，心事不同，用事不同。这些年许礼平称我董公，我不服气，改口也称他许公。其实他比我年轻多了，气色红润，一身清贵，状元相，儒商命，绮阁其宅，锦衣其形，金门玉食一辈子。许公记性好，友朋生辰年月日都记得住，衣袋里还有一本小小记事簿随时翻查核实。相识初期我以为他会相命，懂风水，交往久了发现不然：记住人家生辰八字纯粹营造公关优势，人家一听一惊一心虚，仿佛底牌都给揭穿了，处境低了一大截，一席话许公占尽了上风。听说书画鉴定他拜刘作筹、启元白、刘九庵做老师。三位老师名望高，慎言行，审断真伪难免要先摆出狐疑的神情留个转圜余地。许公名望渐渐也高了，摊开古代近代当代随便一幅作品，他一脸的狐疑令我印象深刻。"我题的齐白石你都不要轻信！"启先生这样叮嘱许礼平。老师冷水泼多了，许公从此长年清醒，清醒得几乎有点杀风景。他主编的《名家翰墨》月刊丛刊，从此收藏界奉为圭臬，越炒越金贵，都说里头刊登的名家作品必定真，作品一旦流进市场必定贵。权威威到这个地步，许公此生无憾。这两年我屡屡邀稿，许公赏脸，屡屡命笔。这样好命的人原本不必辛苦爬格子，难得他勤奋，下笔又快，一眨眼写出许多上佳篇章，写黄苗子，写虚白斋，写郑德坤，写罗孚，写陈凡，写吕碧城，写李惠堂，写罗香林，写徐树铮，写沈崇，写台静农，写启功，写马承源，写弘一法师，写齐白石，写还珠楼主，写吴文藻，写李方桂。这些人物只要能书能画许公都配得出他们的遗墨，几十年的搜罗，秘籍里要谁有谁。牛津大学出版社老总林道群给许公编排这些大作准备出文集，书名叫《旧日风云》，许公命我写序。风云二字宜古宜今，磅礴极了，是天象，是军阵，是遇合，是时势，是雄略，是风流。"一醉隐然开霸业，谁言儿女不风云"，清代张佩纶诗里说的。两岸四地折腾到如今霸业都乱了套了，鼠狐一大堆，应了明代浚川《新水令》套曲一段唱词："只争那正人不得正人扶，都做了多才反被多才误，成间阻，平白的铲断了风云路！"这样的慨叹《旧日风云》里都有，有些昭然挑明，有些隐然忍住。许公终归是有心人，跑马地公馆取名"心安居"，说是儿女名字符串成的。心安是安心，是非不颠倒，处世讲真话，进退求安心。听许公聊天像读他的文章那样提神，笑嘻嘻一针扎出了血。内地《时代周报》访问他谈文物拍卖利弊，许公有一段话说得甚重，说香港苏富比有一回拍卖一尊佛像，买家是内地客，输家是台湾收藏家。场上有人说拍卖官真笨，一槌给了台湾实力派收藏家轻易收钱成交，拍给那个内地客搞了好几个月将近一年才付款提货。"有的人拍到高价位宝物还要发表一番言论，最常听到的是高唱爱国主义，高呼民族大义，"许公说，"买东西就买东西，说那么多废话干吗！有一本书叫《爱国贼》，说这种人比卖国贼还可怕，迷惑人心。"书画古董市场转眼是神州富户的金谷园了，寻常书生游园都怕惊梦。还是早年翰墨轩里消磨字画岁月静好。我的黄宾虹八十五岁枯笔山水是翰墨轩里买的。徐悲鸿画给孙多慈的寿桃画给李家应的水鸭也是。还有傅抱石的《春风杨柳》，吴昌硕的《秋艳》，张大千的《鱼乐图》，溥心畬的《醋心树》，胡适之的《清江引》。匆匆董公老矣，这些小品大半卖进了金谷园换取暮年小温小饱，"烟云过眼沙脱手，不知去落何人厨"。

4

许公送我的周作人小幅遗墨倒真是桑榆晚景的兰客了，闲雅冲淡，饱蕴隶意，一如其文，上款刘冰庵是篆刻家，书法家，齐白石弟子，印章刻得好。不是旧日风云是旧时月色：风云豪壮，月色妩媚，一蘸妩媚，秃笔回春，这篇小序再浪下去怕是越发离题了。

癸巳年夏至前三日在香岛

我所认识的许礼平（代序）

蓝 真

认识许礼平四十多年了。认识之始，说来奇特。

七十年代初，三中商（三联、中华、商务）等出版系统在域多利皇后街中商大厦顶层有个饭堂，出版界职工大都在此用餐，饭叙时总会谈到各种情况，好几回听到商务印书馆、集古斋的职工说及一个怪人，常到他们的门市部。我听到的印象是此人与其他读者大不一样，穿唐装，留胡子，指甲长长，还时常挟着《中央日报》、《香港时报》等报刊。这个后生仔到底是何方神圣？立时想起当时流行八个样板戏中《沙家浜》阿庆嫂的台词："到底是姓蒋，还是姓汪？"是姓英，还是姓美？警惕性加上好奇心驱使，我就到大道中三十五号商务印书馆实地观察。有一次，果然碰到他们怀疑为阶级敌人的后生仔，与他交谈之下，觉得他思路清晰，知识面颇广，喜欢看书买书，所以常到书店转来钻去，不像差人，不像密探。他还道及由澳门来港不久。为了弄清底细，托澳门星光书店林苹经理去调查了解，原来是澳门颇有名气的许世元先生的公子，心中踏实了。既然这个后生仔喜欢书，很适合做我们出版这行，遂有意收编他为我所用。这就是我初认识许礼平的奇遇。

一九六七年香港受"文革"影响，反英抗暴，中华书局董事长吴叔同出走，中华散了。商务也不成气候。其时香港中国新闻通讯社也解散了。中新社原来班底王纪元、吴其敏、张东阳等过档到我们出版界，于是在中商大厦九楼成立一个机构，挂两个牌子：中华书局海外办事处，商务印书馆香港办事处。把德高望重的王纪老请来就任两家办事处的主任，吴其老就任中华的副总编辑，兼《海洋文艺》主编，其他几位也安排在这个中商办事处，也把许仔（礼平，即小许，粤人叫许仔）编排到这儿。许仔好书画，所以让他搞文宣、搞装帧设计、搞编务。

搞了好几年，许仔要出国深造，游学东瀛。返港后，进入香港中文大学中国文化研究所，在郑德坤教授、刘殿爵教授指导下搞研究工作。许仔转入高等学府，不忘旧友，仍时常跟我和其他出版行业的朋友往来。有时需要他帮忙的事情，他从不推托，办得很妥当。

还有，许仔的记忆力惊人。每年八月某日一大早，他总是第一个来电话贺我生日。而当我问起其他一些熟朋友的生日时，通常他都可以不假思索随口说出，极个别的才翻翻身上的小本子核对一下。真不知他用什么方法记住这许多数目字的。

认识许仔以来，对他的印象有如下几点：

一、勤奋好学。他在中商大厦九楼办公时，午饭后一般同事都小憩片刻。有好几次见到许仔，人家在午睡，他却在写毛笔字，或读书，读的是《论语》、《说文解字》之类的古书。

二、好书画。他经常去集古斋看书画，当时没钱买，却喜欢观赏、研究、学习。他自己偶也画些国画，梅花、兰竹、神仙鱼等等，曾寄存在昭隆街（商务印书馆后座）新风阁，托龙先生代销。居然有人买，而且不便宜，几百元一张，那个时候许多人月薪才几百元呢。买的人问许礼平是什么人，龙先生说，是前清秀才，早已死了，买家才付钞。如果知道许某是个仍健在的小子，而且还在中商大厦工作，或未必能成交了。

三、论交友，许仔人缘甚佳，认识的人也多，朋友多。他身上有一小本子，记载的友人一千多。而且他交友不分党派，有中共的，也有国民党的、民进党的。学术界前辈如王力、朱德熙、启功、台静农……出版界、新闻界、书画界、文博界的朋友更多。还有方外的朋友和尚、神父、牧师。若在过去的大陆，这叫社会关系复杂。

以上三大优势，对许仔创办自己的事业翰墨轩、创办自己的刊物《名家翰墨》十分有利，他搞得有声有色，非常成功。二十多年来出版了《名家翰墨》月刊四十八期，继又出版各种丛刊一两百种。他时常惠寄他编辑出版的书刊给我，如《台静农诗集》、《中国近代名家楹联》、《富春山居图》等，让我安坐家中，翻阅欣赏他的心血。他编印《名家翰墨》的许多专号、丛刊，我都很喜欢读。有些书法作品龙蛇飞舞，旁边有释文，对不谙草书的我来说非常方便。有些作品作者较冷僻，书旁就列有颇详尽的作者简介。他编书考虑周到，极有心思，缘于他本人就是好书之人。所以他用心编印的《名家翰墨》，在海峡两岸四地、在域外，都影响巨大，对推动中国书画艺术，很有贡献。

前几年，许仔偶尔写些文章，登在本港其他刊物上。我读了觉得言之有物，写得生动，可读性甚高，所以看到他的文章总是打电话给他鼓励几句，要他多写。或许他太忙，许久才见一两篇。近一两年，他写得比较多，十天八天就可以读到一篇，而且说出许多人家不曾知道的史实，读来也有趣，时常打电话叫他寄来让我学习，他总是客气说：不敢不敢。

前几天，许仔拿来几十篇文章，说林道群先生要出版一册《旧日风云》，要我写篇序言。我今年九十岁了，该如何写这篇序呢？颇为费神。所以拉杂说说我对许仔几十年的交往，脑海中的印象，就此交卷。

还有一点，这本书的特色是本土味重，三十多篇文章中讲港人港事占了一半，而且行文有很多粤方言用词，这些生动而有地方特色的文辞，若用普通话是难以表达原来的神韵的。许仔半文不白的"三及第"文风，易读易懂。更重要的是内容丰富，含金量高。在此我向广大读者推荐，尤其是想了解香港文化、历史、政治，和想了解民国史的人，应该一读。

二〇一三年六月二十三日

多少江山归笔底　万重恩怨属名流

——怀苗公

京华前辈中，能以粤语交流无间，首数黄苗子先生。我分属晚辈，不敢随人作声声唤"苗子、苗子"，而是习惯尊称之为"公"，称"苗公"。

苗公待晚辈也毫无架子，非常诚恳、和蔼，遇事谆谆善诱，令人相处舒服，如沐春风。

苗公广东香山人，其尊人黄冷观与孙中山有同志同乡之雅。祖父黄绍昌系广东名儒。苗公小时随父移居香港，住中环砵甸乍街傍海的一幢唐楼，据其忆述儿时玩耍，时常到附近码头梯级近海面处看鸡泡鱼（河豚）。家居对面有家域多利戏院，苗公时常帮衬，于其印象最深的是一出"龙爪大盗"，主角戴黑眼罩，披斗篷，锄强扶弱，威风凛凛，令他非常佩服，仿佛长大要做这样神气的侠客。

苗公父亲黄冷观主编《大光报》，经常让苗公送稿，所以早岁已与许多文化人接触，如黎工佽、黄天石、劳纬孟、岑维休等。家中书刊甚多，苗公就专挑左翼的来读，父亲看在眼里，尝慨言，此子一出鲤鱼门，一定变共产党。

不过，苗公出了鲤鱼门，却没有变成共产党，反而成了地地道道

1

黄苗子，二〇〇四年

黄苗子（右一）与丁聪、黄尧、华君武在第一届全国漫画展上，一九三六年的国府官员，并且在领导核心参与机要。事情的缘由是一九三二年，"一·二八"日寇侵沪。苗公离家出走，要奔向上海参加抗日。先躲在老友黄般若家，由般若代购去上海的船票。"猫仔"（苗公乳名）失踪，老父无从追寻，大哥祖芬虽然略知一二，却不拆穿，只待船开出后才报告，那黄冷观老太爷只得拍电报至上海，把淘气的"猫仔"交给时任上海市市长的老友吴铁城，请代为看管照顾。吴铁城于是将苗公收编为契仔兼机要秘书，如此这般的苗公出了鲤鱼门，没有变成共产党，反成了国府官员。

"身在曹营心在汉"，苗公满脑子左翼思想，怎么会安心做官呢？很快就与一班左翼文化人如张光宇、叶浅予、丁聪、华君武等厮混一气。苗公在官场用名是黄祖耀，而在文化圈中，则用那乳名"猫仔"去左翼而存右边的"苗子"二字为名（一九五七年真的归队"右边"划为右派，真是一名成谶）。很快，黄苗子的大名盖过了黄祖耀本名。

曾问过苗公为什么向往共产党。他说不懂得什么大道理，但自小有锄强扶弱的思想。三十年代共产党弱，被排斥，被取缔，被围剿，被追杀，苗公就觉得应该为他们出力，所以处处帮共产党，这叫匡扶正义。下面举几个例子。

《鲁迅全集》出版，特种豪华本定价很高，是用来补贴普通本的。这方法是好，但销售极难。苗公慨然帮忙推销，策动了吴铁城，用国民党海外部的经费，订购两套，一套存香港中华中学图书馆。这套特种本很珍贵，五十年代再转回内地。

赖少其被关在上饶集中营，站吊笼，危在旦夕，通过关系送铅笔写的小纸条向苗公求救。苗公二话没说，以明码电报发去安徽省税务局，请托友好营救。后来赖少其得脱，用毛笔去函致谢苗公。

皖南事变时，国民党准备封闭八路军办事处和《新华日报》，抓捕周恩来、董必武等共产党代表。苗公得知消息，及早通知周恩来，周让毛泽东

黄般若

在延安发声，公开披露，迫使国民党终止计划。当时邓颖超感激地握着苗公的手道谢："共产党不会忘记你的。"

抗战胜利后，毛泽东赴重庆。周恩来约苗公雅聚。苗公为避特工耳目，坐国府派的汽车，到宋（子文）公馆，由宋公馆后门，进入周（恩来）公馆，等了许久，毛才下来聊天、用餐。席间，毛公对着苗公，恍然失声道，"原来黄祖耀就是黄苗子"。可见，这两个名字都很响亮。在毛公的脑海里，一个是活跃于左翼文化圈的黄苗子，一个是"身在曹营心在汉"的国府官员黄祖耀。这正符合"一分为二"而又"合二为一"。

说到苗公，可不能忽略郁风。记得上世纪七十年代末，在台北晤苗公旧友张佛千（胡宗南旧部），张大声说，"苗子不坏郁风坏，郁风是共产党，带坏苗子"。郁风体型修长，风姿绰约，追求者众，更自以为很革命，怎么会看得上一个又瘦又矮，兼且是为左翼文人所鄙视的"国府官员"？在人生关键时刻，共产党真的没有忘记苗公，共产党文化界的领导夏衍极力举荐，郁风听党的话，服从组织分配，就嫁给苗公了，倒也从一而终，厮守六十多年，而且育有三子，大雷、大威、大刚，各有成就。郁风该感谢党，

4

黄苗子和郁风结婚照

感谢夏公，事实再一次证明党是正确的，党没有荐错人。

顺带一提，苗公跟郁风结婚时，徐悲鸿画了一张《双骏图》祝贺，虽然一尺斗方，但画得极精，也易于保存。十多年后苗公要去北大荒效力，有个干部请苗公将此画割爱，"多难方知狱吏尊"，从此《双骏图》离开苗公。若干年后，此画归徐悲鸿纪念馆收藏。我曾把它收入拙编杂志"徐悲鸿专号"中。二〇〇七年，苗公与郁风在中国美术馆开展览会，苗公来电嘱将此画件放大彩照速寄与他，只可惜冲晒需时，郁风过世后才寄到，只赶得及在展览中陈列，藉资纪念。

苗公处世，洒脱大方。当他知道翁万戈（翁同龢五代孙）研究陈老莲，要编辑陈老莲书画集，就把旧日摘录的陈老莲资料卡片，悉数相赠。五六十年代张葱玉（珩）赠送苗公《朝元仙杖图卷》长跋晒蓝本一份，八十年代苗公与王季迁交往，知《朝元仙杖图卷》系王所藏，而原件旧跋早被裁去（我存有一段），便将这份长跋晒蓝本寄去纽约相赠，也不留底。香港中文大学文物馆收藏简又文旧藏广东书画，其中有许多苏仁山作品，

鲁少飞、丁聪、特伟、叶浅予、黄苗子在香港海浴，一九三八年

黄苗子（前排右二）与张正宇、陈烟桥等香港木协同仁在中华中学举办木刻作品展览，一九四二年

黄苗子和郁风在北京寓所，二〇〇四年

　　苗公知道后，将其所藏的苏仁山等一大批广东书画、拓片、著录书等，一并捐赠中文大学文物馆，去年初（二〇一一年一月）在该馆展览出来，甚获好评。苗公又将历年所藏及自己与郁风的作品一批，交由中国嘉德拍卖，得款数千万元，成立助学基金，回馈社会。这种种无私的捐献，高风亮节，令人敬重。而其三个儿子支持乃父献宝，在二十一世纪的中国社会里，更显得老人家教子有方，难能可贵。

　　数十年来，苗公也偶尔惠赐书画给我。包括其祖父黄岊芗墨迹、其老师邓尔雅楷书扇面、齐白石墨迹"保家卫国"及亲笔题赠苗公的诗集、《传神小品》（写真粉本）册等等，最有意思的是叶恭绰删改苗公手稿《安仪周》。

　　五十年代，苗公写了《〈墨缘汇观〉著者安仪周（歧）》一文，请叶誉

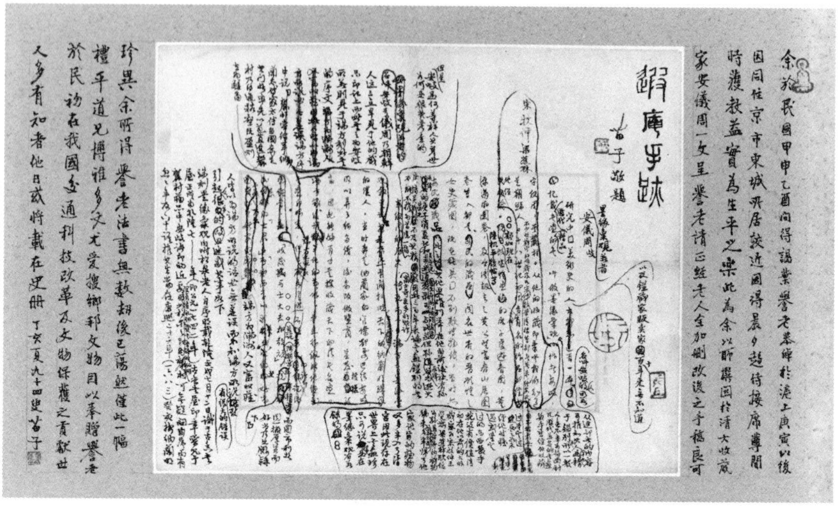

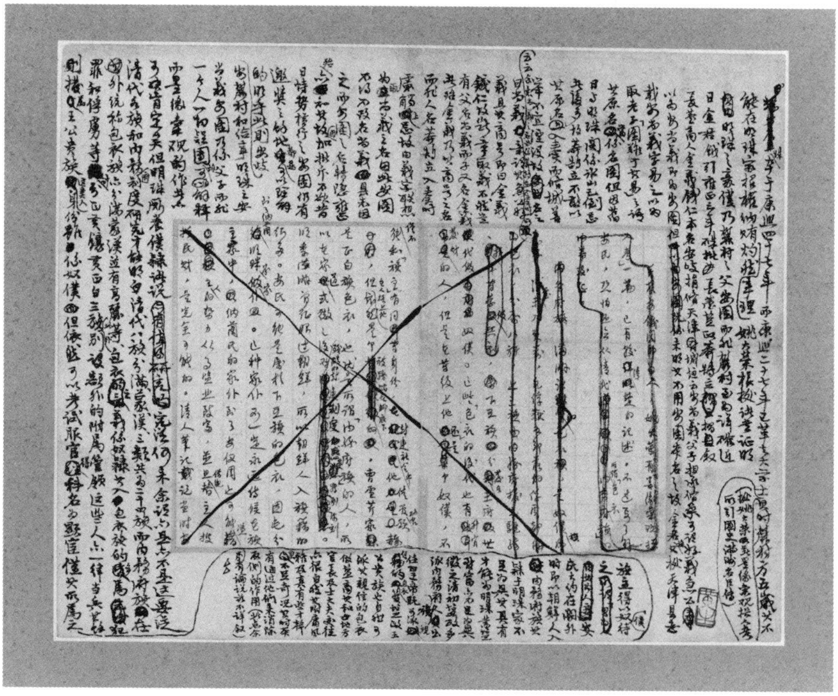

叶恭绰删改黄苗子稿件

黄苗子在北京朝阳医院，
二〇一一年

老（恭绰）改定，叶公大笔一挥，改得体无原肤，几乎重写，等于叶黄二人合作。可见上一代学人治学之认真和对晚辈的照拂。苗公与叶公交往频繁，藏其手迹也多，但劫后荡然，仅存此一删改稿。二〇〇七年郁风驾鹤后不久，苗公把这珍贵墨迹加题八行相赠，让我高兴了好一阵子。

我在一月九日晨早得大威电邮，惊悉苗公在八日以期颐高龄往生，闻报黯然良久。夜检此两开叶黄手稿，披阅再三，感慨之余，即电传与董桥共赏。蒙董公索稿，虽义不容辞，唯窘于卒迫，草草拉杂，急就交卷。

二〇一二年一月十一日凌晨一点钟

迷茫青史中的抗日先烈

——记黄祖雄家世

四兄中坚烈士遗像 一九二一九四二 苗子敬题

黄祖雄

黄祖雄这个名字也许陌生。如果说他是名作家黄苗子的四哥，是前律政司司长梁爱诗的舅父、名报人黄冷观的四公子，那就易于联想。但以香港人而殉抗日之难，其芳名又不在香港中环的纪念碑中，而尸骨更在数千里外的不可知处。其可以寻绎的只是数千里外荒烟野蔓碑间一个石刻名字，所以今日说来，似是一种迷茫青史中的搜索。

先说黄祖雄的父亲黄冷观（一八八三——一九三八）。冷观是老同盟会员、革命先进、报界前辈，反清、反袁，历艰险危难，也可说是一生机陧。在一九三八年初逝世时，他在身后遗下十一子两女。

冷观逝世时，广东国共关系尚好，就在开吊那一天，苗子女朋友郁风带着她和廖承志、潘汉年、夏衍四个人署名的花圈前往中华中学吊唁。这个花圈十分醒目，因廖承志当时在香港主持八路军驻港办事处，为八路军

夏衍、廖承志、郁风、潘汉年在广州，一九三八年

新四军筹募捐款物资，还安排参军救国的华侨子弟去延安抗日军政大学，或参加新四军。正是这种关系，成了后来黄祖雄参军成仁的前因。

兰桂腾芳

在众多的兄弟姊妹中，以老四祖雄、老五祖耀（苗子）、老六宝群三位年近而常常一起玩耍，也一起在荷李活道的明新私塾读卜卜斋。读了两年，三人又同转入乃父黄冷观办的中华中学就读。

这老四祖雄（一九一二——一九四二）是邓尔雅弟子，邓公给他取别

11

字为"万夫"，大概是取《与韩荆州书》所谓"虽长不满七尺，而心雄万夫"吧。从戎后，又或者是廖承志给他改名中坚（又名中涧），现在中央的文件中仍称他为黄中坚。这位老四祖雄在中华中学毕业，转读李景康主持的汉文师范（金文泰中学前身），以优异成绩毕业，才转回中华中学任教。其时适逢邓尔雅亦在中华中学任教，祖雄乃用心师事邓尔雅。邓五十大寿时，祖雄尝祝献邓夫子七言篆联，酷肖乃师。这副篆联，后来有幸归由在下珍藏，苗公曾要求我拍照晒数十张，让他分赠众亲友。

老五是祖耀（苗子），生性最古灵精怪，调皮鬼马，用各种笔名在报馆写文章拿到一元几角稿酬，就买梅姜、花生等零食讨好爱妹宝群。宝群一说起苗公就笑不合口，喜形于色。所以到二〇〇七年宝群九十大寿时，苗公身体虽已不那么硬朗，也唤我陪他秘密潜港，出席爱妹寿宴，第二天便撤退回京，来回都由在下保驾护航，足见兄妹感情甚深。

再说老六宝群，一九一七年生，在中华中学只读了四年，就转去坚道养中女校读书，有同学李娟红从老六宝群处见祖雄书法大为赞赏，就通过宝群认识了祖雄，而且投缘，开始了恋爱。而此时老六宝群结婚了，嫁梁国英药局二少爷梁之盘。

匈奴未灭，何以家为

再说当时老四祖雄虽然与李娟红热恋，但强邻侵略，江山美人之间他选择的是"江山"，免不了热血沸腾想参军。那时代的青年，都有强烈的爱国之念，套一句古语就是："匈奴未灭，何以家为。"

祖雄曾读斯诺《西行漫记》等左翼书刊，向往延安，毅然参军。苗公

锐偕書成壺家法

念定夫子五十初度集東坡后山句為壽

倩谷酌此壽百季

癸酉新春忠業黃祖雄

黄祖雄篆书七言联

幼年黄宝群

尝告诉我，当时是廖承志介绍老四祖雄参加左权部队的。

其实祖雄的参军，除了热血救国，还有一个个人原因。他长兄祖芬早已在中华中学主持大局，父亡后更出任校长，校内事长兄祖芬说了算。祖雄在中华教得不太愉快，曾私下向娟红透露，一山不能容二虎，要离开中华中学，出去闯一番事业。决心投笔从戎时，据说祖雄曾从一本歌书中挑出一首歌词送给娟红："去几年，待几年，虽老废，也毋相遗弃……"老四祖雄更名中坚，娟红更名为坚红，真是情比金坚。

再说笔者有位忘年交叫安伯，廖安祥，搞运输的，曾协助廖公（承志）搞革命。当时曾在中环娱乐戏院义演话剧，筹得八百元，作为路费送与黄祖雄、黎明、杨展云、黄克志四人。四人中黄祖雄、黎明是中华中学老师，而杨展云是印刷工会的，四人由安伯安排交通，送上船，去湛江，会合其他人，再乘汽车经广西、贵州，渡乌江，过娄山关，才到重庆曾家岩八路军办事处，同行中有同乡中山人何镇浪（建国后曾任河南信阳陆军学校校长）和胡展云。

黄苗子篆书"寿康"赠
爱妹黄宝群九十华诞

白骨黄沙是国殇

由重庆去西安，可不是现今舒舒服服地坐飞机或乘汽车，而是靠两条腿，沿着嘉陵江，挨饥抵饿，步行去的。同去的四人中，黄克志受不了苦，溜回香港。祖雄跟着大队到达西安八路军办事处（八办），八办本拟将祖雄分配去延安，但祖雄却坚请奔赴前线。结果祖雄再渡黄河，越太行，间关万里，到达晋东南抗大第一分校学习受训。

老四祖雄表现好，文化素养高，尚未毕业已被拔尖提前调到民革通讯社任助编，嗣后调到中共北方局领导的《新华日报》华北版编辑部，编第四版副刊。

后来黄祖雄也加入共产党（一九三九年七月），介绍人系抗大队长芦荻、朱士弘。据何镇浪忆述，入党当晚，祖雄格外高兴。长髯垂胸的房东

15

黄中坚（祖雄）革命烈士证明书

老大爷，有似老学究，他听闻中坚（祖雄）写得一手好字，就捧出笔砚和一卷麻纸，恭请题字。中坚在两盏豆油灯下，即兴挥毫，以行草一气呵成写下满江红五六纸，署名"八路军战士黄中涧于太行山"。祖雄本来书法功力深厚，当夜兴之所至，写出的满江红更是潇洒流畅，气象万千。围观群众拍掌喝彩不止。老房东很尊敬地赞叹："想不到八路军里还有好秀才！"

祖雄在部队里学会指挥唱歌，常常用口袋里的铝匙当指挥棒，指挥全队唱《抗大毕业歌》："别了，别了，同学们，我们相见在前线！别了，别了，同学们，我们相见在前线！"

祖雄到太行根据地不久，就碰到国民党发动的反共高潮，与八路军大搞摩擦。祖雄曾赋诗《随军渡漳河》："鸿沟一水隔盈盈，楚汉相持本弟兄，白日茫茫烽火急，漳河应作不平鸣。"主张国共两党应消除对立，一致抗敌。

祖雄经常在山西辽县（今左权县）麻田镇山庄村工作，这是《新华日

16

报》华北版编辑部所在地。华北版一九三九年元旦创刊到一九四三年九月二十五日终刊，共出八百四十五期。发行量达三万多份。这份《新华日报》华北版成为华北敌后宣传重镇。朱老总（德）尝说："《新华日报》一张顶一个炮弹，而且天天在和日寇作战。"

一九四二年五月，日寇重点扫荡太行地区。其后更集中进攻八路军总部和《新华日报》编辑部所在地麻田镇。华北版社长何云率众与敌周旋，又坚持出报，出到铅印的战时版第一、二号，包围圈缩小，没法突围，报社人员只有隐蔽山林中。九月二十八日黎明，何云背部中弹牺牲，时年三十八岁。而在同一次战役中，分别在好几个地方牺牲的报社人员有四五十人，其中一位就是老四黄祖雄。

祖雄弟弟祖民传来革命烈士证明书上说黄中坚一九四二年二月在太行山涉县南艾铺与日寇作战壮烈牺牲，时间和地点可能是根据何镇浪提供的不甚准确的信息。祖民根据各种材料考证："黄中坚牺牲的地点，有两个可能：一是随编辑部部分人员在突围时走散，牺牲在山西麻田镇或附近；一是在突围后往东南进入河北武安、涉县一带（麻田离河北省境很近），被敌人包围发现而牺牲的。因为知情者现已纷纷故去或信息全无，一时难以调查清楚了。"与黄祖雄一起参军的中华中学老师黎明当年返港后，曾将祖雄牺牲的情况向其大哥祖芬报告（雨丝《泱泱乎先生之风》），不知祖芬有没有记录下来？

可怜无定河边骨，犹是深闺梦里人

老四祖雄牺牲之消息传到香港后，有人通知祖芬，祖芬转告母亲杨氏，当然家人都是伤心不已。像宝群就借古诗寄托哀思，曾工楷抄录唐人赵嘏

黄宝群工楷抄录唐人
赵嘏《江楼有感》

《江楼有感》："独上江楼思悄然，月光如水水如天，同来玩月人何在？风景依稀似去年！"诗后加跋语："壬午（一九四二）中秋，凄凉荒寂，月明澄澈，万里无云，萦念故国，怅望濠江，不悉国内弟兄，异乡孤柩，亦曾领略此清光否？"这短短四行小字，既哀亡夫梁之盘，兼悼祖雄四哥。再说祖雄未婚妻娟红尚不知道祖雄牺牲之消息，那娟红只在港死等，后来回广州，家住火车站对面，更天天去火车站大门口等老四祖雄出现。一似西片《魂断蓝桥》情景。

而宝群也不知如何对娟红开口，最后由祖雄母亲杨秀娴告知娟红母亲，再转告娟红。不用说，娟红伤心欲绝。后来老六宝群将娟红赠祖雄的定情金饰之类信物，送还娟红。次年七夕，宝群又在一张梅花朱丝栏小笺上，工楷抄录其祖父黄绍昌之七夕诗以寄意："多少鸳鸯老并头，朝云暮雨苦缠绸

18

黄宝群工楷抄录祖父黄绍昌七夕诗

缪，神仙夫婿成何事？海角悲歌只饭牛！""碧天如水夜迢迢，清浅银河极望遥，我正欲归归未得，花前闲煞可怜宵！"诗后小字跋云："先大父七夕诗本四首，幼年四兄举以示予，谓最爱者此二，今忆录者亦此二，欲归归不得，不图竟为万里外之原野孤魂咏矣！卅二（一九四三），七夕。"既伤娟红"海角悲歌"，又痛四哥祖雄"欲归归不得"。

尚幸后来娟红看得开，挥脱哀愁，重新生活，不久也觅得如意郎君张乃浩结婚了。胜利后娟红与夫君返回香港，其时谋事不易，老六宝群请娟红暨夫婿同来梁国英药局工作，同学虽未能成大嫂，但宝群仍与娟红老友。其时物资缺乏，娟红生育两孩子，大女儿张燕，小儿子张健，宝群常常新购衣物，或将自己儿女不合穿之衣物赠与娟红，但娟红夫家的人却拒之，与老六宝群说我们有，不必相赠。不久娟红与夫婿双双辞别药局工作，迁往大埔另创事业，但只两年，娟红与夫婿却先后患癌卒。娟红卒前拟托孤

19

黄苗子展示四哥黄祖雄篆书七言联印本，二〇〇九年

于宝群，夫家姑妈（住坚道）反对。而且不许这两个儿女探宝群。但张燕偶也静悄悄地来探望宝群，有时学校筹款，张燕找宝群，宝群也捧场帮忙，后来移居海外，就失去联络了。宝群至今不知道老友这两位儿女的下落。

如今，香港已难看到老四黄祖雄的遗迹了，笔者珍藏的一副篆联，怕是人间天上仅此而已。而在国内山西太行老区左权县麻田镇西山脚下有"太行新闻烈士纪念碑"。碑的正面刻有当年北方局书记杨尚昆一九八五年的题词："太行新闻烈士永垂不朽"；碑后刻着五十多位烈士名字，其中第七排左起第四人是黄中坚（老四祖雄）。

另在老四祖雄故乡中山烟州学校校园内，矗立着一座中山抗日烈士纪念碑，黄中坚（老四祖雄）烈士的名字也补刻在碑的背面（参黄祖民《太行山麓悼忠魂——记黄中坚烈士》）。

二〇一三年三月二十四日

奉献给时代的黄氏一门

——记黄苗子一家

古有"一门风雅"，也有"一门忠烈"，这都是指称阖家为社会做出贡献的。近代有陶承，她写了《我的一家》，写出一家人对社会的奉献，那七万字读来感人。其实，社会的转变推移，许多无名者在默默耕耘，也有许多默默地在毁家纾难，更堪敬佩的是，也有人可以坦然默默地不求回报。在此，我要写黄苗子的一家，黄苗子是大家都熟悉的，但他一家人对社会的奉献则鲜为人知。

机云并誉

且先从同光年间的一对兄弟谈起。

同光年间，生长在香山的黄绍昌、黄衍昌是一对亲兄弟，用当时的流行语汇就是"擅机云之誉"，就真像晋代的陆机、陆云两兄弟呢。

大哥是黄绍昌（一八三六——一八九五），别字苣香。少从陈澧。他虽

黄绍昌

然是光绪十一年（一八八五）举人，但在同治十三年（一八七四）小榄菊花会征诗中，所作列榜首，被时人乡里称为"菊花状元"。他生性沉默，工书善画，尤长于诗及骈体文。生平喜收藏书画古钱。这些冼玉清在谈广东藏家的文章中就有所介绍。又曾任学海堂、菊坡书院、丰山书院讲席。又被张之洞聘入广雅书院分校词章。又任广雅书院史学馆分校。而现今流传颇广的《香山诗略》也是他参与编纂的。著有《三国志音释》、《秋琴馆诗文集》、《秋琴馆诗话》。他的藏书楼名叫"秋琴馆"，尝请陈玉壶绘《秋琴馆图》，梁璧珊题诗。后来"秋琴馆"藏书多流入徐信符的"南州书楼"，所以徐信符写的《广东藏书纪事诗》云："丰山藏庋说黄刘，桑梓遗文共广搜。欲问秋琴遗馆物，累累藏印尚名留。"诗中的黄刘是黄绍昌和刘燸芬。刘燸芬有贻令堂藏书，并有《贻令堂书目》。他就是和黄绍昌合纂《香山诗略》的。

黄绍昌书画存世不多，数年前得苗子赐赠黄绍昌小楷扇面，珍藏至今。

而黄衍昌，字椒升，号浮山道人，以字行。也师从陈澧，后以课徒为生。善书法，学汉隶临华山碑，颇为世赏，但流传不广。他一生致力填词，有《倚香榭词稿》。门人刘振汉曾将其逐日连载于《岐江晚报》副刊。全稿刊完，然抗战军兴，邑境沦陷，而存稿为家人焚去，遂尔不传。

冷观热血

黄绍昌生了个儿子名显成（一八八三——一九三八），字君达，别字仲弢，号冷观，别号昆仑，少力学，稍长，主《香山旬报》（后改为《香山纯报》）笔政。一九一二年，任该报编辑兼发行人。时袁世凯称帝，冷观抨击帝制，终至被逮下狱。出狱后遁香港，曾一度返邑主持《民华报》，后又返港任《大光报》主编，兼司《香港晨报》笔政，并为《华字日报》、《循环日报》、《中华民报》、《中和日报》、《超然报》等撰文。有《昆仑室诗草》（未及付梓）。病逝于香港。

黄冷观一生勤于笔政，却无著述传世，其实黄氏将其在多家报纸发表之文字剪存，粘贴在约 B4 横开之皮面簿上，有达百册之多，堆满天井。香港沦陷，怕文字贾祸，家人未至于像其叔衍昌后人焚其诗稿那么凄凉，而是在坚道二号中华中学操场深挖一洞，包好深藏。但战后两年迁校，原址别人重建，剪存遗稿也就荡然无存了，惜哉！尝问苗公有没

黄绍昌行书诗扇面，黄苗子赠笔者

有父亲冷观先生手泽，竟连片纸只字也没有。因冷观认为自己的字写得不好，平日也不为人题字。所以文学方面，就连一点令人可以仿佛想象的资料都没有。

有人王霸子成群

黄氏是老同盟会会员，反清、反袁，历尽艰险危难，可说是一生杌陧。但"有人王霸子成群"，他在身后遗下十一子两女。

长子祖芬（一九〇七——一九九二），著名教育家，早岁在石岐市第一高等小学就读，一九二〇年随父至香港入华仁书院（荷李活道时期）读书，毕业后考入汉文师范学院进修，同时留华仁书院教英文，后在乃父开办的

黄冷观和夫人杨秀娴

中华中学任教务主任，父殁出任校长。"六七风暴"中华中学被封，祖芬亦被捕。出狱后将中华中学改名育华中学，继续办学，以迄退休。家无恒产，一直住校友会。

二子祖贻，约一九〇八年生。在中华中学教音乐，会作曲，中华中学校歌就是他所作。二十多岁时订婚，鼻子有点毛病，时有东西流出，遂入玛琍医院割治，一开刀即亡故。

三女宝珍，约一九一一年生。自幼难养，一出世夜夜哭闹，害得乃父冷观难以入睡。宝珍幼时被顽皮的老五祖耀（苗子）贪玩用刀划花脸部，留一长长疤痕。十岁八岁送回乡间跟姨妈，十八岁送返香港嫁出。其夫家姓左，居广西柳州。

四子黄祖雄（一九一二——一九四二），他是邓尔雅弟子，邓公给他取别字为"万夫"。从戎后改名中坚。中华中学教师，抗战间廖承志介绍祖雄参加左权部队，中共党员，任《新华日报》华北版副刊编辑，牺牲在山西抗日前线。

25

黄冷观编辑的
《香山纯报》

老五祖耀（一九一三——二〇一二），乳名"猫仔"，笔名"苗子"，就是人所共知的黄苗子。故事多得不得了，他日慢慢再讲。

老六宝群，一九一七年生，嫁梁国英药局二少爷梁之盘。自幼雅好书法，尝临摹乃父的字，为父劝止。遂改临邓尔雅书法，能酷肖。人家以为宝群也是尔雅弟子，其实宝群没有机会受邓教导，只是拿邓尔雅书法临摹而已。六七十年代宝群尝应友人之请为《星岛日报》、《香港夜报》题专栏之标题，如"乜都敢讲"、"闲话英伦"之类，字如邓尔雅所书，有人还以为邓尔雅翻生呢。这是后话了。

老七祖同，约一九一九年生，非常瘦弱，终日呆坐，有似病猴，九岁殇。

26

黄冷观伉俪

老八祖坊，也曾在中华中学任教一两年，不愿再待下去，遂返内地，后任上海同济大学教席，中共党员。

老九祖民，自幼老老实实，读书用功，常考第一。清华大学外文系毕业。中共党员，建国前系地工搞学运，建国后供职团中央、新华社，八九十年代在香港任《紫荆》杂志社社长兼总编。

老九之后，尚有三位：弟、妹、弟，但都养不大。小朋友太多，凑（照顾）不来，拿去让某伯爷婆凑，送回来时解开背带，已没有气息，夭折了。

27

黄祖芬

这三位弟妹的名字宝群苦思冥想，也记不起来了。所以在冷观过世十年后（一九四八），黄天石（杰克）写的《黄冷观先生传》，只说有男七女二。

黄家当年住荷李活道（近大馆）四层唐楼中的三楼，冷观办的《大光报》也在近善庆里附近。在十三兄弟姊妹中，以老四祖雄、老五祖耀（苗子）、老六宝群，三位最老友，常常一起玩耍。一起在明新私塾读卜卜斋，又一齐转入乃父黄冷观办的中华中学就读。

老五祖耀（苗子），机灵活泼，常为乃父送稿，因与各报编辑相熟，甚得诸父辈报人喜爱。常用各种笔名投稿，拿到几毫子稿费，就买零食、玩具戒指讨好爱妹。宝群至今还记得几岁大时苗子给她看一篇打油诗，说的是荷李活道妓寨的龟婆，抱着私生婴孩出码头拟丢海，为人发现拦截。苗子用"猫仔"作笔名发表在报纸上，这篇小打油诗拿的稿酬特别高，有一元几角之多。虽然隔了九十多年，宝群还能随口吟诵："风潇潇，雨潇

28

黄祖贻

潇，将儿抱出奈何桥。儿啊你喝饮黄泉三啖水，肚饥挨饿采蒹葭，阎王若问你爹和妈（上声，音马），你唔怕话，你话母在深闺犹未嫁，爹多名姓恶稽查。"

　　苗子当时读到中学尚未毕业，乃父要他转去华仁读英文，因乃父认为读好英文容易揾食，而老大祖芬当时亦在华仁教英文也。殊不知苗子最憎读英文，成绩当然好不到哪里去。加上抗战军兴，苗子要远离讨厌的英文，远离迫他读英文的严父，要离家出走。先在老友黄般若家窝藏，再由黄般若买船票，让苗子奔去一众漫画家聚集的上海，但一下船即为乃父老

29

友上海市市长吴铁城派人到码头带走，把苗子吓了一跳，从此改写了他的人生。

黄家这大群兄弟姊妹，仅老六宝群和老九祖民尚在人间。祖民八十多岁，退休后居北京大宅，颐养天年。

老六宝群仍居港岛中半山老屋中，也高龄九十七岁了，比齐白石黄宾虹都长命，虽然行路慢吞吞，但说话中气十足，记忆力尤其惊人。苗子教我称宝群为黄老太。在这里多费点笔墨说说黄老太一家。

宝群夫家系鼎鼎大名的梁国英报酒药局。"梁国英原是民国初年穷报贩，后来发了财，便办一个有规模的中西药局，兼发行报纸，生意颇大。"

梁国英大公子梁晃，有名的二世祖，常向弟弟之盘要钱。人却聪明，雅好摄影，开店并办各种趣味杂志，其中出版的《人鉴》（收郑苌绘《人间相》漫画近二百幅），是香港以至全国的第一本个人漫画集。梁晃晚岁将手上仅有之《人鉴》赠小思，小思再捐与香港大学。

梁晃分家时得中环文咸街老铺，位置最好。二公子梁之盘（一九一五——一九四二），分得庄士敦道铺，生意做得也不错，再在湾仔、西湾河（后盟军反攻时被炸毁）、深水埗、油麻地开分铺共四间。

而梁之盘不纯粹做生意，他"对外国文学有特殊爱好，入广州中山大学当旁听生，结识中大好些爱好文学的学生，于是办起《红豆》来，便有稿源了"（李育中《我与香港——说说三十年代一些情况》）。《红豆》由一九三三年十二月以迄一九三六年八月，办了三年，出了四卷，每卷六期，合共二十四期。论者评为这是香港文学萌生期极为重要的纯文学刊物。

香港沦陷期间，宝群一家命运多舛。当时一家几口，租住跑马地口摩利臣山道五十二号一栋四层高楼房的地下室。有一天日军按门铃，文弱而又怕事的梁之盘开门，被日军先来一拳打中胸部，并抢夺其手表、墨水笔等贵重财物，而之盘自此患肺病，举家即迁往庄士敦道梁国英药局居住。

黄苗子、郁风在香港与家人合照，一九四九年

黄苗子题郁风画

黄冷观与黄宝群

但不久日本海军特务部贴封条封铺，三十六策，走为上计，一家数口赶紧移居澳门，拟在澳开梁国英药局分店，但尚未开档，之盘已病逝濠江镜湖医院，葬旧西洋坟场（胜利后迁回香港跑马地坟场），可怜新寡老六宝群只得拖儿带女，返回香港湾仔庄士敦道一百八十五号梁国英药局。

之盘亡故才两天，其妹也在香港病卒。宝群后来用毛笔工楷抄录苏曼

黄宝群在香港寓所，
二〇一三年

殊诗悼之："人间花草太匆匆，春未来时花已空，自是神仙沦小谪，不须惆怅忆芳容！"再跋四行小字："壬午（一九四二）孟夏归家后二日，为芳妹五虞之期，录曼殊大师诗句，以为芳妹祭！"芳妹叫梁秀芳，云英未嫁，一九四二年阴历四月患牙病，脱牙时大概病毒入喉，塞喉而卒，春秋二十又二。真是红颜薄命。

老六宝群育有二子二女，依次为梁狄刚、梁爱诗、梁狄宾、梁佩诗。

狄刚一九三八年生，在中华中学（辉社）每次考试都是前三名的高才生，十四岁初中毕业送回内地跟舅父，当时亲友都责备宝群不该送孩子去北京。笔者前两年到北京朝阳医院探苗子，遇到狄刚，苗子介绍认识，方知道狄刚早已成为石油专家，为国家民族贡献极大。而且还能诗、能书。

爱诗一九三九年生，先入中华中学，旋转读圣嘉勒，大学入港大攻法律，毕业后随冼秉熹律师游，甚得冼氏器重，做律师。香港回归时为襄助中华中学校友董建华，勉为其难坐上三煞位，出任律政司司长。

人間蒼草太匆匆 春未来時

花已空，自是神僊淪小謫，不

須惆悵憶芳容！

壬午孟夏録家後三日，

為芳妹五覃二期録

曼殊大師詩句，以為

芳妹祭！

宝群工楷抄录苏曼殊诗
悼梁秀芳

狄宾搞文的，退休后在深圳图书馆工作，前年还来过寒舍造访，提着沉重的一篮水果相赠，让我很过意不去。过后没有消息，原来仙游去了。

而佩诗排行最小，在圣士提凡书院就读，后来在英文书院教书，不咎不誉，兢兢业业，如今也退休了。

以上，是我所知的黄氏近代家族情况。资料大多出自苗子及宝群的口述。

谈家族，在过去易招"封建意识"之嫌。除非是像陈伯达《中国四大家族》那种边说边骂。但每个家族史都有时代缩影。再者，有时历史的小事一桩，却会通过"蝴蝶效应"而影响至大。像西谚就说：

34

丢了一钉子，坏了马蹄铁；

坏了马蹄铁，毁了一匹马；

毁了一匹马，折了一骑士；

折了一骑士，输了一场战；

输了一场战，亡了一帝国。

当年长辈中，像汪宗衍、高伯雨、黄苗子等都是能缕述家世的人，可惜当时不掌握"口述历史"的重要，而现在再重行掇拾，这是"补苴"，是像韩愈《进学解》之"补苴罅漏，张皇幽眇。寻坠绪之茫茫，独旁搜而远绍"。

二〇一三年四月十五日

乱世高人　士中翘楚
——记天民楼葛士翘

　　八十年代，摄影家杨绍明访港，不知谁带他参加敏求精舍（香港收藏家团体）雅集，遇一老人家，交谈之下互知是四川老乡。老人说：老乡见老乡，两眼泪汪汪，并能详言杨家四川祖屋的情况，你家门口怎样，屋里怎样。杨大为惊讶，这位老先生怎会这么熟悉杨家四川老屋？老人对杨说：回去问问你父亲（杨尚昆）吧！这位老人家，就是以收藏明清官窑瓷器闻名的大藏家天民楼老主人葛士翘。此后杨绍明再见到葛士翘的公子师科，说起他父亲还记得葛人高（即葛士翘本名）这名字。事缘杨尚昆的四哥杨闇公（尚述）是四川共产党领导，当时的热血青年常到杨家开会，葛士翘即其一，所以熟知杨家情况。杨尚昆长葛士翘好几岁，没有直接接触，但葛当时在成都已颇有名气，所以虽隔几十年，而杨仍有印象。

　　葛士翘原名人高（一九一一——一九九二），后将人高二字合而为"乔"字，改称葛乔。三四十年代著述均用此名。四川成都人。约一九二三年，葛人高就读于成都盐道街四川省立第一师范，系公费生。葛深受左翼教师张秀熟（萧楚女老友）、省一师教务主任袁诗荛（罗瑞卿启蒙老师，中共川西特委）影响，一九二四年下半年参加了张子玉（恽代英介绍参加社

杨闇公，一九二六年

会主义青年团的团员）和省一师同学周尚明等组织的"少年俱乐部"（借成都通俗教育馆地方成立的），同校参加的还有石邦榘等，在那里接受革命思想。少年俱乐部还有部歌，由刚从苏联回来的蒋光赤（慈）作词，卜超人作曲。这组织的同学有不少人后来成为共青团员或共产党员，葛人高即其一。一九二五年，葛与周尚明、陈美生、周道钧等，在校内建立共青团支部，葛任宣传部部长。一九二六年葛人高与石邦榘、周尚明、陈平三等组织赤锋社。社员较多是省一师中的左派国民党南十三区分部成员，该社经常上街张贴标语，宣传革命。周尚明又邀班上同学办《砧声》壁报，葛人高把自己曾在《砧声》登载的长诗加以整理，投稿到《四川日报》副刊编辑部，李劼人为之加编者按语刊登，该事对一众省一师学生极具鼓舞。一九二六年下半年，省一师校庆时，葛人高、周尚明等演舞台剧，把蒋光

37

慈《少年漂泊者》搬到校庆舞台上演出，葛饰主角汪中，周扮演张铁匠，陈平三演玉梅。校庆活动十分成功，吸引了不少学生参加赤锋社，赤锋社发展很快，成员占省一师学生总数三分之一强，系当年成都有名的八大赤色社团之一。一九二七年一月四川军阀易帜之后，刘文辉派亲信向育仁赴南昌面谒蒋公表示效忠，二月蒋委任向育仁为"整理四川党务特派员"赶回成都，分别向刘湘、刘文辉传达清党密令。不旋踵，"三·三一惨案"出，数百人蒙难，共产党省委书记杨闇公被剜目挖心惨死。四月十一日蒋发出"已克服各省，一致实行清党"的密令，遂有"四·一二"清党大屠杀之举。在四川则延至月底"厉行廓清"，而这回四川共产党早有准备，损失不大。

一九二七年十一月，成都学校掀起争取教育经费独立运动，为了举行总罢课，成立成都学生联合会，葛人高以省一师学生会主席身份参加，负责宣传工作。后来葛另有任务，宣传工作由省一师共青团支部书记石邦榘接替。

同年冬，当局派杨廷铨任省一中校长，镇压学运。杨是成都大学校监，又是刘文辉二十四军军士教导队教官和军部秘书，并刚当选为国民党四川省党部候补执委。省一中学生力拒杨到任，以"石犀社"为核心，组织"拒杨同盟"，还发行刊物《拒杨洪声》。杨领兵数十入校，殴辱学生，强行接管校印，并迫学生签名拥护他，凡不签名者即开除学籍，遂有学生代表程进思等十余人被开除。这十余人即组成"离校团"配合留校学生驱杨，并于一月三十日在《国民公报》刊登启事作揭露。二月五日成都大、中学校数百学生在支矶石公园集会，声援省一中学生。二月十四日上午，杨只身来校办理招生事宜，约十点钟，以"石犀社"程进思等为首的百余学生到校长室找杨理论，责问杨为何武装劫校，殴打学生，并要求杨收回成命，恢复被开除学生的学籍。杨态度蛮横，坚拒学生要求，而学生群情汹涌，

"二·一六惨案"地址示意图

群起殴杨致死，众学生把尸首抛入附近水井中，一哄而散。是为"杨案"。

事情闹大了，中共川西特委严厉批评此过火行为，担心国民党必借机大举捕杀，当即决定，历次运动中抛头露面的师生都要撤退隐蔽。一众左翼头面人物即作闪避，据说葛人高坐花轿逃走。十六日凌晨，国民党为此事发难，成都"四川省会军警团联合办事处"处长向育仁派出大批军警，包围成都大学、省一中、省一师等多家院校，按老早已拟定的黑名单抓百多人。不经审讯，当天下午就在成都下莲池枪毙了袁诗荛、周尚明、龚堪慎、石邦榘、白贞瑞等十四人，是为"二·一六惨案"。被枪毙的十四人无一人是省一中学生，也无一人是有份打杨者。有一点可以肯定，大部分都是共产党精英、国民党眼中刺。葛人高当时若未能逃离，那么成都外北磨盘山的"二·一六"烈士墓肯定会刻上他的英名，也就不会有后来名满天下的天民楼了。

葛人高能幸免于难，一说他返校途中，在学校附近指挥街有同学告知校内正在抓人，因而未返校。而据葛人高兄弟葛人和忆述则另有内情。当日葛的"二姑母长女出嫁，二姑母无子，要他以舅老倌身份陪嫁送亲，所以他头天晚上就住在状元街青莲巷家中，因此幸免于难"。葛人高送亲回到二姑母家中才获悉"二·一六惨案"，沉默不语，表情愤然。葛人高是当局搜捕十五人的黑名单中唯一漏网的，家中不许他出门，在祖母的床后给他安了一小床，避了约一个月。适值幺姑父刘东塘任嘉陵道道尹兼嘉陵师范校长，遂趁幺姑母探亲之机带葛人高去南充（嘉陵道）。当日葛人高父亲葛履福和叔叔葛履松（人和父亲）黎明时雇用两乘轿子，人高匿轿中与幺姑母一同出北门，行至北门外四五里处驷马桥，葛父要他今后易名为葛驷乔，这就是葛士翘名字的由来（参葛人和《记翘兄早期点滴》）。

葛人高到南充后，得幺姑父刘东塘之助，在嘉陵师范任职。后来转赴北平，入北京大学哲学系就读，为旁听生。虽然没毕业证书，但后来在上海常发表文章，名气大了，北大竟曾发聘书与葛乔，葛没有去，也不当一回事。但几十年之后，大概一九七九年吧，香港有所谓高级知识分子归国观光团，葛也想参加，但如何证明自己是高知呢？就想起这北大的聘书，遂写信给还在南京的儿子师科（师科一九八二年才来香港）寻找这聘书，但没找到。

葛人高在北平时结婚。夫人张佩霞（一九一三——一九九○），四川邻水县（现归重庆）人，家境优裕，思想进步，是学运积极分子。尝参加重庆一九二八年三月三十一日的学生请愿大会，站在会场第三排，当军队向学生开枪扫射时，张佩霞全身倒地，方逃过一劫。还有一回参加暴动，从

沙汀

城墙上摔下来，幸只坏了腰骨。有几回则差点死掉。张就读于嘉陵师范，因而识葛人高，两个革命青年相慕相爱。一九二九年葛去北大时，张毅然离家，只身入京，下嫁葛氏。一九三三年四月在北平生儿子，取名师科。葛夫人许多事迹都不愿说，知之不多。

葛人高后来去上海，与杨伯恺、任白戈、杨子青、沙汀等人办辛垦书店，地址在上海北四川路公益坊。杨子青认股最多，被推为董事长。"店名'辛垦'由葛乔提出，取 thinking（英语'思想'）一词的译音，兼有中文'辛勤开垦'的意义。"（《沙汀传》）沙汀的回忆录提到辛垦书店说，最勤快的就是葛人高，"他作经理，总揽一切"，后来不知谁请来叶青（任卓宣）加入，大家不喜欢叶，后来"杨伯恺以葛乔应专事译述为名，将叶青的同窗，南充一中的教员张慕韩弄来当经理，这引起书店内部的轩然大波"（《沙汀传》）。有些人退出，葛也退出，慢慢就散伙了。

葛人高通英、日语，著译不少，皆用葛乔名字发表文章，编有《当代国际名人传》，一九三六年八月由三江书店发行，大公报总经销，生活书店特约经销。书为三十二开本，五百多页，收录介绍二十五国九十二位政

41

葛士翘伉俪，三十年代

坛名人。在这之前的一九三〇年五月，十九岁的葛乔已译有《世界经济及经济政策》[伐尔加（E. Varga）著]，葛乔不谙俄文，此书通过日文译本再译中文，由辛垦书店出版。书中时不时引用托洛茨基言论。抗战军兴，葛与沙汀、周文创立成都战旗旬刊社，一九三七年十二月创办《战旗》旬刊，翻翻十六开本厚达二百四十一页的创刊号，可以见当时作者阵容之盛，计有葛乔、金仲华、刘披云、马宗融、李劼人、宋庆龄、胡绳、沙汀、周文等等，皆一时之彦。葛乔复撰有《战局的重心在江浙》、《北京会议与国际形势》、《民族统一战线与托洛茨基派》等文。葛也常在《世界知识》发表文章，如一九三五年第二卷第六期就有他撰述的《帝国主义在近东的斗争》一文。从一九三四年起，葛在《新生周刊》、《新认识》、《文化月刊》、《读书生活》、《通俗文化》、《现世界》、《人间十日》、《自修大学》、《文摘》、《时事类编》、《抗建》等刊物，以葛乔这名字发表了大量关于时局、国际形势的文章。至于还有不少用别的笔名发表的或以社论形式发表的，就有待

张佩霞与子女合影，
一九四六年摄于重庆

专家们发掘和研究了。

　　葛乔抗战时在重庆，任《新蜀报》总编辑。《新蜀报》一九二一年二月一日创刊，是李大钊老友四川人陈愚生（合创"少年中国学会"）在四川军阀支持下创办的，陈毅、萧楚女二十年代曾任该报主笔。葛任职时的社长是一九二五年入党的秘密党员周钦岳（一九三五年重回报社）。《新蜀报》还有一位主笔兼战地记者石宝瑚，与葛同年，是北大经济系出身，与千家驹是死对头。后来千去了美国，见到石又成老友了。一九三二年底《新蜀报》来了位副刊编辑金满成，是周社长的同学。一九三六年金夫人陈凤兮自上海来重庆，也担任《新蜀报》新增加的"社会服务版"编辑。金氏夫妇就住在葛家隔邻，当年许多年轻人都是通过金满成陈凤兮家去延安的。金后来创办"香国寺消费合作社"，为居民卖平价生活用品和稀饭等，时常拿回一大堆破票子，叫葛师科帮忙拼。陈凤兮后来转到瓷器店工作。金有两个女儿，没有儿子。再扯远一点，金当年与陈毅一起留法，但没有参加革命，而是只搞文化。金在上海写性史之类文章，在张竞生办的刊物上发表，被人视为流氓文人。"文革"时候造反派批陈毅，金被捕，逼金揭发陈毅，金不干。金被抄家时抄出一张陈毅、金满成、杨持正三人（被留法同学称为"刘关张"）一九一九年在巴黎的合照，这张作为罪证之一的照片原件，后来到了军事博物馆，陈列在陈毅元帅那部分。摄影集《陈毅》第一张图就是这张照片。陈毅早年教金下围棋，抗战期间金在重庆与许多国手下棋，棋艺精湛，建国后，陈又多次与金下棋，但下不过金了。陈凤兮，潮州人，复旦新闻系毕业，曾做过何香凝秘书。"文革"前在《北京日报》编文艺版。一九七六年天安门事件时，葛师科正巧到陈寓所探访，听她大谈"四人帮"事、天安门事件诸事。那时陈教中央乐团某人下棋，那人教她古筝，二人文化交流。

再说回《新蜀报》，抗战胜利前，一九四五年四月十八日国民党逼周钦岳辞职，由国民党特务接手，迄重庆解放，一九五〇年一月十七日，《新蜀报》被重庆市军事管理委员会查封。

四十年代初，葛人高发现国民党查他的档案，共产党也查他的档案。前者疑他是共产党，后者疑他是托派（缘中共一大代表刘仁静，尝到土耳其见托洛茨基，交谈后认为托正确，遂成托派。其子刘威立把一些内部材料让葛师科看，材料上列明葛人高为托派宣传部部长）。葛心灰意冷，不弄了，也不问政治了，从此远离文化界，一九四一年下海从商，转到重庆复兴面粉公司任经理，该公司董事长鲜英，总经理鲜伯良。鲜英可不是一般商人，他是民盟创始人之一，也是旧日《新蜀报》社长，在四川名望极高，抗战年间，其重庆寓所特园，是共产党统战据点，董必武、冯玉祥称之为"民主之家"，食客不少，毛公誉之为当代孟尝君。鲜英六十大寿在重庆的宴席，毛泽东、周恩来也是座上宾客。

葛乔要远离政治，但旧日一众老友没有忘记他，还在极力争取他重投党的怀抱。有人回忆罗瑞卿时常提及葛人高。抗战期间罗瑞卿陪毛主席到重庆谈判，也要找葛，托人捎信相约。师科还记得曾见过罗这封信，提及：我们多年老朋友，不管有什么误会，谈他三天三夜，总能解决。你的情况我们是了解的，不用顾虑太多。葛不为所动，还是拒见。任白戈也找葛，葛也不见，决心远离政治。后来他的藏品楼名"天民楼"，义取陶潜《五柳先生传》："无怀氏之民欤？葛天氏之民欤？"葛天氏是古氏族，葛乔也姓葛，以作楼名巧用，示脱离政治，乐为天民，还我本来自由的决心。一九八七年香港艺术馆出版葛氏藏瓷，亦以《天民楼藏瓷》为名。

葛虽然远离政治，但仍念旧，仍照顾老友，而且有始有终，很讲信义。有一老友刘弄潮（砮潮），四川老乡，是当年省一师高年级第七班的老同学，闻名全校的活跃分子，一九二三年北大旁听生，一九二五年由共青团员转共产党员，曾当吴玉章秘书，一九二七年从事地下工作。一九四八年由上海奔延安，留下两大根金条，每条十两重，拜托葛代为保管。两人后来失去联络，"文革"伊始，红卫兵抄家，葛在上海的家人怕金条被抄走，急往人民银行兑换成人民币现钞，当时九十六元一两，得一千九百二十元左右。嗣后葛到处打听刘的下落，写信与师科嘱查找，师科通过刘仁静儿子刘威立打听到，清华大学有一扫地的老人，可能就是刘。葛士翘托师科的大妹子找到刘，约是一九七九年吧，已落实政策，刘的境遇稍好些。刘说他早把这事忘了，人家躲也来不及，你们还找上门，真是比布尔什维克还布尔什维克。刘请葛把钱先存在香港的银行，每年把利息寄去，当时这利息也是一笔不小的数目，对刘家很解决问题。一九九〇年葛氏父子到京，去清华要找刘，才知刘已离世几年。刘本在清华马列主义教研室，刘公子也在清华教书，葛留下地址，请刘公子联络他。不久刘公子带着全家，包括妈妈、弟弟、弟媳到王府饭店找到葛士翘，葛说我已这把年纪，刘老遗下这笔款要一次了断，请问交给谁，大家推妈妈负责。返港后葛汇钱去北京，了却此事。葛师科对刘的印象颇深，还记得刘写钢笔字像拿毛笔一样。一九四八年刘尝劝葛师科看苏联小说，八十年代曾寄回忆录与葛，说的都是与第一代共产党人李大钊等交往的事。

一九四四年葛人高任复兴面粉公司经理时，与外交部秘书刘达仁（后来任台湾北美协调处旧金山处长）一起到印度加尔各答买面粉机磨辊，带回两盒劳力士手表，赚了第一桶金，触发经商之兴趣。抗战胜利，葛人高离开重庆，到上海自立门户，创办联兴贸易公司，经营四川土特产猪鬃等出口，进口车胎，生意做得不错。一九四八年全家迁台湾，但葛人高在台北只停一阵就到香港，主持香港公司业务，子女则一直在台湾住了一年多。葛师科念台北建国小学，毕业典礼是陈诚主持，毕业后只念初中一个学期，到香港住一个月，再回上海。当时在香港住北角英皇道海角公寓，据说马连良也住该大厦，在春秋街前，那时是海边，现还剩一面墙。在寓所阳台，可以看到月园游乐场。葛师科还记得一九五〇年大年初一全家回上海，火车票好买。葛师科从台湾来香港入境时没有交钱，行李被翻得一塌糊涂，但从港入罗湖桥，港方一群流氓拿着长铁棍，若不付钱，就会将行李捅破，只好乖乖付钱。一过了桥，华界那边穿棉服的解放军很有礼貌，打开所有行李，严密检查，但帮你收拾得妥妥当当。葛为此还写了篇文章，很得老师赞赏，当众宣读。葛毕业后参军，当时中学毕业已不错，不会让你真的上战场，所以从未打过仗，在空军坐机关，搞搞资料。那时有句顺口溜："抗美援朝不过江，保家卫国不拿枪，稀里糊涂混个纪念章。"那时候时兴慰问志愿军，葛当时也别个胸章。

葛举家回上海几个月，葛人高自己折返香港，经营生意。上海的公司不久就被"公私合营"，只拿少许合营的定息（后来更不了了之）。当时股息供老祖母用，师科后来参军有补贴费，也供老祖母用。葛家财产历经战乱，什么都没有了，一九四九年重庆仓库大火，剩下的一大批货物也化为乌有，上海的公司也"合"掉了，所以什么都没有带出来，葛人高在港从头再来，再白手兴家。

葛在香港做过许多种生意，纺纱、成衣、藤器……到六十年代末做家电，才赚到大钱。事缘有一犹太人去欧洲旅行，理发时看到理发店的吹风筒，灵机一动，心想若能引进家庭，一定不愁销路。后来通过一美国人做中间人，找到葛，三人合资成立康大电业有限公司，葛负责生产，在九龙新蒲岗设工厂生产电吹风，犹太人负责销售。生意好得不得了，生产多少卖多少，很快占领美国电吹风市场。牌子叫康乃尔，到现在还有（但跟葛已没关系）。电吹风高温，用航天员头盔的塑料做，讲得神乎其神，卖得贵，卖得好，每年翻一番，供不应求，遂赚大钱。后来越卖越便宜，变成儿童玩具，当年可是高级家电。

赚到钱之后，葛开始收东西，在集古斋、博雅、翟健民的师傅黄英豪处，买了不少。当时买的工艺品居多，后来才买些稍有文物价值的。到现在还保留一件彩瓷罐，是一九七〇年一月联斋吴继远父亲吴滔让的，当时当作道光仿乾隆买的。前些年曾交淳浩小高处理，后来发现是当年买入的较有纪念意义的东西，也就保留下来了。七十年代苏富比在香港举行拍卖之后，才开始买好东西。特别是一九八〇年十一月苏富比举办仇炎之藏瓷那场拍卖，买了不少精品。八十年代以后，参加了求知雅集，嗣后更参加了资深收藏家团体敏求精舍。这些团体定期搞展览，葛士翘为了展览有更好的瓷器展示，遂不断花大钱买精品。短短数年间建立起本港首屈一指的

葛士翘在研究青花瓷

陶瓷收藏。一九八七年香港艺术馆为葛氏天民楼举行藏瓷展览，展出葛氏
天民楼珍藏的六十五件青花瓷器、五十四件彩瓷、四十四件单色釉器，时
代从十三至十八世纪，均为天民楼藏瓷中的精品，其中大部分是景德镇御
窑的产品，反映出明清两代景德镇制作陶瓷技术的辉煌成就。展览会限
于时间和地域，展览图录显得至为重要。葛氏对图录的设计印制，要求极
高，花费也极大，但市政局硬性规定，图录印制费不得超逾三十万元，葛
氏遂自掏腰包，赞助二百万元，得以高价礼聘当时最先进的日本名摄影师
拍摄图版，并要求采用展开式插图，用旋转方法拍摄瓷器，使立体瓷器流
畅的纹饰，如画卷般打开，在平面的纸上展示无遗。这是当年最先进最新
颖的技术。而在编写展品资料、文章以至编纂目录的过程中，葛氏父子均
付出不少时间和精力。这个展览会和展览图录的编印十分成功，令天民楼

这堂号闻知于世。而当年香港艺术馆只以馆方付出的三十万元作成本计价（不计葛氏二百万元赞助），图录只定价六百三十元一套，迅即销售一空，二十多年后拍卖场偶有此图录出现，落槌价都好几万了。嗣后新加坡与中国台湾、上海等地的一流大博物馆，陆续邀请天民楼借出珍藏展览。如一九九二年台北鸿禧博物馆、一九九六年十月新落成的上海博物馆，均曾举办天民楼藏青花瓷展览，影响深远。

葛士翘收藏瓷器书画等文物，从不考虑什么投资因素，而是真心喜欢，晚岁坐着轮椅，也要让师科推着去新加坡看徐展堂的展览，去上海、台北，看自己天民楼的展览。这可辛苦了师科，去各地都要护着父亲，无法观光。直到一九九二年一月，葛士翘还花八百多万元投得最贵的也是最后的一个碗，分期二、三月付清款项，四月就过世了。可以说，收藏癖好，至死方休。

由葛人高到葛乔、到葛士翘、到天民楼，由乱世到太平盛世，葛氏在人生每个重要阶段，都是成功的。人高是高人，士翘也确是士中翘楚。

二〇一二年十月十日初稿
二〇一三年十一月二十七日修订

虚白斋主二三事

香港艺术馆内有专馆藏明清书画而以"虚白"为名。虚白者谁？其人虽已羽化空冥，惟"虚白"室中，丹青楮墨之间有遗爱在。

今际先生逝世十周年，捡拾杂记其生平数事，藉资纪念。

先生刘姓，讳作筹，黄宾虹赐字均量，一作君量。室名虚白斋。广东潮安人。逊清宣统三年辛亥正月十一日（一九一一年二月九日，官方文件均误作八日），生于潮安县龙湖市。兄弟姊妹十五人，先生行三。其尊人刘正兴先生（一八七二——一九四一），字葵如，为新加坡殷商，经营食米批发、银庄、布行、糖厂诸项目，有声于时。先生九岁始随生母林兰如女士（有恭，一八八一——一九六七）赴星与父团聚，入读端蒙小学，一九二六年毕业，远赴上海入暨南大学附中，一九三六年自暨大经济系毕业，是年冬在汕头与郑俊华女士（一九一〇——一九八二）结婚。翌年携眷赴星，助乃父掌理业务。一九四二年太平洋战争爆发，日军南侵，星洲沦陷。先生虽不谙水性，尝至印属摩诃小岛打渔，生死毫发，惊险万分。和平后，曾入马来亚柔佛州种植树胶。一九四九年，受新加坡四海通银行之聘，任香港分行经理，赴港筹办该分行复业（香港沦陷期间停业），一任四十年，

刘作筹

迄一九八六年以七十五岁高龄退休。

先生尊人刘葵如先生藏书画、陶瓷甚富，时邀集友朋鉴赏品评，先生在旁聆听，濡染日久，遂嗜书画艺术。及负笈暨大，随丹徒谢公展先生（一八八五——一九四〇）学花卉，继师从歙县黄宾虹先生（一八六五——一九五五）学山水，宾翁"口传手授，理法精详，复时出示前贤真迹，讲解析疑，探索参悟，潜心研习，寒暑不废，于是渐窥笔墨之奥，始解鉴赏之乐，启迪收藏，实由此始"（刘作筹《虚白斋藏书画选》序）。

及赴港供职，适逢大陆易帜，故家文物，云汇香江，继而大量沦落欧美。先生见此，慰然而忧，由是激发民族义愤，立志穷其所有，尽力搜求。起初是书画瓷器兼收并蓄，然以匹夫之力而抵御时流，旋感力有不逮，于是舍陶瓷，专书画。且专致力于搜罗明清之际各流派精品。如此者历四十余年，期间节衣缩食，殚精竭虑，得名迹千件，蔚为大观。荦荦大者如沈、文、唐、仇，华亭、新安诸贤，画中九友，四王吴恽，四僧，八怪，等等，荟萃了近三百年间主要名家之精品，用实"虚白斋"之所藏。

八十年代初，先生年届古稀，心事不少。虚白斋宝藏，系毕生心血所聚，如何"永保"？悠悠来日，颇费思量。

一九八二年十一月，夫人郑俊华女士遽尔病逝，先生形神俱损。及乎香港回归问题呈现，中英紧张谈判，铁娘子赴京失足，股市波动，楼市大跌，人心惶惶，移民成潮。正是"三春去后诸芳尽，各自须寻各自门"。其时有本港藏家某君，鉴于历史之教训，力劝先生赶快在伦敦或纽约银行开设保险箱，及早转移藏品，并具体言及如何成立基金会拥有此批书画，存于海外，早为之所。尽管对方意诚谆谆而言，但先生则支吾以应。私下语笔者："我之所以收藏书画，目的就是要将之留在香港，运去外国做什么？画存外国，人在香港，笑话！"际此香港前途未卜，政治环境纷乱，而先生所思考、时与笔者商讨者，并非自己一身一家之安危去留，却是在港筹设虚白斋书画馆之方案。由此足见先生情系文物。

筹建书画馆，初拟是私人性质，但谈何容易，就算勉强建成，如何维持？由于兹事体大，几经研究，也难有结果，遂改变思路，决定化私为公，"献诸公藏，众赏同乐"。但，献给哪个"公"才能妥当？

先生系星籍华人，按理当先以新加坡为考虑，但长久以来，不曾听先生美言狮城，反之对当局许多过于功利之政策、行为（甚至连办教育也要谋利），殊为反感，是以批评之辞不绝于耳。故虚白斋的珍藏，从不考虑运星保存，更遑论捐献与星政府。

祖国又如何？先说台湾，先生早岁尝代表银行赴台追收账款，处处碰钉，对当地法例实在搞不清，印象殊劣。所以台湾也不在考虑之列。

再看大陆，世人皆知，十年"文革"，生灵涂炭，斯文扫地，书画文物惨遭破坏，可谓亘古未有之浩劫。虽云拨乱反正，但法制不全，隐忧不少。故先生心存观望焉。

刘作筹铜像

　　当先生观望徘徊之际，有数事虽云微末，但亦足影响大局。如一九八二年，北京故宫古书画专家刘九庵先生（一九一五——一九九九）莅港，笔者介绍与先生见面，并同到文咸西街四海通银行虚白斋观画。九庵先生观赏之后惊叹不已，当即建议把藏品请到北京故宫办展览，作一文化交流，而先生感对方之盛意拳拳，亦一口答应。惟后来北京故宫寄来一纸没有署款之"邀请函"，内容更莫名其妙，令先生十分生气。而九庵先生更是哑巴吃黄连，奈何一介专家，无权无势，寸步难行，且当时环境，又更不容说明。尚幸先生明白，九庵先生已尽心尽力，只是故宫主事者却别有怀抱而

53

刘作筹与赖恬昌、马国权在赏画

已。结果，因"一函"之微，故宫白白错失吸纳海外藏品之大好良机。但事情无人需要负责。事后二刘一直互相敬重。惟时对祖国之行事方式，作摇头叹息。

一九八三年，上海博物馆沈之瑜馆长（一九一六——一九九〇）莅港，仅有半天公余之暇，新华社罗君拟安排参观宋城，笔者力争堂堂大馆长不要花时间去看假古董，请登虚白斋观赏真文物。结果沈公一看，大为惊讶，想不到藏品既精且富，均属一级文物。笔者顺势言及故宫信函事，沈公当即力邀先生，请精选其藏品百件，准备安排运上博展出。嗣后上博黄宣佩副馆长暨书画专家钟银兰女士跟进此事，莅虚白斋挑选书画。越二年，正式运上博展览。此为建国以来首次展览海外私人收藏，由于展品精绝，"虚白斋"声名遂轰动沪渎。先生对此次展览之安排甚为满意，对上博之领导、管理、收藏、研究，印象颇佳。奈其时上博在河南南路十六号之馆址（昔日为杜月笙之银行），多时未有维修，设备陈旧，条件较差，兼且当时政治环境远非今日之宽松，所以先生未有贸然语及捐献。展览结束，展品悉数运返香港虚白斋中。事后钟银兰女士尝语笔者，上博极重视这批书画，当年若在今日人民大道二〇一号之新馆展出，展后或会留沪。显然，钟女士当时也感觉到先生存观望之意。

翌年香港艺术馆拟筹建新馆，新馆坐落尖沙咀，雄踞一隅，占地宽广，馆中设备先进。先生经慎重考虑，终于有了决定："取诸香港，还诸香港"，虚白斋珍藏，捐献香港艺术馆，"盖以其设施完善、管理专业，当能善用此文化遗产，造福社会"（刘作筹《虚白斋藏中国书画馆开馆感言》）。

消息传出，影响颇大，先生虽持新加坡护照，而其珍藏宁赠香江而不与狮城，引起邻埠新加坡文化界人士对政府攻击，责当局只顾赚钱，与民争利，不重视文化，白让香港得到这批价值连城（尝有人估值港币十多亿元）之珍藏。星当局悔之已晚，无法挽救。后先生语笔者：尝与吴作栋总理言，不知道新加坡政府需要这批书画，从前李光前博物馆藏品也不受重视，真不知新加坡有此雅兴。更戏言，"新加坡共和国"后面漏了四个字"有限公司"。

此事情让新加坡文化界借以造势，星政府痛定思痛，一下子成立五家博物馆，堪称"虚白斋效应"。

先生处事，极为谨慎。捐赠藏品前，有关捐赠条款之合同，嘱咐笔者约请相熟之律师，细加审定。律师披阅文件，盛赞先生伟大。但笔者见先生分作两批捐赠，不禁问道："那第三批呢？"答曰："没有第三批，只有两批。"又问："何不一次过整批捐献，岂不省事。"获知答案：原来先生心脏病很严重，而退休金又极为有限，看一两次病，已花销殆尽。故不得不分两批捐赠，万一病发，入院治疗，要花大钱，此时得靠第二批书画救命。

记得捐赠前，尚有插曲。台北某巨贾，亦嗜藏古书画，约笔者邀先生饭局，席间恳求割爱，请先生抽取石溪诸件转让，价则任索。先生岿然不动，力保即将捐献之藏品完整无缺。

一九九二年九月二十六日，虚白斋藏中国书画馆顺利开馆。前一晚，先生彻夜未眠，其兴奋之情，难以言喻。二十七日，先生到馆中亲作导赏，逐件书画解说，有笔墨欣赏，有收藏故事，娓娓道来，令人如沐春风。当时有一观者，语笔者曰：刘公此举令他深受感动，将来效法刘公，也把藏品捐献出来，盖博物馆，让世人欣赏研究。此君当时不为人注意，今日在台湾则已鼎鼎有名，其人是广达电脑林百里（一九四九——　　　）是也。林氏系电脑专家，雅好丹青，因缘际会，迅猛发达（有人统计林氏尝一度每日资产增值新台币数亿元），遂广蓄书画，所藏张大千（一八九九——一九八三）、傅抱石（一九〇四——一九六五）精品极富，以私人论，甲冠全球。近年更进兵明清，上追宋元，珍藏有可观之巨迹。年前林氏语笔者，拟向台北市政府申请拨地，盖博物馆，公开陈列藏品，最初自行管理，五十年后再归公库。目下已在桃园广达电脑办公大楼顶层设广雅轩，展示部分珍藏，招待同好暨学人研究欣赏，并礼聘台北故宫博物院前院长秦孝仪先生（一九二一——二〇〇七）掌其事。此事真实不虚，亦是虚白斋效应。先生在天有知，当颔首莞尔。

先生曾笑语笔者，今已八十二，若然过世，可以报八十五，也不失礼。笔者应以黎雄才先生（一九一〇——二〇〇一）常说人可活一百二十岁，而尊藏黄瘿瓢《寿星图》（刊《名家翰墨》月刊三十三期封面）画的老寿星酷肖先生，当是黄慎预先为先生百二十岁时造像。先生为之轩渠。三月底，纽约杨思胜医生（一九四一——　　　）来港，邀先生暨笔者赴台北赏画。先生与笔者出游，例必同房，便于照应也。惟先生夜间好像不用睡觉，在港时习惯凌晨四时就寝，在台北更往后延，常命笔者先睡。在下恭敬不如从命，故实在不知先生曾否入睡。惟三月二十九日上午在台北吾悦园蔡

56

刘作筹到北京访徐邦达

刘作筹与启功

启功行书悼刘作筹诗

辰男氏（一九四〇——　　　）大府观画，偶尔稍坐，先生不觉间竟入梦乡，旁人不敢惊扰，只恭候一旁。先生过去并非如此，到底岁月不饶人，不禁为之忧惧。

　　四月初，笔者赴京，先生因每年清明节，总要赴星扫墓，故谓此次不能同游京华，并说北京有动物园，旧时叫万牲园，可带小孩去参观。上京前夕，杨思胜医生设饭局，笔者也陪同先生出席。先生因心脏病，数十年间滴酒不沾，是夜高兴，在杨氏力劝下，竟饮尽半小杯。及散席，为慎重计，笔者坚送先生返又一村海棠路寓所，登门入屋，先生谓明日你要上京，早早回家准备，我没有醉，不用照顾，不必担心。惜别依依，不意竟成永诀！

58

刘作筹在台北鉴画

　　逮自京返港，已四月中旬，某藏家有宾翁书画十数件拟转让，均精真之品，为保险计，例请先生过目。遂拍照邮寄新加坡刘府，请为鉴定。惟久未见复，四月二十七日中午，去电请教，无人接听。下午一时，电先生侄女蔡夫人，询先生何在，问是何人，答：许礼平。女士失声叫道，哎哟！刘先生刚刚过世。骤闻此噩耗，不啻晴天霹雳，追问怎会如此，答曰：先生去理发店，轮候间，突感不适，赶紧取药，送到唇边，已不支倒下，时上午十一点。

　　笔者承先生不弃，十数年来循循善诱，授书画赏鉴之道。先生既逝，曷胜感怆。然念及先生以清闷自娱之藏成为众赏同乐之"虚白斋藏中国书画馆"，"保存得所，垂诸久远"（先生语），又未尝不为先生称慰。

二〇〇三年二月二十六日

忆梁老　说《书谱》

认识梁老，算来近四十年了。

七十年代初，梁老与学生李秉仁和《文汇报》吴羊璧等，合力筹办《书谱》双月刊，经常从澳门来香港勾留。笔者有三两次到中环面谒老人家，那是在李秉仁任职的贸易公司。当时感到梁老在侨界很有威望，以一介诗人，无财无势，但登高一呼，也能让雄于资财的人士支持赞助，《书谱》就是由南洋华侨捐款办起来的。据羊璧兄《李秉仁办书谱》（载罗孚编《香港人和事》）透露，捐助创办《书谱》者是李秉仁的老板黄丰洲。巧得很，笔者与黄也有缘，八十年代黄搬去跑马地云晖大厦，而将旧居铜锣湾海都大厦高层海景寓所让与笔者，交易时还讲到当年资助《书谱》的旧事。

《书谱》在一九七四年十二月创刊，李出任社长，梁老做督印人。曾荣光、吴羊璧（兼职）两位老编系主力。美术设计欧阳乃沾，后来是苏亮。《文汇报》王永枫也有颇长一段时候兼差。论人才皆一时之选。

《书谱》创刊时是全国唯一书法刊物，极受欢迎，非常成功。当时售五元一册。文联庄李昆祥也戮力推介，往往见顾客购买纸笔多些，就免费送一册。曾荣光对送书此举好像还有意见呢。

梁雪予、许礼平合影，二〇〇六年大年初一

《书谱》在湾仔道口二楼租一个单位办公，地方颇宽敞，布局用古雅的酸枝台椅，李秉仁社长向笔者炫耀他穿的唐装衫裤，颇为自得。大概在过去的贸易行不便如此行头，而《书谱》社系搞传统中国书法艺术，正可顺理成章弄得古色古香，大过其瘾。而我日后见梁老，也多在《书谱》社。

李秉仁（一九二四——一九七七）是梁老学生，讷于言辞，样貌愍厚，人称"懵佬"，或不一定言其外观，当年京师倡儒法斗争时，李也想搞法家书法专辑以应景，幸为有识之士制止。李家住长洲，全屋只夫妻二人。听梁老千金季娥笑言，在南洋时，李求老师梁老赐赠书法，说若不赐赠就生不出孩子。梁老没有送，李就真的膝下无儿。七十年代中期，有次日本书法界宇野雪村（宇野喜狗肉，怕禾虫）一行数人访港，与《书谱》李、曾、吴诸位雅集，李性急，挥毫间心脏病发，未几西归。《书谱》曾、吴诸位均系书生，三联书店蓝真介绍林永铭到《书谱》出任经理。林系潮州人，是家父早岁老友，从事出版发行多年，也是老熟人。

《书谱》

"四人帮"倒台后，内地百废待兴，梁老当时热心为桑梓办善事，奔走海内外，向华侨募捐款项，多用于八闽办医院，筑铁路，搞学校，而《书谱》沾润不多，时感窘迫。不久，林经理、曾老编要我帮忙传话，请梁老看住《书谱》，以资金不足故也，我也如实代传，但后来实情如何，也就不便多问了。

《书谱》创办之后，梁老以经常来港，需要租房间作居停。梁老命我陪他到湾仔、铜锣湾寻觅。那个年代没地产代理，是要看街道上贴出什么光猛大梗房、板间房、骑楼房之类招纸，按地址登门按铃看屋的。记得有一家颇合适，但当房东得悉只梁老一个男子租住，便因家有女眷，有所顾忌而拒租。梁老出门后说，我都七十岁啦，怕什么？有一个房东更为搞笑，领我们看楼时嘴巴一直衔着银鸡（警笛），意即警告我们揾食（打劫）行远些，老夫随时吹鸡。真是什么状况都有。看了许多间，最终在摩顿台湾景楼高层，找到一间光猛通爽的梗房，价钱相宜，梁老觉得很合适，户主也乐意租与他，住了颇长一段时候。记得广东省长梁灵光任内曾经访港，当时也算大新闻，户主大概没想到粤省总领的哥哥是他小小的房客吧。更加想不到，这个房客房间布置毫不讲究，只能用简陋两字来形容，房内只有一张梗板长椅，拉平可作床用，国货公司售几十元一件那种，其他什么都

62

没有。浴卫在客厅，要与屋主家人共享。那个年代，套房是不得了，想都不敢想。可见梁老多悭俭。

七十年代末八十年代初，马国权应《大公报》陈凡之邀莅港，在《大公报》主编"艺林"、"文采"两版。初来乍到，笔者做东，约梁老为马公洗尘，三人在湾仔叙香园晚饭。笔者言及马公来港，正好加强《书谱》阵容，并建议引进国内书法界力量，组编委会，由梁老挂帅，马公主其事，编纂《中国书法大辞典》。梁老兴致勃勃，立即拍板同意。不多久，马公发凡起例，拟出具体条目，略加举例，制定范本，笔者设计版式，编排书样，印成薄册《书法篆刻大辞典编印计划书》（一九八〇年六月），交梁老马公分别行事。马公积极组织学术界书法界诸君共襄盛举，梁老则向侨界筹集出版经费。不久，梁老已筹得六十万大元，存于海外信托银行。六十万元在当时是笔巨款（时豪园一个三千三呎单位一百二十万左右，今天叫价五千多万）。我们每周开会，讨论进度，报告各种事项。隔一年半载，上海书法学家黄简移居香港，加盟《书谱》，并参与大辞典编辑工作。笔者当时冗事缠身，无暇兼顾，就向梁老请辞，以后也就不再问其事。后来听说辞典虽已编竣，但银行出事，经费有而变无，出版顿成问题。时梁老弟弟灵光仍掌广东省，遂拿书稿至穗，让广东人民出版社出版。限于当时的条件，虽印得不怎么理想，但能面世就不错了。嗣后笔者曾向梁老建议介绍去台湾印行台版，用最初拟定的雪铜纸来印，或能精致些，但梁老好像不那么积极，含含糊糊，我也就不管了。隔些年，听说《书谱》社人事纠纷，再后来，听说由三联书店支持了一阵，不久，又是人事问题，在八十年代末停刊了。

《书谱》在内地推行时，广东省博物馆范丽芬女士出力甚多，梁老把范请来香港帮《书谱》忙。时广东来港人多，申请不易，尚幸弟弟省长帮忙，得以成行。范干了好几年，到后来《书谱》经济实在太困难，没法付薪酬，范也凭义气帮了好一阵子，最后因人事不大协调，也离任了。一九八七年笔者成立翰墨轩，又礼聘范经理画廊事。创办《名家翰墨》月刊时，礼聘马公任顾问，黎甘园任编辑。一干人等，皆梁老旧部，移师小轩帮忙，追本溯源，不由得感激梁老。

九十年代，创办《名家翰墨》伊始，月出一册，极忙，也就疏于向梁老请安。某次在澳门某展览场合遇到他老人家，趋前开玩笑道，梁老，还记得我吗？梁老眼睛一亮，以沙哑声音提足中气回应，你从月球来的？怎么这么久不来？言下颇有责怪之意。梁老年事已高，少来香港，作为晚辈的我，赴澳门时，总找机会去他家坐坐。有一回，在他老人家家里，首次见到满头白发的长女，精神畅旺，随口问其生肖，答曰属虎。一九三八？不，是一九二六。啊！与英女皇同岁，女儿都八十，哦，老人家也过百岁了。又有一次拜访梁老，他抱怨记忆力不好，自己作的诗也忘记了。我当时轻松地问他，你的老友陈伯达写回忆录说，你老人家介绍他参加国民党，他没有参加，也得了个"国民党特务"的罪名，是否真有这回事。梁老摆手拧头，愁眉深锁，一脸惶恐，惊慌地说："我不是国民党，我不是国民党。"神情紧张，如祸将至。我马上安慰梁老说，我不是中央专案小组，不用担心，只是看了陈伯达的回忆录有好几处提到你老人家，求证而已。看来他老人家的心力、记忆力真是不行了。告辞时，梁老虽然腿力不足，站不稳，也坚持要送我至电梯口。家人赶紧搬藤椅，挽扶老人家出来，礼仪周周，弄得我真不好意思。记得老人家七八十岁走路时，依然步履轻盈，一副非常轻松的样子（但血压低，曾经在路上晕倒）。

二〇一〇年一月二十九日赴澳门，到科技大学参加一项活动，本拟再探梁老，但时间实在太紧迫，也就作罢，连电话也没打，隔两天阅报，始悉梁老就在那天往生了。生老病死，人之常态，过百岁的人，随时报表，

梁披云行书诗册

不足为奇，但梁老往生，却总令我有点怅惘。许多往事，在脑间萦绕。记得尝问梁老，为什么来澳门，梁老说他在印度尼西亚排华时避走北京，没多久，"文革"骤起，女儿也想参加红卫兵，局面比印度尼西亚排华时还要乱。梁老跑惯码头，当机立断，在京师横扫一切牛鬼蛇神之际，竟能全家安然迁居澳门避乱，也算万幸了。

有次梁老与女儿去广州，拟住华侨大厦，虽然并非客满，接待人员也不肯租一间房与他父女，而是拆散父女，分别安排与别的不认识的人住通铺大房。梁老很生气，只好亮出澳门归侨总会会长身份，才获准租房。梁老说平常不大愿意表露的，那次实在气不过才公开身份。那个时期，"四旧"尽破，连"与人为善"的传统古训也一并破掉，中华民族的优良品德尽毁，劣根性尽显，举国所见，尽是小吏横行，手中有小小

东市车肥羡谁省街

沈犯险行

雪楮名栽学稀花欣

欣荣菊渐抽茅凭窗

细兴春风说帽邧茅花

瞻晓云

公元一九六八年作

权力，就用到尽，喜支配人，总路线是"与人为恶"。梁老说，有好多华侨，千里迢迢，回到日夜想念的祖国大地，但所遇所见，与想象有太大落差，往往气得他们嚷着要跳海跳崖！梁老对大陆上许多反常反智反动现象，极为反感。

梁老党籍问题，生前未便探问。虽然老人家亲口否认他是国民党，但文献上记载，梁老历任中国国民党厦门市党部筹备委员、中央党部海外部侨民运动指导委员、福建省党部书记长等职。他早年主持的黎明中学，则是无政府主义者的大本营，巴金就是该校教员。而无政府主义，是不容于国共两党的。一九三二年十九路军总指挥福建省主席蒋光鼐，先后任命梁老为惠安县县长、永泰县县长，次年闽变时梁也有出任顾问，到闽变失败，梁也被通缉。后应于右任、邵力子之邀避走陕西，旋出国到马来西亚

梁披云行书诗册

尊孔中学。或可以说，梁老是国民党反蒋分子，至于是否兼任共产党地下党，则未见档案记录。天地刘文良兄曾开玩笑说过，梁老两兄弟在福建轮值，建国前梁老是国民党福建省政府委员兼教育厅厅长（一九四七月七月二十三日），建国后，哥哥撤出，弟弟进来。

梁老名披云，学名龙光，号雪予，福建永春人。光绪三十三年（一九〇七）丁未二月初二生。一九二六年上海大学毕业，梁老说上大是瞿秋白主持，校长于右任。梁老后来到日本早稻田大学政治经济学部大学院，攻读农业经济，他说大学院对研究生照顾周到，可专心钻研学问。梁老三十年代开始从事文教工作，并奔走海内外，参与救国活动。历任泉州黎明高级中学、荷印棉兰苏东中学、马来西亚吉隆坡中华中学、国立福建音乐专科学校、国立海疆学校校长，并曾主吉隆坡《益群报》、印度尼西亚《火炬报》笔政。抗战期间参加南洋华侨慰劳团返国劳军，后回不了南洋被迫留渝，任国民参政会参政员。在渝期间，与于右任往还颇密。梁老时常谈及于右老，对于氏十分尊敬，七十年代常言及大陆许多地方旧日有于老题字，或被涂掉名字，或整个铲掉，无知的红卫兵以为于老是追随蒋公去台湾的反动派。梁老说，一九四九年的时候，于老本不想去台湾，但一下子投共，思想上也转不了弯，周恩来建议先去南洋避一避再说，但老蒋厉害，让于坐的飞机一下子飞去台湾，于老也无可奈何。后来临终写有"天苍苍，野茫茫，山之上，国有殇"一诗。

梁老开会，或与人闲聊时，辄手指转动，有似扶乩，实为练习书法，构思字形和行笔、结体。此一习惯即学自于右老。梁老工诗善书，七十年代初笔者得老人家赐墨宝二纸，均系行书自书诗，其一装裱成轴悬于壁间，日夕吟诵，其诗云："紫荆香馥木棉红，袅袅轻烟蓊蓊风，最是莺飞三月暮，万家帘幕绿阴中。"过两三年又蒙赐自书诗一整册，我双手承接时老人家还笑着翻开最后一页，指着末行说"大胆"，原来上款直书小名礼平二字，省了"先生"、"兄"、"弟"之类客气称谓，这在我看来更为亲切！

二〇一二年九月二十一日

忆郑公德坤

笔者友朋中，八闽人士为数不少。而我尊敬的闽籍前辈中，郑德坤教授伉俪是其一。

郑德坤（一九〇七——二〇〇一），福建鼓浪屿人，中国第一代考古学家。先后在燕京大学、哈佛大学获学士、硕士和博士学位，曾执教于厦门大学、华西大学、牛津大学、剑桥大学，又曾讲学于普林斯顿大学、马来西亚大学等。其桃李满天下。一九七四年剑桥荣休，被香港中文大学邀任副校长，专管教学。

笔者七十年代中游学东瀛，在京都东方书店见到日译郑公之《中国考古学大系》，皇皇数厚册，但见材料之丰，分类之细，立论之严，钦佩五内。惟价甚昂，无力购置，只好在书店翻阅浏览。及七十年代末，笔者于役香港中文大学中国文化研究所，适值郑公自副校长位退休，转至中国文化研究所，掌中国考古艺术中心，嗣后更接任所长，于是抠衣执问，接触遂多。

有颇长一段日子，几乎出入与俱。每天中午十二时许，郑公辄召唤共进午餐，时常去郑公原来居邸后改为大学宾馆的西餐厅，有时去医

郑德坤，约一九八三年

学院饭堂，或崇基教职员饭堂，几乎每顿都由郑公做东。后来连晚饭也约一起吃，较多去郑公馆附近大围的沙田海鲜酒家，偶尔在世界花园芙蓉阁郑公馆用餐。而晚饭后惯例返郑公馆吃水果，再吃完雪糕才让我回家。学校中人传闻，郑公馆用的豉油特别好，缘于郑公是淘化大同大股东，这是伊府面、太史蛇一样令老饕艳羡的事。但中大去过郑公馆用餐的同事不多，笔者的 BOSS 刘殿爵教授知我与郑公往来密切，闲聊间尝询郑公馆用的豉油是否特别好味，但滋味是难以用话说出来分享的。

　　天地刘文良兄（亦闽人）尝说过，郑公很有钱，因为郑公继承了福建两个最富有的家族的财富。笔者从不向郑公求证此说。但见郑公自奉甚俭，过去中午没约人吃饭时，往往自带三文治在办公室吃，而郑公请食饭，点的菜式也甚为普通、实际，好味程度远不如董桥兄、杨凡兄饭局的菜肴，有剩余食物例必打包。郑公开的车，是一部墨绿色小型房车，叫不出牌子的名字，反正绝非偷车贼所觊觎的。郑公住的房子，在世界花园芙蓉阁，面积不大，约千余呎，是副校长位置退下时才买的，离中大不远。初看时才三十余万，因暑假要赶往伦敦，匆匆忙忙，没有立即决定，过两个月回港时才购置，而楼价已升逾倍至七十余万，让郑公肉刺不已。郑公在伦敦的"行宫"，位于大英博物馆对面，也是几百呎小单位，布置甚普通。八十年代初，电视常播一广告，豪气冲天道："使钱要讲派头！"郑公听了大为反感，说教坏小老哥。

说到钱字，想起郑公说过的旧事。郑公也曾卖字，应不为人所知。话说抗战胜利后，郑公用毛笔写了张字悬挂壁间，有一医生朋友来访，看到这字幅大为感触，死活要郑公出让，郑公也真的卖了给他，这可能是郑公一辈子唯一一次卖字。你道这字幅写的是什么，原来是"有钱一条龙，无钱一条虫"。

郑公悭俭，但绝非一毛不拔的守财奴。中文大学文化研究所旁边"百万大道"，有一用瓷烧制的巨型校徽，七十年代制作成本要一层楼的价钱，这是郑公慷慨捐赠的。郑公做过副校长，深知经费紧拙，所长任内，不领薪津，完全义务劳动。

郑公也乐于助人。一九八四年我买房子，资金不足，那时息口甚高，向银行借贷利息要十八厘左右，而定期存款只得六厘利息。笔者想节省利息开支，遂与郑公商量，惠借港币三十万，利息折中以十厘计算，郑公不假考虑，立即应允，且不需任何抵押，即时开具支票，十分爽快。到郑公退休时（约一九八六），笔者才还清款项结束借贷。在香港公家机关，好像上级不能向下级借钱，下级则可以向上级借，幸好我是下级。

一九七六、一九七七年间，李卓敏退休，马临上台，学校政策，任期届满即要卸任，一改过去延任一两年的惯例。某系系主任P少刚巧碰上任期届满荣休，学校没有延任，P少闻有微言，或以为郑公不帮忙。郑公不止一次跟我说，这是学堂的政策，不是他所能左右的。大概郑公想我传话与P少吧。我照学，并略加补充，祝贺P少命好，退休及时，将退休金买

71

了高尚住宅区的三个单位，如果延一两年退休，连一个单位也买不了。其实郑公与P少十分老友，听郑太太说，五十年代初，P少几乎每天都找郑公。内地某大学筹办时，郑公就曾推荐P少出任校长。至于后来是另一潮籍名人许涤新上场，这就不是郑公所能控制的了。

有一回，郑公伉俪应香港大学黄丽松校长之邀，到黄氏官邸晚宴。郑公早到，黄校长正在拉小提琴，郑公伉俪只好在门外恭听琴音妙韵，直到时针指向约定的那一刻钟。

港澳邻近，郑公只去过澳门两次。首次系一九三三年许地山带他去的，第二次则为一九七九年，也是由姓许的我陪他去的。在澳门见过好些人，尝到连胜马路探望他的老同学罗慕华，郑公说罗老二十年代在北京读大学时已是文学家。又见过汪老（孝博），汪兆镛的公子，汪老见郑公不擅粤语，遂说国语，而汪老的国语，真不知是哪一国之语，郑公听得一头雾水，只好恳请汪老说回他的粤语。郑公坦言，你说粤语我还能听懂多少，但一说国语就一句都听不懂。在澳门还见过《澳门日报》李成俊、李鹏翥二公，记得闲谈间李成俊谈到原始社会、奴隶社会，郑公很认真地说中国没有奴隶社会，与李公成俊争辩了一阵。

一九四九年政权更易，郑公尝与友朋争论，郑公谓国民党管治中国几十年，没有搞好，该换换别人来搞，弄弄看。可见郑公对共产党印象尚可。

郑公曾说过五十年代与饶公（好像还有李棪）去法国参加青年历史学家会议，翦伯赞动员他们回国，说不用担心，有他保证。结果"文革"不久，翦也自身难保，自杀了，这又如何保证？怎么保证！

郑公每年暑假，都到伦敦去度假。一九八五年笔者正巧在伦敦，顺探郑公，观赏其珍藏书画。其时郑太笑说郑公：你看他的眉毛，一边往上，一边往下，人家要不就两眉往上，或两眉往下。孰料次年郑公就生病，常

郑德坤夫妇在香港中文大学中国文化研究所所长室，一九八三年

拉肚子，由一百八十磅一下子跌到一百二十磅。在学校就医，一直没医好，也查不出真正病因，跟着中风，听医生指示学打麻将，但已太迟了。一九八七年吧，病得严重，郑公坚持开刀，才发现肠有小孔，是一九七八年手术的后遗症。但中风已成定局，夫人悉心照料，我们晚辈也时常登门探视。有次送上《名家翰墨资讯》，翻开容庚玉照那版，郑公一看，随口说"老师"。郑公在燕京时随容庚游，也做容老的外文秘书，西人来信，都是郑公代译代复。郑公对我好，或可能是基于容老的关系吧。

有次访郑公，见他神情木木，想刺激一下他的大脑，活跃一下思维，大声问他，听说你老人家去法国时，桡斋（李桡）拉你一起去看脱衣舞，但你不肯去，可有此事？此时郑公面部有点笑意，但无法应话。孰料郑太代他答：我都叫他去看，他就是不去。郑太说的是果是因，我搞不清。

郑公喜收藏，陶瓷、玉器、书画都收了不少。郑公书画多在伦敦时

73

郑德坤藏品著录书

收，靠香港潘熙等寄照片来决定是否收购，如此"放飞剑"，自然频频"中招"。但前几年郑公藏品在伦敦苏富比拍卖，都是估价十数倍至数十倍拍出，抢翻天了。买家有再拿去北京拍卖，再翻好几倍的，真是难得大家糊涂，大家也难得糊涂。郑公藏品中，印象较深的是傅抱石的兰亭图横幅，曾刊于星岛日报《文林月刊》第二期。郑公这件宝贝，却被人以两张谢稚柳换了。郑太说郑公笨。从画的经济价值来看，是真笨，但郑公说他没有谢稚柳作品，人家肯换，我就换了，可见郑公不计较的胸襟。扯远一点，此画九十年代初见悬于台湾蔡辰男别墅主房浴室壁间，二〇〇〇年又见于林百里宅中。

郑公在剑桥时，有一古玩商常登门请教郑公鉴定瓷器，郑公悉心指导。但有人顺手牵羊，拿了郑公几件瓷器。家人要报警，郑公不允。及后此君再来郑家，家人说贼仔来了。郑公还继续教导此古玩商，可见其度量之大。

八十年代初，郑公托我处理了好些书画，其中若干件唐人写经甚精，

74

夫人黄文宗，二〇〇三年

惟其时还欠郑公的债，无力入藏，只有卖几卷，赚一卷，收藏至今。后来郑公偶也承让一些书画，最珍贵的是完整的一册《黔苗图说》。这是一九四七、一九四八年间伦敦苏富比的拍品，八十二开非常完整。当时有个设计师想竞投，投得后将会拆开装饰家居。郑公深觉此册被那洋人投得后下场堪虞，赶紧举牌拍下，保藏了近三四十年，再由我接棒，转瞬在寒斋也二三十年了。九十年代启老（功）莅小轩翻阅此册，大为赞赏，建议出版供研究用。中华书局成立八十周年之际，香港中华本有意出版，后考虑到市场太窄，只好作罢。嗣后二〇〇〇年贵州地区出版《百苗图抄》，找遍全国图书馆挑选他们认为最佳的本子印制。一见图版，与此册真有云泥之别。

郑公一直收集各种考古资料，本拟退休后整理撰述汉代考古，惜健康影响，未能成事为憾。郑公长期卧病，但因原先身子骨结实（年轻时是足球健将，尝与球王李惠堂比赛呢），底子厚，虽然病恹恹，但坐时腰板仍挺

郑德坤夫妇、许礼平夫妇在伦敦郑公馆

直，所以拖二十多年，这可辛苦了郑太。后来郑公更认不得人了，延至二
〇〇一年离世，享寿九十有四岁。越二年，郑太也追随郑公大归。记得二
〇〇三年，郑太来电，说很久未见，约什么时候见面，过一会儿又来电，
说SARS厉害，暂不要来。隔不久，郑太也走了。

　　郑太太黄文宗女士（一九一〇——二〇〇三），系革命先进、淘化主席
黄廷元千金。与郑公可谓青梅竹马，自小在乡间鼓浪屿已拖着小手进教堂
参拜，有时各自放铜板入教堂的奉献箱，但始终没有奉教，后来一起到北
京，一九二九年入燕京大学攻读社会学系。郑太到九十多岁仍会唱燕大校
歌，郑公弟子邓聪听了脱口说，怎么与崇基校歌一样。

　　郑太说她曾遇一和尚，和尚懂看相，说郑太孤独，郑太很诧异，说我有
很多兄弟姊妹，怎么会孤独呢？和尚说，迟些看看，不久果然大都病逝了。

　　郑太擅散文，得小思赞许。出版有《流浪》、《出井散记》、《百闻不如
一见》等。又喜陶艺，所以用"小匋"作笔名。郑家客厅放了不少郑太的

76

陶艺作品，不乏很有创意的艺术精品。她尝在中大艺术系讲授陶艺，也编撰有陶艺制法的书，由台湾艺术家出版社何政广兄出版。但郑太对此册不满意，原因有二，一则作者标明黄文宗教授，郑太说她不是教授，人家以为她招摇撞骗，另一则系封面一双制陶的手满布金毛，人家以为作者系西洋男人呢。所以郑太不愿拿这书送人。后来再大加修订增补，交本地三联萧滋，萧公再转交中华书局，左转右转，最后书稿竟然丢失了，这让郑太耿耿于怀。她年岁又大，没精力重做了。

郑太雅善丹青，尝跟赵少昂数月，写花鸟。后来自己创作，不拘泥于什么派，脱颖而出，长期挂在客厅的一幅雪花就毫无岭南派味道，充满创意而又深具诗韵。郑太也喜书法，尝藉启老（功）访中大时，请写千字文册，据此册日夕临写。后来郑太在中大开过艺展，有陶艺、绘画、书法，其中一幅四尺楹联，就明显脱胎自启老的法书。郑太还想出版书画集，要我写序，但我怎敢佛头着粪，婉拒之，画集最后不了了之。

二〇一二年八月四日

记曾照勤一家

　　认识曾伯（照勤）在一九六九年五月吧。香港一班后生仔，以陈序臻（《青年乐园周报》总编，一九六七年十一月二十三日周报被港府查封）为首，北角英皇道刚建成尚未启用的新都城，通过曾伯借用为纪念五四运动五十周年的会场。还记得当日在现场以五角钱买了一册陈序臻写的讲述"五四"的书《新的一页》，保存至今，数年前检出请老陈签名留念。后来也有通过曾伯借用中华总商会的礼堂，举办文艺活动。笔者并非组织者，只是其中一位参与者，但与曾伯多次接触，感到他与人为善，令人愿意亲近，是个不折不扣的好好先生。而他的女公子曾子美与笔者系同一辈人，共同语言更多。

　　曾照勤一九二四年农历六月十九日生，但曾伯说阿妈书面说他是一九二五年生。曾的兄弟姊妹众多，一个阿妈生十六名，八男八女，曾照勤以男生排名第六，而兄弟竟有同年生的，可见颇为乌龙。胡适之写过"差不多先生"，在曾家生年上的确有所反映。曾伯母说她比丈夫还大些，夫人身份证件一九二四年十月生，实则属猪，一九二三年才准确。曾伯先祖可以挂到孔夫子门生山东人曾子（参），祖辈迁移广东顺德。阿爷在乡间中彩票发达，迁居广州开布铺，生个儿子，就是曾伯父亲。大概第二代衣食无忧，终日斗蟋蟀，养洋狗，玩字画，弄古董，优哉游哉，好生写意。惟蓄养的爱犬在外头与其他犬只斗殴互咬，惹了狂犬症，主人家不觉察，也被爱犬噬了一口，染恐水症卒，享年五十过外。嗣后家道渐走下坡，前头的几个儿子还可以读岭南大学，到老六的曾照勤较执输，只读了两年卜卜斋就要出来谋生。广州沦陷时曾照勤来港，住荷李活道。没几年，轮到香港沦陷，又要逃难。胜利后始返回，居住在西半山学士台。曾伯做过许多行业，曾画戏院广告，约一九四八年入中华总商会做中文秘书，一做几十年直到退休，但退而不休，经常回中总帮忙，直至往生。允称"鞠躬尽瘁，死而后已"。曾伯初入中总时会方挂的是青天白日满地红旗，不久易帜，挂五星红旗。曾伯是打工仔，食其禄，终其事，也无所谓，反正打工而已，在中总工作并不代表他的政治倾向。曾伯平日从不跟儿女谈政治，而且厌恶谈政治。工余之暇，与一众港人一样，研究马匹，下注少许。经常去跑马地开台打麻雀，雀友多是黄埔几期的老友。幸勿误会，曾伯并非沉迷赌博，兴许是耍乐，注码很小。据说长年以来，也能赢些少（如果曾如实说）。赢了当然高兴，一家人上馆子吃喝。

记得八十年代中华总商会某会董过世，要出讣告，碰到难题，辱承曾伯看得起，竟来电询问。事缘与会董一起多年而为大家熟知的夫人之外，原来还有一位原配夫人，讣告上该如何署身份排座次呢？这疑难杂症岂是无知如笔者辈所能答，立即请救兵，致电汪孝博丈（汪兆铭侄），才得以复命。有一回曾伯出门旅行，正是立法局竞选议员，长公子钰成是竞争者之一，曾父颇为担心，说如果选不上不知怎好，真是十五个吊桶，七上八落。飞机起飞前，选举有结果，电话中得悉儿子胜出，老怀安慰，才安心上路。

曾家七八十年代住北角堡垒街，但曾伯颇心仪铜锣湾正对维多利亚公园的维多利大厦。笔者其时住该大厦十八楼C座，八十年代末通过地产代理知道 B 座十多楼有盘放出，即告知曾伯。曾的女儿也相当孝顺，设法置下与父母同住，可以日日对着绿油油的公园，仰望千变万化的彩云，远眺五光十色的海港，让老父高兴了许多年。（孝顺仔李怡兄也曾垂询能否在该大厦购或租个单位，让他不良于行的老母亲居住，可终日在阳台欣赏外面景色，但当时一直未有人出让为憾。）笔者虽经常到 B 座探访，但参与曾伯的雀局只有一次，是九十年代初新春间，他们三缺一，笔者顶上，才知曾伯打得很细，牌品也很好。曾伯被大厦业主会选为主席，大厦管理得当，嗣后虽已售楼迁西半山雍景台居住，还有段短时间返维多利大厦做义工，处理大厦事务。一如在中总退休，也返去帮忙打点。

有一回曾伯拿着中总的旧档案，是光绪年间谢缵泰等会议记录，是十分珍贵的历史文献，但保存欠佳，有虫蛀，询以保存办法，笔者建议找裱画师傅重新装裱。曾伯询大陆装裱是否可便宜些，笔者介绍孙大光（雅好书画的地质部长）侄女孙群一师傅帮忙。后来曾伯说中总把这批重要历史文献捐赠给香港政府档案馆保存，其实这是最佳办法。同样，澳门镜湖医院要不是把早年档案捐与广州博物馆，就无法永久保存这批关乎孙中山早年在澳门行医、借贷等记录的资料。

七十年代末，曾伯千金赴法兰西进修几年，拟售鲗鱼涌海景楼居所（虽名"海景"，并无海景，只有楼景），价十六万，笔者承接，交易手续均由曾伯办理，到杨振文律师行签契。交易前，曾伯说很感谢笔者帮他女儿承购这单位，但十六万这么贵，不一定要买。老人家从我的角度考虑问题，如果我临时缩沙，放弃交易，也能冠冕堂皇下台。惟君子一言，驷马难追，照常交易。而有关交易之手续费，非当时习惯买卖双方各半，而是统由曾伯支付，古风可鉴。没几个月，该大厦爆水管，脏水横流，笔者颇为头痛，托地产代理沽之哉，不出两周，竟以二十三万余元售出。颇有斩获，拜曾伯所赐。嗣后笔者要处理房子，先报告他老人家，让他优先考虑也。

前左起：曾照勤伉俪、马力，后左起：曾子美、黄耀堃、许礼平，七十年代

　　曾伯有一次患盲肠炎，通过关系到广州某著名医院割治，当躺在手术台上，一忽儿，全体医护人员失去踪影，手术室只剩曾伯一人，顿觉奇怪。不久模模糊糊苏醒，大概手术做完了，忽听到某医生大声叫骂，有无搞错，这些线早已过期，怎能帮病人缝针。曾伯躺着静听，不敢想象，非常无助。曾伯述说时，不愠不火，好像跟他没什么关系似的，涵养极深。

　　曾的两个儿子钰成、德成生于广州。曾伯做中文秘书薪酬不高，所以要儿女读英文学校（香港中文最佳识字最多的邓尔雅也是要儿子读英文，出路好云云），钰成、德成都读圣保罗。钰成的老同学盛赞钰成极聪明，读书成绩好，尤以数学为精。而钰成不似其他同学要聚精会神听课，他歪着脑袋看看黑板上老师的演算，说某处准会出错，某处又如何。某位老师尝当众说学生中我最服曾钰成，服到五体投地，说时就真的趴在地上，传为佳话。

81

曾钰成在港大做助教时，普林斯顿大学收他入学，有奖学金。其实真要去的话，学费虽免，生活费曾伯也负担不起的。曾钰成大学二年级时随母亲返广州，对内地印象颇佳，像当时的热血青年一样，也拟回国奉献。惟不久"文革"动乱，香港也波及，弟妹又被捕，所以没有北返，而是选择先留港教书，通过同学，联络安排入培侨中学任教。去之前，美国有八家学校找他，但最终选择培侨。

曾伯对儿子钰成的思想转变，好像不大理解。九十年代，笔者与曾伯撑台脚，在铜锣湾百乐潮州酒楼用晚膳。席间曾伯尝语笔者，钰成本来不是这样，后来跟了傅华彪，受了他的影响，才有所转变，问我认识傅华彪吗？当时并不认识，没法接话。后来也曾四处打听，无从寻觅。直到两年前，才在一次旅游中认识傅先生，此等谁影响谁的事很敏感，当时也不敢乱问。傅也是沉默寡言一族，金口难开，也从不提此事。直到二〇一二年十一月十八日，一众青年乐园相关友好赴穗，探望老社长李广明（覃刚），午宴间李社长提及曾钰成或受乃父影响，曾子美不认同，我当场说出曾父曾有此一询。傅也同席，没有开口。回程长途车上刚巧与傅先生共坐，细询之，总算透露多少：钰成当年投稿《青年乐园周报》，常上报社（骆克道四五二号十三楼），傅是英文编辑，与作者钰成交谈，年轻人喜谈话沟通，很快也就熟络了。钰成喜爬山，傅也常登山，于是常相约一起去。钰成数学好，比赛往往成绩最好，比高年班的还好。记得有一次钰成得了一个什么数学奖，若登记在册，必须系英籍，钰成请教傅。傅说若是为了一个奖项而改变国籍，是否值得，请钰成自己考虑，并说若是他自己则不会这样做。后来不知钰成有没有改变国籍，也没有再问他。钰成当时不单只投稿《青年乐园周报》，也投稿《南华早报》。傅多次去学士台探钰成，南早的人也去过好几次。

席间有人说到曾德成，他的老朋友认为德成较单纯，很正义。"六七暴动"时，他并没有做什么，只是将自己对时局的看法写出来，油印成传单，向同学派发，表达自己的意见而已。德成觉得自己很正义，理应如此，根本没有想到会被捕。所以第二天照常上学，就被校方召警逮捕了。德成就读的是圣保罗男校，是香港政府重点培育的精英学校。此校竟有学生造反，当局相当震惊。据说当年远东经济评论社派记者到 YP 仓采访德成，采访者就是后来成为终审法院大法官的李国能。德成现已贵为民政事务局局长大人，但无悔少年时之书生意气。二〇一二年十月"赤柱大学"一众难友国庆聚餐会上，司仪当众高声问，局长大人还记得自己在狱中的编号吗？曾毫无顾忌，霍地站起，朗声答道：二八五〇四。还是那么凛然。

再说曾伯宝贝女公子曾子美，杜工部之字也，出生时皮肤黝黑，乳名黑妹，长大了却生得白净，仍叫黑妹，同学还以为反其道而戏称之也。就读庇理罗士女子中学，受师姐影响，稍稍明白些事理，但也不是关心政治一族。同学间喜攀附历史上同姓名人，黑妹以曾国藩标榜，曾国藩在当时

曾子美

内地流行的范文澜《中国近代史》上，被骂为双手沾满人民鲜血的刽子手，可见黑妹的思想与共产党并不一致。小学时年年考第一，中学庇记系英语授课，成绩骤降至二十几，一番努力，又追赶至第六七名，可见黑妹是极具上进心，系勤力好学之乖乖女。但命运莫测，中五那年适逢"六七暴动"，有所谓庇理罗士十四女将，最为无辜。事缘该校某学生写了篇"毒玫瑰"打油诗在《青年乐园周报》上发表，副校长 Rose Lau 也名叫玫瑰，看了大怒。诗虽有所讽刺，Rose 不反躬自省，而是将这位尚有几个月就毕业的中五学生的葛量洪奖学金停掉。这位同学长于单亲家庭，靠母亲在北角春秧街做小贩卖菜为生，奖学金停发即无钱交学费，同学间基于互助精神，商议捐助，相约在早会时开会商量。而其时正是遍地真假菠萝，风声鹤唳，居住于庇理罗士斜对面新东方台的罗老总（孚），凑巧当日也安排了一个假菠萝，交由儿子放置于寓所附近，却是庇理罗士大门口，校方大为紧张，宣布早会取消，全体学生回班房。但相约开会商量的十四位同学，走得慢些，未及回课室，已被拦截，而校方不"爱人如己"了，召警拉人，十四位无知少女（有好几位连毛泽东是谁也懵懂不清的）就被拉去北角差馆，一大叠成绩表"啪"地扔在台上，宣布通通开除出校。而且缺席审讯，罪名阻差办公，判决入荔枝角羁留中心。十四个纯品学生命运为之一变，前途崎岖。七位入狱，七位保释。黑妹自问没有犯罪，错不在我，坚拒保释，尝了个多月铁窗滋味。被捕之时，眼镜按规定被收走，八百多度近视，什么也看不清，所以隔了四十五年，已记不起当日具体细节了。出狱后转读岭南，成绩每名列前茅。而"毒玫瑰"或因此为当局立大功，仕途更上层楼，调任何东女子学校，扶正为校长了。在何东也有戏等着这位新校长，事缘何东也有学生造反，撒"粉碎奴化教育"之传单，正巧本港有高官到该校巡视，满地传单，叫校长面子往哪里挂呢？经明查暗访，疑系优秀学生高顺卿所为，遂于上课间传召高，但苦无证据，有爱护高之教师（与校

曾照勤与孙中山研究会负责人周政民

长同姓）因此事忿而辞职，而"毒玫瑰"在高同学的七年一本的成绩册上严加恶评，封杀她读师范、读大学、做教师等所有出路。高做不成教书匠，但后来命运却安排她参加中英土地谈判，与曾荫权唱对手戏。"九七"后转入金管局，掌握我们港人几千亿资产，成为拿红色外交护照的大人物，这又远非校长大人当日所预计得到了。扯远了，但此系香港近代史一小节，不知有否人道及，顺记于此，以就教治香港史专家。

曾伯家族庞大，人口众多，而丁未洪羊劫难，曾伯五口之家，竟有二位入册，族人刮目相看，纷纷敬而远之，亲戚也就疏于往来，免受牵连也。曾伯一家，有被出族之慨。孟夫子有言，"天将降大任于斯人也，必先苦其心志，劳其筋骨，饿其体肤，……"总之是折腾，尚幸否极泰来，总算挺过来了。而曾伯二位公子钰成、德成，在港奋斗经年，成就广为人知，正

85

訃告

我們敬愛的父親曾照勤先生因患癌症，二○○五年五月二十日在東區尤德夫人那打素醫院病逝。遺體告別儀式訂於六月二日（星期四）上午假北角香港殯儀館舉行。謹遵母親命，敬告各親友。

曾鈺成
德成
勵予

上午九時半大殮 十時出殯
遺體奉移哥連臣角火葬場行火葬禮
聯絡人：胡小姐 電話：二五六三 三六六二一

謝

先父 曾照勤先生 喪禮
蒙各親友親臨慰問或賜厚賻
不勝感銘 謹此鳴

曾鈺成
德成
勵予

泣叩

曾照勤讣告和丧礼
谢启，《大公报》

86

所谓扬名声，显父母，不失礼曾家列祖列宗。而女公子名虽不显，惟近年在伦敦郊野优哉游哉享受人生，又远非两位早逾花甲仍荣任人民公仆的兄长所能企及。

曾伯第三代外孙女也是读书种子，在香港女拔（香港拔萃女书院）已成绩骄人，且德智体群全面发展，转战英伦，让一众白人妒忌，当年全英考试得十一个 A 加星，轰动一时，学士硕士亦国人崇尚的剑桥哈佛一族。而最让人敬重者系坚持旧日普世价值观（不是今日的），凭良心做人，速速放弃销售疑似剧毒金融产品的投资银行高薪厚禄，投身薪酬大降而系为第三世界发展之社企业务，亦算积阴德。

千金难买子孙贤，曾伯老怀安慰，可以闭目了。曾氏家族遗传基因甚佳，长命者众。曾伯兄长现年九十多岁仍健在香港，有位在广州的大姊已百岁过外仍然硬朗。而曾伯一直体魄强健，腰板直直，精神奕奕，很少看医生，前不久还带其老友周政民到寒斋雅聚。到二〇〇五年五月某日，曾伯忽感不适，入东区尤德医院治疗，才一两天，晚间两位孝顺仔刚探完病，老父还怕儿子这么忙碌，在医院有所耽误，说自己没什么，催他们早点回家。但次晨再往医院，老人家已往生了，至于是夜间几点钟走的，无人知晓。曾伯过世好像很突然，但这是几生修到啊！这是《尚书·洪范》五福最后一福，考终命，即善终也。享年八十有三，也不失礼。

二〇一二年十一月三十日

翟暖晖二三事

翟公原名暖晖，又名大有。母亲不识字，翟祖父叫"年有"，父叫"阿大"（名怀叙），所以暖晖就叫"大有"。偶仍有用，如任愉园体育会副会长则用翟大有名，为女儿主婚也用翟大有。

一九一九年十一月二十五日生，广东番禺人。翟爷在黄埔开合昌米铺，爷死父接。翟暖晖有晚醒来不见妈妈，甚为惊恐，哭着上街找父亲，见到父亲在别处正与一班人玩弦索。父亲雅好器乐，弹的拉的，除了笙，什么都会，还会打板。顾曲周郎就是不会做生意。

二十年代中，生意失败，父亲出走，音讯全无，连母亲也不知其行踪。有日忽然收到天津寄来皮蛋一筐，才知翟父行船。一九二五年省港大罢工，一九二七年广州暴动，翟父这几年躲回乡间，估计或曾参加革命。翟父尝说已分了红布袖章，但公子哥儿怎会搏命，还是返乡下较安全，不然或者被打死也未可知。返乡后，翟父又与乡人玩音乐，去广州买乐器，组织中乐团，晚晚有月光时玩音乐，好生写意。

翟暖晖九岁十岁才入私塾读书，跟秦介卿读了一年，跟区湛钧也读了一年。共读了两年卜卜斋，才十一岁时已胆敢代表阿爷在沙纸卖田契上签

翟暖晖父翟怀叙

名，卖了二百元，翟父带此二百元去广州开米铺。时值一九三一年，东北沦陷，政局不稳，当然没生意，年尾执笠，暖晖返乡下。

一九三七年去广州投考中学，发榜日，有二百二十名，翟由最末往上找自己名字，一直找到第十六名就是翟暖晖，遂入广州市立一中。这家学校免学费，只交宿费。不久打仗，市长刘锡森命令暑假全市中学停课。翟返乡下，甚觉无聊，精神无出路。一九三九年初，在自己乡下，母亲不知世局，还说裁衣服。翟公有感而发，写了人生第一首诗，诗云："哀哉不能言，匪有缄我口，嗟我不能言，言之实觉丑。惟我众君子，有地不能守，千里沃平原，数日弃之走。身随地俱沦，从此为鸡狗。"翟公在乡间待不住，随小学同学之父麦达三去广州，入广东大学农学院训练班，读了一年，麦达三患霍乱卒。一九四一年初翟转去罗定，入广东省立艺术专科学院读音乐。王懿平教授颇看重翟，专门教翟和声学。

一九四五年八月和平，翟公十月返广州。适巧大舅王音忍做了广州市立三十四小学校长，遂去这家小学教唱歌、算术。但薪水贬值得厉害，一百元才得十三两米，他不想干了。

89

一九四七年头，翟到港后由潘伯林（又名潘炜）托其兄伯桓介绍到救恩学校教书，校长系传道婆周某。翟公在救恩教了四年，思想左倾，也宣之于口，因言论过左，学生称翟公花名为"毛泽东"。一九五〇年终于弄到被校长解聘。

但四年的救恩教学生涯，只是一次人生的热身，而翟公一生的际遇则始于两种（次）"持恒"。

翟在救恩教书时，寄居潘伯林任教的学校宿舍。大概一九四七年十月，偶与潘共看《华商报》，见有持恒函授学校招生广告，遂同去报名。潘读国际关系，而翟读社会学。有一天成立学生组织，开会时翟公阅历深，久经风雨，视野较宽，于是讲话较多，遂被选为总干事，而一位读国文科的女同学钱静娴副之。还有一副总干事蓝真，是持恒读哲学的。学校每两周开学术讲座，邀请名流来讲话。茅盾、胡绳、胡愈之、郭沫若、邓初民、乔冠华等名家都曾应邀来演讲。乔被邀时先问有多少人听，翟公怕说得少请不动乔老爷，胆粗粗说百多人。后来还好，几乎来了二百人，连楼梯级都站满。乔老爷讲"三大战役前的国内形势"，但说的是国语（普通话），翟公其实听不懂，不知他讲什么。只记得乔老爷说"杜鲁门这个小子"一句时，大家都笑。

乔老爷讲毕，翟公有一同学郭全本提问蒙古问题、中东路事件问题，那都是不平等条约，郭全本问共产党为什么赞成，乔也不知如何答，只得含糊其辞。翟公十分赞赏郭全本，说郭厉害，会独立思考，不怕死，敢提问，挑战乔，翟反而为乔老爷担心怎样应答。郭全本（一九二二——一九九七）系马交仔（生于澳门也），祖籍山西，一九四九年至一九七五年在英皇书院教中文、中史。儿子郭新系著名天文学家、港大大教授，有弟子梁振英系本港特首。

生活书店总经理徐伯昕，时任
持恒函授学校校务委员会主席

行笔至此，略提一下持恒。话说战后香港有两所特殊学校：持恒
函授学校与达德学院，由在港的地下党员和民主人士合办。达德创办于
一九四六年秋，办了五个学期，较为知名，有好几部专书介绍。而持恒知
者不多，成立于一九四七年双十节，是生活书店在极其困难的条件下创办
的一所新型的函授学校，由生活书店总经理徐伯昕、胡绳、沈志远、胡耐
秋（伯昕夫人）和孙起孟五人组成校务委员会。

孙起孟任校长，执教的老师均为左翼知名文化人：胡绳、曹伯韩、沈
志远、邵荃麟、葛琴、宋云彬、张铁生、狄超白、鲍锦遂等，职员有温知
新、张佩兰、黄壁、郑新、陈嘉耀、蓝真等。校址在北角英皇道四八九号
四楼。持恒虽只办了两个学期，但培养了许多青年。后来孙起孟校长直言
这所学校"曾为提高青年的思想、政治、文化水平，迎接人民解放事业做
了一些工作"（《新文化史料》一九九八年第一期）。受教者有的回国奔向革
命，参加粤桂边纵和东江纵队教导营，有的去南洋参与左翼活动，有的留
港从事出版工作，如蓝真、吕舜如、杜文灿和翟公等（参蓝真《一点闪耀

翟公与持恒同学游沙田，一九四九年

的光亮："持恒函授学校"与"生活书店"》）。

　　翟公说持恒于一九四八年九月停办，学生散伙。作为总干事的他，要做许多联络工作。上午在救恩上课，下午去同学居所或工作间逐个拜访，所以持恒学生都识得翟公。"持恒"散档，同学们舍不得就此散伙，遂组织持恒学友会，集资租用九龙广东道六一九号六楼，成立"持恒之家"，翟公被推为大家长，同学老友蓝真副之。十多位同学在"持恒之家"搞学习，学习政治为主，学习毛公的《中国革命与中国共产党》、《新民主主义论》等等。在"持恒之家"的"家"中还住有几位男女同学，钱静娴也是其一。近水楼台，翟公与静娴谈恋爱了，"在一次与在港同学到赤柱泳滩海浴中定情"（《闲庭信步诗词》二册页三）。翟公与赤柱有缘，先在赤柱定情，十多年后，无辜辜入赤柱折腾。

92

第二次的"持恒之家"是指翟公与钱静娴的结合，他们组成能持恒数十年的家庭。前者"持恒"得好友蓝真，后一"持恒"得贤妻钱静娴。翟公一生可谓得益于"持恒"者甚多。

当初翟公与钱静娴（原名舜玉，入读持恒始改名静娴）恋爱，钱母赞成，但钱父见翟公面无四两肉，高高瘦瘦，极力反对这头婚事。惟女大女世界，有情人也终成了眷属，时为一九四九年，蓝真做证婚人。钱父不愿摆酒，而蓝真与一班持恒学友，在威灵顿街二十八号大景象酒楼（老板袁容，后来开太白海鲜舫）摆两三酒席庆祝。（威灵顿街二十八号后来变成三联书店总部数十年，直至收购商报时才变卖易主。）钱父后来接纳翟公，或曾补摆喜酒。翟家仍存有当日钱静娴穿裙挂与翟公和一众亲戚的合照。钱遂初尝语翟公不得纳妾，但钱自己早有妾侍，遂改口说等挣到钱时方可娶妾。可见当时社会风尚。

且说翟公夫人钱舜玉这位能人所不能的女中丈夫，与翟公组织家庭，成就了后来翟公的种种事业。舜玉较翟大一两年，其尊人钱遂初（一九〇〇——一九五二）之岳丈劳煊游（一八五四——一九四〇），光绪年间去南洋讨生活，带回一个有一半南亚血统的婴孩，这位半唐番就是舜玉的妈和后来翟公的外母大人劳卓华（一八九一——一九七二）。怪不得翟公两位千金，乍看有印巴裔模样，实具有八分之一南亚血统。广东人叫杂种的混血儿，往往漂亮而聪明，劳卓华就是一例。

这钱遂初先生做生意，大起大落，曾濒破产边沿，又能起死回生，赚大把钱。尝与百货业巨子潘锦溪（潘迪生父、李国宝岳丈）、庄明丰合作生意，代理瑞士名表赚大钱。而所生千金舜玉，却与乃父志趣迥异，醉心教育事业。

钱舜玉原在般咸道西南中学毕业（近圣士提反附近），在孔圣堂属下小学教书，后去圣心（当时叫圣三一）再读。香港沦陷，舜玉受不了日寇

翟公结婚照

统治，一九四二年冬，钱舜玉与好友黄慧文、黄柔文三个女人去广西。时日本有船"白云丸"行广州湾经香港，再经梧州去桂林，三人乘搭此船拟去桂林，谁知途中有些阻滞，留在郁林（玉林），黄柔文患伤寒病死。黄慧文去郁林县城教书，钱舜玉寄居在当地姓蒋的家庭，日间在县政府做科员（秘书），晚上在蒋家教几个小孩。直到胜利后急返香港，帮父亲忙外，也教书。

钱舜玉本就雅好书法，返港后生活较安定，跟冯师韩学书法。冯用心教她，还经常赐字。冯师韩是皇仁仔，早岁在华民政务司工作，一九二五

翟公结婚，男女双方家属合照

年省港大罢工，香港总督与中国官员谈判时，冯做翻译。后又在电检处工作。冯师韩以隶书名世，其千金冯文凤也有声于时。钱舜玉跟冯老师只短短两三年，但已能写得一手好字。

钱在持恒认识了翟公，婚后两人由持恒之家迁去兴汉道尾，英皇书院隔邻一幢楼宇的阁仔。嗣后迁去亚毕诺道八号四楼，隔邻就是道亨银行董家。董家两位千金董琪、董杰与惠洸系真光小学同学。董家另一位千金董慧嫁与中共地下党潘汉年。翟公长女一九八六年迁入罗便臣道七十五号三楼，与费彝民住同一栋楼，而所居在费宅楼下，该单位"六七暴动"间原系港英特工租用，尝在天花板上钻小孔，安装窃听器监听。笔者何以知之，中调部驻港负责人"光头潘（静安）"曾告知惠洸也。

"光头潘"系易大厂高足，与翟公老友，翟公用印就是潘所刻赠。潘更

95

欣赏翟太太的书法。七十年代潘收好几位弟子授以篆刻，而请翟太先教诸弟子书法。翟公狱中传递出诗篇，翟太太均以毛笔工楷誊录之。后来《闲庭信步诗词》，就是出自翟太太手笔。

一九六三年，翟公迁入西摩道美丽台 J 座六字楼，一住半个世纪。楼下《大公报》李侠文居住。晚岁楼上楼下偶尔搓几圈卫生麻将。

一九九九年，翟太辞世，春秋八十有三。死因系心脏病发，迅速断气，无痛无苦，也不麻烦翟公。

翟公育有两女：惠洸、惠华。一九六七年翟公系狱时，惠洸在圣保罗男女校中五毕业，拟在原校升读中六，但校方见翟公入册，担心惠洸会不会搞事，曾开校务会议研究。尚幸翟公老友曾宗麟（邓尔雅及冯师韩高足）的公子曾国强在圣保罗任教，极力担保惠洸不会出事，惠洸才得以继续学业。惠洸浸会毕业后，也加入父亲的团队，在《广角镜》工作，两年后从事音乐教育，凡三十年。惠华较年幼，与李少雄、潘怀伟儿女避居澳门，就读濠江。一九六九年翟公获释，始返港入邓肇坚中学。毕业后远赴美利坚，先后在马里兰州立大学、康奈尔大学攻微生物学，得硕士学位，继而在芝加哥大学搞学术研究。后返港随林语堂千金任教。近年多做义工，服务社会。

再说回五十年代初朝鲜战争爆发，局势紧张，港英可能封杀三联书店、新民主出版社、中华书局、商务印书馆等左翼书店和出版机构。新华社香港分社遂有开设无色彩书店的方针。

翟公被救恩炒鱿鱼之后，蓝真邀翟公去见生活书店的杨明，聘翟公到新成立的学文书店工作。翟公说蓝真这位持恒同学，似来头不小，杨明经理也听蓝真的。（三联杨明走后，李克来；李后来去海南岛，陈祖林继任；后来蓝真来。）

学文其实没有自己门面，只是挂单在干诺道中五十七号上海书局，摆一张台办公。学文第一任经理陈建功，虽然思想左倾，但中间面貌，人面广，系蓝英保险公司高级职员，也曾在智源书局任职，后来在九龙平安戏院附近开设前进书店。

翟公任学文总编时，出了不少书，也有可记之故事。翟公到处找人写稿，尹任先介绍了何孝达（即冬天也穿短裤的诗人何达）。何夫人叫陈文娟，其兄在教育司署工作。陈请何孝达代课，所以陈文娟被炒。文娟写小说笔名夏易，那时流行打羽毛球，费彝文也打，夏易写《怎样打羽毛球》，销三千册。学文出《张老师教作文》（夏尚早著），司徒华大赞，与翟公说他也叫学生看这部书，销路甚好。当时翟公印了一册《如何帮儿女求婚》，销路却不佳。学文面貌中间，作者系左翼文人改用化名，例如《少男少女》作者马霖就是司马文森的化名。

翟公特别提到关朝翔医生，关以吴仲实为笔名在《大公报》写医学文章，编集成书，其实这是一本"内容着重在破除有关医药的迷信方面"（序）的书，作者原拟书名《医药新迷信》，翟公以书中一章《我的刮龙术》做书名，这个书名吸引力大增，结果洛阳纸贵，销路极佳。书售二元一册，关医生要版税百分之十五，互利互惠。

翟公后来专心经营宏丰，学文就交由石焕新（原百新图书公司会计）接手；学文后来被发现有左派背景，在南洋入了黑名单，遂改名为大光出版社。章怀、李昕由广州来港，两位都是中山大学高才生。章主持大光有声有色，李搞《生活与健康》杂志也相当成功。

翟公说蓝真对他影响最大，带他走入出版界。那么翟公去办学文，只是个开始。接着的是一九五一年左右在大道西二〇八号地下开设求知书店。这回翟公做幕后老板，经理系杨汝长（曾钰成前岳丈大人），继由植文通接

97

手。一九五三年翟公又应蓝公之请，在湾仔庄士敦道开设华风书局。

教科书从前是商务、中华的天下。一九四九年之后，其出版的教科书许多学校都不敢采用。

一九五三年出版界领导唐泽霖找翟公洽商，拟与翟公及世界书局，三方合作，每人十万，组织宏丰图书公司出教科书。翟公出面找世界书局郭湛，一拍即合。作者大都是学识渊博、富有教学经验的资深教育家，阵容颇大，包括后来做中文大学校长的马临教授。

翟公千金说翟公最合适搞宏丰图书公司，翟公一心一意要把教科书编好，全情投入。两位千金都能帮忙，惠洸小四暑假期间，去宏丰帮老父对稿，而惠华当模特儿做各种动作，拍照用作书中插图。旧日教科书上的植物图样，都是白描画稿，翟公是对着真植物拍照，代替白描画稿印在书上，这在当时的香港是创举。翟公还逐家学校拜访校长，介绍其心血，所以长期以来，许多中文中学都采用宏丰的教科书。

翟公入册时宏丰人员四散，奄奄一息。翟公器重的陈耀东改行当巴士司机，到翟公自由后把陈拉回来，重整旗鼓，逐渐恢复旧日光采，不久更由陈耀东出掌宏丰，一直到后来转售与李国强兄。

一九五二年香港发生"三一事件"，《大公报》被控，判停刊半年，后经周恩来总理向英国驻华代办处交涉，《大公报》才在被迫停刊十二天后复刊。新华社香港分社研究，港英可能会再封杀《大公报》、《文汇报》、《新晚报》，遂有陆续开设无左翼色彩的民间中立形象报纸的方针政策。这又关系到翟公。

五十年代申请报纸牌照不易。当时《标准行情》督印人李少雄拿现成的《标准行情》改名为《香港商报》，手续简便得多。但去哪里印呢？新华

翟公合家照，中坐者为外母
劳卓华，两位小朋友惠洸
（右）、惠华（左）

社香港分社看上了翟公岳丈的南昌印务，于是又由蓝公出马游说翟公。原因是翟公岳丈大人钱遂初，原开设昌兴洋行，做钟表生意，代理瑞士摩凡陀（Movado）名表，赚大钱。后又在德忌笠街四十二号，成立南昌兴记印刷公司。于是翟公积极配合，更难得夫人钱舜玉全力支持，居然一口气卖了六层楼，得款十多万，全投到南昌购置大型印刷机印商报。

翟公伉俪，一九八一年

　　翟公还睡在工厂，费尽心思日夜研究印刷机器。嗣后南昌与商报两家合并为南昌印刷公司，由翟公去领牌。李少雄还接其他报纸来印，有《田丰日报》、《香港夜报》、《新午报》、《青年乐园周报》等等。

　　本来接印这几份报纸，于"南昌"生意有利，但也埋下日后翟公被捕之祸的伏笔。

　　合并不久，"文汇"派黄炳冲等几个人来"南昌"协助工作，"文汇"经理余鸿翔说这几位如果不适合可送回来。不久，黄炳冲等几位"文汇"来的人不合作，翟公一怒炒之。但工会派人来要翟公收回成命，翟公不肯，工会的人斗争翟公。有日由蓝真出面要求翟公收回成命，翟当堂火滚，想打烂机器，但一想，何必发火，打烂机器损失的是自己。反正日日印报，日日收钱，算了！自此翟公不理"南昌"，觉得"南昌"不是自己的。

但故事未完。"六七暴动"，翟公是"南昌"持牌人，而"南昌"承印的《香港夜报》、《田丰日报》、《新午报》系港英封杀对象，所以翟公也因而被一并抓捕系囹圄两年，真是无妄之灾。当日详情，已有另文《翟暖晖六七往事》，此处不赘。

"六七暴动"，新华社香港分社与一众左翼人士辛辛苦苦建立的基业毁于一旦，《香港商报》也未能幸免。原赖以销纸的金庸武侠小说、马经等版没有了，大群读者不看了，销路大降，由盈转亏。每年要新华社补贴千万元（"文汇"、"大公"、"新晚"还不止此数），钱从何来，新华社每年向中央写报告申请，对主事者也是头痛事。及李少雄死，张初出掌商报，张与联合出版集团老总系老友，传闻张向老总进言，做香港出版人做到顶级像蓝公最多捞个广东省人大代表或政协委员，若果买了商报，变成传媒人身份，影响就不一样，不单退休年龄可延长，还可以提升身份至中央级别，捞个全国人大代表或政协委员做做。联合老总系有所作为者，或不一定要过此官瘾，新华社也顺水推舟，乐观其成，好卸掉一个包袱。最终联合买下商报。

商报与"南昌"合股，收购事关乎翟公。翟公说，有日，商报新社长联合老总与罗某一起来谈，老总直呼其名：翟暖晖，"南昌"已一无所有，转名过来吧。翟公一听此语，大受刺激。遂在商言商，不打感情波了，要求四百万。但新华社周南不肯。翟公写了份万言申诉书交新华社，其中一份抄送蓝真。蓝公早于一九八四年花甲之龄退位，不在其位不谋其政。但仍趁国庆节宴会间，问新华社张浚生翟信如何，张谓翟信可读性高。蓝如实相告，翟又光火。其实蓝公已跟新华社杨奇说项，杨奇在新华社内部有黄大仙之称，有求必应也。杨奇觉得翟公功不可没，应该做些表示，后来便有安抚措施，每个月当顾问费车马费给翟公六千四百元。

翟公一九六七年八月九日凌晨被捕，入册两年，至一九六九年九月六日出狱。在获自由后，常与蓝公爬山，去大帽山、八仙岭等等。遇周六日去的话，路程短些，以便两位太座参加。蓝公喜啤酒，时带五六瓶登山，翟公帮忙分担。偶与村民相遇交谈，人家问起两位做什么工作，答以我们做睇门（看更）的。登山途中闲聊，翟公与蓝公表示要做些事情。

一九七〇年，蓝公鼓动翟公搞一份杂志，翟公说，潘怀伟在狱中跟他说过要人家破产叫他办杂志好了，所以不愿办。不久蓝公告诉翟公说办杂志事已报上去，翟公感到好像势在必行。不久，蓝公拉翟公，领着陈松龄兄，三人去龙珠岛的酒店住一天，商量大计。商量了一整天，决定出《广角镜》月刊。

陈松龄是马交仔，国民党太子系梁寒操弟弟梁寒淡女婿，由潘国伦（澳门永乐戏院领导）介绍来香港，先在上海书局工作，与李怡拍档。蓝公推荐陈兄来做《广角镜》总编，并与翟公言，陈有什么不对，由蓝对陈说。《广角镜》月刊面世后反应也不错，但影响力则逊于《七十年代》。陈兄嘴唇略厚，憨厚老实，不愠不火，滋油淡定。没多久，陈兄过档去《七十年代》，重新与李怡拍档搞天地图书公司。天地越来越壮大，出了许多很有分量的好书，对读书界贡献甚大，门市生意也不错，还在旺角发展新店。这是后话。而接替《广角镜》总编的是李国强，李与翟的千金系浸会大学前后同学，学运幕后搞手。

一九七六年，翟公不怕破产，又搞了本新刊物《现代军事》，由施云作主编，办得有声有色，影响海内外。那时中国内地锁国多年，消息闭塞，军界通过《现代军事》，了解外边军事发展到何等先进地步。军队领导张爱萍还邀翟公上京，夸奖翟公这刊物对军界的贡献。《现代军事》主力施云作系惠洸夫婿，也是浸会帮，一向低调，也深明军界复杂，保持距离，纯办杂志，才能长治久安、长命富贵。

《香港商报》一九五二年
十月十一日创刊号

　　七十年代末，大陆搞改革开放，号召港人到大陆投资建设。翟公也不甘后人，组织资金，由翟公牵头，让老友兼《华夏意匠》作者李允禾（研山公子）规划设计，在广州兴建五羊新城楼盘。当时的地方大员兼改革开放主将吴南生，还专门自从化赶到广州主持动土仪式。时广州人对私有房产还心有余悸，不知他日运动来时，政策是否有变。据当年马公国权提及，买五羊新城与别的楼盘不同，有政治保险，再有运动，也不影响业权云云。当日销情如何？不得而知，翟公生前从不提及。今春与吴老（南生）在饭局上闲聊，才悉翟公曾有此举。

　　一九八九年九月左右，外文局林茂荪邀港台出版业界去厦门，笔者陪同台湾业界王荣文、詹宏志、陈远建诸君赴会，在启德机场走廊上与翟公并行，翟公伸直五指像抓东西模样说："许仔，一于揞（挖）银。"翟公系温馨提示后生小子，只管赚钱算了，不要管他娘的政治也。

翟暖晖

翟公一生追求进步。传闻翟公尝参加新民主主义青年团（共青团），该团当年惯例二十五岁转党员或者退团，翟公或曾考虑入党，但据云党认为他做个党外人士，做个资本家，对党贡献更大，故未尝吸纳他入这个世界最大的政党。可惜在翟公生前笔者未及询此敏感话题，无从求证。

一九九二年政协换届，新华社文体部孙南生部长携一篮水果来拜年。孙与翟公说，你年纪大了，政协这个位让与李国强吧。翟公即时应允，如释重负。当日两夫妇十分高兴。翟公还大发诗兴，吟道："一篮生果一衔头，用到无时要自休。"

七八十年代以来，翟公也像一众有正常思维的左翼人士一样，对内地香港种种荒唐事心痛恶绝，若不是那一片丹心尚起些微作用，早就召开记者会公布烧到自己身上来的诸多真相。

扯远一点，小思说，不文如黄霑，对着她也不会有不文之语，翟公与小思说到种种荒唐事时，十分火暴，"丢那妈"等粗话随口而出，虽然骂的是别人，却让小思见识真名士之外的真汉子也。

翟公晚岁，仍关心国事港事，想什么就说什么，火气不减，也不管西环如何看他。甚至以八十六之高龄，慷慨激昂去参加游行，表达争取民主之意见。充分显出强烈的爱港爱国之心。可谓烈士暮年，壮心不已。

二〇一三年一月九日，翟公以九十四岁高龄过世，在香港殡仪馆以天主教仪式举殡。守夜时到场致祭者众，有李怡兄、新华社蔡培远伉俪（翟公救恩学生）等。正式举殡之日，灵堂各路英雄云集，左翼诸君如蓝公等、民主派如李柱铭等均到场致祭，"长毛"梁国雄送大花牌致哀。可见翟公兼容并包，备受各方敬重。此生不虚。

二〇一三年四月二十六日

笔端风虎云龙气

——说百剑堂主陈凡

　　一口气读完杜渐兄的大文《文化教父罗斯福》，浮想联翩，不禁手痒，也凑热闹说几句。

　　笔者不是报界中人，但与报界有缘，认识许多报人，而往来较多的，首举《大公报》，而"新晚"系"大公"的晚报，也当入"大公"吧。那是六七十年代，笔者一天看的报纸有十多份，《香港时报》、《星岛日报》、《华侨日报》、《文汇报》、《大公报》、《新晚报》、《晶报》、《明报》，外地的有《中央日报》、《人民日报》、《光明日报》、《澳门日报》，偶尔也翻翻《南洋商报》、《金山时报》。后来年纪大了，没那精力，一直削减，减到外地的都不看了，到现在本地的也只看三份，是《信报》、《苹果日报》、《大公报》，偶尔还看看《明报》。

　　算起来，《大公报》是一直在看，甚至游学东瀛时期，也常去东京港区西园寺事务所，他们订有《大公报》，我常到那儿去看。

　　与《大公报》的老板费公彝民无缘面识，但与他的大媳费大龙夫人往来颇多。与"大公"的李侠文、杨奇也熟，往来较多的是陈凡和罗孚，还有马国权。

陈凡

　　罗老总书生气十足，人缘甚佳，所谓"与公谨交，如饮醇醪，不觉自醉"（《三国志》程普赞周瑜的典故）。于是让人们对他代表的共产党也产生好感，尤其那一众小资产阶级知识分子。

　　而陈凡则性情中人，双目炯炯，喜怒形于色，疾恶如仇，但后来却有点走火入魔。

　　陈凡在四十年代初入《大公报》，由记者做到副总编。和平后受命到广州设《大公报》办事处，曾发表《凯旋牌坊上吊沙煲》一文而知名，延安《解放日报》也转载。笔者虽未读过此文，但早岁已听过文中"拍错手掌，迎错老蒋，烧错炮仗"的名句。一九四七年中山大学学生罢课游行，陈凡随示威队伍采访，目击血案，以电报发通讯稿，电报被扣，人也被捕。幸得老细（老板）胡政之等费大气力才获释。

　　五十年代陈凡以《大公报》副总编身份分管副刊，金庸和梁羽生则是他手下的副刊编辑，三人合写一个"三剑楼随笔"的专栏，后来也结集成书出版。查大侠和梁羽生后来都以武侠小说名世，当年陈凡也用"百剑堂主"之名写武侠小说《风虎云龙传》，稍逊两位部下，故知者不多。三人的顶头上

香港《大公报》同仁合照。中排左二金庸，左三陈凡

司罗孚当时也写武侠小说，但自知不能全力以赴，也就如欧阳修看了苏轼文章后，在《与梅圣俞书》所说的一样："老夫当避路，放他出一头地也。"于是让贤搁笔。陈凡也用"陈上校"笔名写过《金陵残照记》，影响力又不如严浩兄尊翁的《金陵春梦》，倒是他编的《齐白石诗文篆刻集》、《黄宾虹画语录》最受收藏界书画界欢迎。陈也用"徐克弱"笔名写过一些杂文，亦结集成书《灯边杂笔》。记得七十年代读过陈凡战斗性的文章，印象较深的有《东海徐公惊噩梦》(好像批徐复观)、《揭开李卓敏的底牌》等，文笔相当辛辣。其实性情中人最宜写诗，梁羽生最推许陈凡的诗，尤其"文革"期间写的一些旧体诗。钱锺书尝为陈凡诗集《壮岁集》题句云："笔端风虎云龙气，空外霜钟月笛音。"陈凡也画画，还出版过画册，总之多才多艺。

听说七十年代陈凡尝在大陆某敏感部门门前拍照，被怀疑为间谍惹过

108

罗孚与陈凡，中为
刘芃如夫人

麻烦。陈在"四人帮"倒台前，尝多次扬言把自己的首级割下来挂到天安门城楼，以表忠心（这话比伍子胥抉目以见越兵来更为激烈）。他还在《大公报》副刊发表文章，文内曾提到站在鹿颈，凝望祖国，口中说出《老夫子》漫画中常见的 X 加 Y 星星之类粗话符号，以表不满。听说有关部门拟把他调回内地，但又担心影响不好，方才作罢。陈凡很欣赏陈振聪的叔叔陈湛铨教授，有人称之"烂仔教授"，那是会因一言不合可以打将起来的那种火暴。（陈湛铨《修竹园近诗》几集都是我经手出版的。）陈凡常去参加大会堂学海书楼办的讲座，听湛翁讲诗。物以气类相感，陈凡也受其影响

北京故宫陶瓷专家冯先铭

吧，有一回应邀在中文大学中国文化研究所二楼会议室讲演，偶尔也爆出若干粗口，正是沧海横流，方显英雄本色。那些斯文听众面面相觑，而常公宗豪（中文系主任，亦湛翁弟子）则阴阴咀笑，倒欣赏于常格之外。

陈凡常去虚白斋观画，很欣赏刘公老师黄宾虹，常自命为黄宾虹宣传部部长，对新《辞海》定性黄宾虹仅系山水画家非常不满。刘公有宾翁花卉册，陈观后大赞，说要拿回内地展览，让人们知道黄宾虹也善花卉。刘公不敢借他，唯唯诺诺而已，让我拍摄一套照片寄去《大公报》赠之。刘公很欣赏陈凡的大情大性，最不喜欢祁烽（香港新华社副社长），祁看完画不发表意见，不像陈凡爱憎分明。扯远一点，祁调回广州任省政协副主席，主席系吴南生。去年见到祁身体已不甚佳，但还认得我。而前两天与吴老饭局时，问：祁身体如何？还住在先烈路吗？吴老说，搬啦！搬到哪儿？搬到"我看你"（ICU，即重症监护室）。

七十年代末八十年代初，北京故宫英俊小生冯先铭先生（陶瓷专家）访中文大学，实顺便会晤来自台湾的亲友（妹妹？），期间拟到澳门了解文物市场。于是文物馆馆长高美庆、陈凡，并我四人，由我这个澳门地头蛇

110

领着，赴澳考察。抵澳后第一站去新马路一号J永大古董号拜访邓伯（传研楼主人邓苍梧）。当时内地走私文物猖獗，往往通过澳门，再转港台欧美等地。谁知陈凡单刀直入，一见邓老板，开门见山直问邓，有没有走私文物到你们的店，邓不知来头，有点错愕，但邓老历于江湖，照例流水般说没有。陈又问知道不知道哪里有，邓也照例摇头一问三不知。陈凡发急，就自说要找何贤问问，遂在永大借电话找何贤，找不到何，陈就说何贤很够义气，找到他一定帮忙。最后，邓伯送了一小叠旧笺纸与陈凡，送瘟神般把我们一伙人送出永大门口。我们一行四人，午饭后再去烂鬼楼（关前街，类似香港摩啰街）。笔者与大石老友，当然带队去大石处小坐。其时陈凡也一样直问大石，那种问话方式当然不会有答案。

记得当时澳门来了不少天目碗，越卖越便宜，数百元也有交易。从前几十万一件的汉绿釉也不稀罕了，几千元也有交易。这些冯公都看在眼里。而我见某档口有一荷叶形小盆，造型优雅，请教冯公，冯说清同治光绪时期吧，问价，一百元，买了回来，插养万年青，甚古雅，算是此行最大收获。但以一个举国著名的专家为我鉴定百元的"同光小盘"，割鸡借用牛刀，当时未考虑冯老心中作何滋味。

当夜三位客人都住进陈凡要求往住的峰景酒店（现为葡萄牙领事官邸）。陈指定要住某个号码的房间，还要求我陪他同睡一房。我怎么敢啊！就说我家就在澳督府旁边，永辉大厦顶层，要回家陪父母，不好意思，无法应命。晚饭间陈凡说起他为什么要入住指定几号房，原来他曾与佳人在此浪漫，说起旧日恋情，还问那漂亮的高教授你怎么看法。高氏瞪大双眼却略带微笑来倾听陈的倾诉，未对尴尬作答话。次日陪陈凡入葡京赌场，陈玩轮盘，输了二百元，神色自若，无所谓，但即刻收手离场。跟我说入赌场最多玩二百元，很克制。看来陈凡赌钱亦有所不凡。

后来我自己再赴澳见到大石，大石说澳门街古玩界很紧张，说地头蛇许礼平带京官（冯先铭）来查文物走私案。我大笑，太夸张了，这回是借个题目，陪陈凡来散散心，吃喝玩乐而已。此行根本没有什么目的，且看陈行事如此张扬，又哪里是查案的做派。只是空穴可以来风，那李逵式的直问，却为澳门古董界上演了一出惊心的"假巡按"。

陈凡主观很强，他看不起《海洋文艺》，主编吴其敏每期寄他，最初也翻一翻，还打电话问吴其敏写《说刊刊》一文的作者是谁，吴其老说是小朋友，实即在下。后来，陈凡见到放在办公台上寄来的《海洋文艺》，连封也不拆开看看，往前一推，直接扔进纸篓，真干脆。如果吴其老知道了，该作何想。

坐在陈凡对面的是马公国权，马当时负责编"艺林"和"文采"两版，而陈凡对我说，太少了，要加强马的工作。其实马公当时也够头痛的了。不久马公移民加拿大，总算逃出陈的"魔掌"。

许礼平与刘作筹、上海博物馆馆长沈之瑜、《大公报》马国权、陈凡在虚白斋

　　陈凡说，杜渐的名是他起的，防微杜渐也。其实杜渐与笔者也扯得上一点点远亲关系（他本人或不知，我和他二十多年没有见面了）。他是中山大学的高才生，"文革"备受迫害，尝在天台边上被批斗，有人叫他跳下去，如果定力不够，纵身一跃，就变成"自绝于人民"，变成冤魂，也就没有"杜渐"这个大作家的存在了。杜渐的爸爸是大医生，当年鼎鼎有名的李大医生，尝捐献物业与工会作医疗所，为工人义务诊病。病人听到李医生大名，未治疗已好了一半。抗战时，刘侯武媳妇在遵义临盆，就是杜渐他爸接的生，婴儿就是上一任中文大学校长，在遵义出生，叫刘遵义。杜渐的妈妈叫潘苏，广东省政协委员，一九七〇年过世。杜渐的外公就厉害了，潘达微是也，《平民日报》主笔，同盟会广东分会负责人，黄花岗七十二烈士就是他奔走执葬，将葬地红花岗改成黄花岗。一九二九年死于香港，也葬在黄花岗，可与一众先烈相会。潘能画，李医生居然也能画，当年李尝画一山水义卖，王宽诚花大钱买了（即捐款）。此作后来在神州图书公司出现，小思再买下，听说送回杜渐保存。这也是一段翰墨因缘吧。听说杜渐在多伦多也画画，遗存基因使然吧。

　　扯得太远了。说回陈凡，晚年有点发福，吃的镇静剂多，本来极度亢奋的他，一下子变为沉默寡言的静者。人说学者会变化气质，会老归平淡，算是庶几近之。九十年代中在中环碰到过，胖了点，打个招呼，他有点认不得我了。那更安全。一九九七年秋，看《大公报》，知道他病逝了。

　　前些年，检出陈公送我的诗集，交给罗孚，借与天地图书公司重印了。罗问陈的公子方白请他提供老父材料，想写些纪念文章。听说陈公子没有提供，或者怕与其父有过节的罗老总不知怎样下笔。其实是过虑了，罗公是实事求是的君子，陈公子不必担心。

二〇一三年三月四日

刊落浮华　不事词翰

——记奇女子吕碧城

"女子无才便是德"，现在说这话会被平基会控告，罪名是性别歧视，但百数十年前的中国社会，却认为这是天经地义的古训。所以过去女子识字者寡，更遑论受高等教育。逮至晚清，风气丕变，有识之士深感"兴学育才实为当务之急"，更有提出"张女权，兴女学"者。吕碧城（一八八三——一九四三）及秋瑾即此中翘楚。吕系《大公报》女记者，在《大公报》上发表一系列提倡女学的文章，深受时流倾慕，有所谓"到处咸推吕碧城"。而秋瑾也曾号碧城，也办学堂，也倾慕吕碧城。两人经《大公报》创办人英敛之介绍相会之后，一见如故，秋且"慨然取消其号"。一九〇七年秋雨秋风，秋瑾牺牲，吕碧城用英文撰《革命女侠秋瑾传》，刊纽约、芝加哥等地报刊。吕非革命党，仅激于正义，报相知、酬死友而已。清廷本拟查拿吕，终幸得袁项城翼护而得以安然。

吕碧城之鼓吹女学，获士绅名流若梁士诒、严复、严修、傅增湘、方药雨、卢木斋等赞赏和支持。学界巨公傅增湘尝与人言："喜其（吕碧城）才赡学博，高轶事辈。"英敛之在一九〇四年七月十四日的日记中记有："晚间润沅（傅增湘）来，言袁督（世凯）允拨款千元为学堂开办费，唐道（绍仪）

允每月由筹款局提百金作经费。"有袁世凯支持，使吕碧城倡办的北洋女子公学得以在这年十月开幕，这是中国第一家官绅合办的公立女子学堂，当时由傅增湘任学堂监督，而吕自任总教习。其后女子公学并入北洋女子师范学堂（现为河北师范大学）。日后邓颖超、刘清扬、许广平诸君均出自这学堂。

吕碧城之父吕凤岐系光绪丁丑进士，国史馆协修，玉牒馆纂修，山西学政。吕门四女吕惠如任两江女子师范学校校长，吕美荪任奉天女子师范学校校长，吕碧城任天津北洋女子师范学堂校长，吕坤秀任厦门女子师范学校教师，姊妹四人，同事教育工作，而以吕碧城得名最早。时人有"旌德一门四才女"之誉。或有得于乃父遗传的基因而奉献教育欤？

时袁世凯治下以女子而参社会活动者，分为三派。一、高尚派由吕碧城领之。除任女子师范学堂校长，后来更聘为大总统府咨议。其从者多名门能文女子，绝不与时髦女子往还，尝被袁誉为可作女子模范，常出入袁家。二、活动派的安静生是女请愿总代表，署名为"女臣安静生"。三、流浪派的沈佩贞，其人拜九门提督江朝宗为干爹，名片是"大总统门生沈佩贞"，是她亲率"女志士"捣打《神州报》，所以濮一乘《新华竹枝词》有："何人敢打神州报？总统门生沈佩贞。"（详见刘禹生《世载堂杂忆》）看来，沈和吕同时并名，但一薰一莸。

吕碧城得恩师严复之荐而为袁世凯赏识重用，惟筹安会立，吕即淡出，辞总统府秘书职，南下沪渎，可见吕碧城极有识见。

名女人的婚恋总让人关注。吕碧城九岁已与同邑汪姓乡绅之子订亲，十三岁时父亲病卒，族人占其家产，母亲更被幽禁，吕碧城已懂写信到处求援，得江宁布政使兼两江总督樊樊山（吕父同年）发兵相救，吕母严氏始得脱。而汪家见吕碧城这小小年纪已如此厉害，他日过门汪公子如何驾驭得了，或见吕氏已无家产，总之退婚，害得吕碧城自小在婚姻方面蒙上阴影。一生小姑独处，或缘眼角太高。一九〇九年，驻日钦差大臣胡惟德

吕碧城

断弦，属意娶碧城为继室，吕母、大姐、严复轮番劝说，皆不从。费仲深曾以袁克文征求碧城意见，碧城微笑不答，谓"袁属公子哥儿，只许在欢场中偎红倚翠耳"。大概民初吧，叶遐庵约吕碧城、杨千里、杨云史、陆枫园诸人于其家懿园作茗叙，无意中谈及碧城之婚姻问题，碧城云："生平可称许之男子不多，梁任公早有妻室，汪季新（精卫）年岁较轻，汪荣宝尚不错，亦已有偶。张啬公（謇）曾为诸贞壮作伐，贞壮诗才固佳，奈年届不惑，须发皆白何！我之目的，不在资产及门第，而在于文学上之地位。因此难得相当伴侣，东不成，西不合，有失机缘。幸而手边略有积蓄，不愁衣食，只有以文学自娱耳！"（此事见录于郑逸梅之《续艺林散叶》）妇女要解放，首要经济独立，信焉。

吕能诗，有《信芳集》，樊樊山、易实甫等多为题句。潘伯鹰曾署名孤

北京时期的吕碧城　　　巴黎时期的吕碧城　　　哥伦比亚大学时期
　　　　　　　　　　　　　　　　　　　　　　　　　　的吕碧城

云作长文评赞之，大意谓作者才情横溢，蕴蓄深富，独得风气之先，漫游大地。遂以其根柢于世家之旧学，融于欧美之新知，优于天才，饱于世变，复得山川之助（载《大公报》文学副刊第九十一至九十二期）。民国三年吕碧城经朱少屏之介参加南社，《南社丛刊》第十一集刊有其词作。《光宣词坛点将录》选出一百零八位词人，吕被选为女将之一。

吕年轻貌美，活跃于上流社会。民元吕而立之年，闻得英国驻上海总领事之助，投资外汇、证券市场，数年间获利丰厚，积聚巨资，遂得以生活优裕，环游世界，兼可捐款行善。

吕碧城不甘于养尊处优享受人生，一九一八年远赴美利坚深造，入哥伦比亚大学攻读文学与美术，兼作时报特约记者，向国人介绍海外见闻，四年学成归国。一九二六年再远涉重洋，漫游欧美达七年之久，将见闻撰为《欧美漫游录》（亦名《鸿雪因缘》），传诵一时。

吕碧城与佛有缘，中岁遇高僧谛闲法师，深受启迪，信佛益虔，后读印光法师诸著述，顿觉醒悟，遂皈依印光。

117

纽约时期的吕碧城

瑞士时期的吕碧城

　　吕碧城也与香港有缘。一九一八年冬到香港短住疗养，一九三五年在香港置业，购跑马地山光道十二号一幢三层新洋楼，次年迁港居住。跑马地树木多，白蚁也多，吕的居所为白蚁蛀梁。吕信佛不能杀生，只得廉价（两万五千）出让房子，迁入离山光道不远的菩提场大殿四楼居住。嗣后去星马、瑞士游历养病，并撰译佛学诸书，提倡蔬食，弘扬佛法。一九四一年返港，经方养秋（同是印光弟子）之介，识山光道东莲觉苑负责人林愣真。而该禅院为何东爵士之妻张莲觉所建，林是张的表妹，吕得以入住该院，诵经修法，决心刊落浮华，不事词翰。一九四三年一月二十三日早上八时碧城死，由该院经纪其丧，遵遗嘱"将遗体荼毗后，与骨灰和面粉混合送请水滨，与水族众生结缘"。碧城蓄有港币二十万金，捐入该院。

　　笔者藏有吕碧城断简零笺三纸，其一为收条小片，毛笔行书写在朱丝栏八行笺上：

收到女子公学捐款银规元四千乙百六十九两正零六分。

辛亥十二月二十五日吕碧城具

末钤"碧城"朱文小圆印。这张收条原由傅增湘保存，这笔大钱或是傅老所捐献的。

另一为致陆丹林短笺暨题词各一叶，均墨水笔书于洋纸上。移录如下：

丹林先生大鉴：

惠缄祗悉，远承雅属，勉为报命，题词录后。现中西笔墨至冗，已译马鸣菩萨说法一篇，佛教在欧洲之发展，及撰英文佛学巨著评论等，决定此后刊落浮华，不事词翰。今为尊集之题乃破例也。专复。

即颂

文安！

吕碧城 一月二日

玉京谣

红树室时贤画集为陆君丹林题

断绮凄红树，瘦入霜晴，世外斜阳换。倦羽传笺，题襟催写依黯。森故国，无恙溪山，恨不与、仙云分占。低回徧，荆关画笔，邹枚词翰。 年时肯负名场，旧擅琱虫，记早驰茂苑。粉缟离箱，蟫尘缄恨应满。眄翠瀛，都是东流，尽蘸影、十洲秋淡。闲展卷，光惹睡蜩争瞰。（予幼亦擅丹青，去国后抛弃久矣。今秋于瑞士看红树甚多。）

客中无中国笔砚，来笺恕不能写。

收到女子公學捐款銀規元四千乙

百六十九兩正 零八分

辛亥十二月二十 吕碧城具

吕碧城行书收条

120

丹林先生大鑒　惠椷祇悉　遠承雅屬勉為報　命題詞錄後現中西筆墨至兒巳譯遺鳴菩薩說法一篇佛教在歐洲之荣辱尽英文佛學巨著評論等块当此後刊嘉滬軰不事詞翰今為尊集之題乃破例也　專復即頌　文安　呂碧城

吕碧城致陆丹林手札

　　此题词见载《晓珠词》，似为一九二九年一月仍远在瑞士时所书。陆丹林是叶遐庵部下，交游极广。一九四一年香港沦陷期间，陆丹林也居跑马地奕荫街黄般若宅，为日军登门指名搜捕，当时虽不在寓所暂逃一劫，惟迅即在别处被抓。闻倭寇以刀架颈，迫令投降，陆虚与委蛇，当了三日"汉奸"后逃出魔掌，间关万里始抵重庆报到。但蒋公批示永不叙用云云（黄般若公子大成见告二〇〇四年）。

吕碧城为陆丹林题词

此件辗转得自方养秋公子方宽烈。方少年时由乃父领着到东莲觉苑见过吕碧城。方经营丰昌顺，本港中小学校服多由丰昌顺供应。吕碧城往生近七十载，而见过这位奇女子的少年方氏子今日也是望九的耆献了。

二〇一二年九月一日

122

记球王李惠堂

香港出了许多人才，球王李惠堂就是佼佼者。李惠堂（一九〇五——一九七九），字光梁，号鲁卫（即老惠转音），也用过"万年青"。一九〇五年生于香港大坑马球场门牌一百一十二号。初生面颊很小，故日后曾以"瘦颊三郎"自号。七岁时，回到五华县原籍锡坑乡读私塾。

李家祖上直至其父李浩如，均以打石为业。李父浩如，绰号"鸟痣五"。早年曾承包粤铁路韶关段路轨得以小康，后以承包香港大潭水塘工程成为富商。李有正妻周氏而外，尚有多房侍妾，但所出甚少。长子光灼，次子光思，都是过继而来的，只有李惠堂为第三妾陈琼笙所生，排行第三，因之宠教特甚。

李惠堂回乡读私塾时，喜以乡间未熟柚子当足球，以晒谷场作球场，以砖石作球门，练习踢球。至十二岁再回香港，其父敦聘五华县秀才李柳湾为家庭教师。居大坑时，辄与街坊小童玩足球，乃父李浩如本严厉反对，要惠堂好好读书以继父业，但惠堂早已醉心足球。十四岁升入皇仁书院，勤练不辍，球技稍精，身体变健硕，而乃父转为支持。十五岁参加南华会夏令足球赛，得两届冠军，后又成立了大坑幼年足球队，得南华会执事郭

李惠堂

晏波、莫庆等青睐，先吸收为南华会足球队乙级队员。一九二二年才十六岁即升为甲级队员，担任左内锋的位置。以十六岁而膺甲组之选，是为足球史上首见。自此驰骋足球坛半个世纪。一九二三年到大阪第六届远东运动会参赛夺冠，十二年间四次代表国家参加远运会，屡获殊荣。一九二八年已得亚洲球王荣衔，一九三六年代表国家到柏林首次参加奥运足球赛。

正当在球坛得意之时，李惠堂却去了上海，是为逃避乃翁的逼婚。时李住上海虹口，二十二岁（一九二七年）被聘为复旦大学体育教师。其时组成乐群足球队，第二年又组织乐华足球队，队员大多是"江南八大学"（即交通、暨南、复旦、中央、光华、持志、大夏和中国公学大学部）的学生，为上海足球事业开一新章。时谚有"看戏要看梅兰芳，踢球要看李惠堂"。他穿九号球衣，南洋葡萄啤酒厂就以 No.9 为商标。上海有"球王"牌香烟，是以李的肖像为香烟盒上图案。可见李氏影响力之巨。

李惠堂球技精湛，控球能力强，盘、挑、撇、切俱佳，而以射球之劲力、角度之刁钻，无人能及，有"百步穿杨"之誉。尤以倒地卧射这一

124

李惠堂赠友人照

绝技，让世界五大球王之一巴西贝利也自叹不如。但有一事值得一说：二十五年足球生涯，入球近两千次，而用"头槌"入球网的，只有四次。有说是他曾与"铜头"谭江柏（谭咏麟之父）两头相撞而晕倒，从此就少用"头槌"。

李惠堂一生射入龙门近二千球，得五十多个荣誉称号、百多枚奖章、百二十多座奖杯。而且球品佳，从未被罚。一九七六年被国际评为世界五大球王之一。实至名归。

李惠堂人品高尚。香港沦陷后，汪精卫命褚民谊、林柏生电李惠堂，以高位厚禄相许，拟派专机接李和南华足球队到南京和满洲巡回表演，李赶紧借去澳门比赛逃遁。后来去了韶关，香翰屏曾接待他，给予上校参议的军衔，后又任以兴宁县公路站站长之职。就在这时，他组成了五华县足球队。在粤北、桂、柳次第失陷后，李往重庆，接受了"军委会"少将参

人情之冷暖境遇之穷通随时变迁由来如是惟卓然自立之士可冷可酸可辣胸怀泱定不置欣戚放其所历常变红黑而不改其向度

錄陶覽先生遺言以轶

賢威良友雅发 李惠书

李惠堂手迹

议军衔，并在重庆储金汇业局任秘书长，筹办足球义赛达一百三十八场次，以义款捐作支援抗日救国之用。曾有"海角归来奔国难，名成献艺赛频频"之句。国难时家门曾悬挂楹联"认认真真抗战，随随便便过年"。

　　李惠堂一生为足球奉献，尝自道"旁的事业我自认一败涂地，但足球给我的裨益，已足弥补我其他任何的损失"。李期望后辈球友踢足球要有三大目标："一、求人格的修养，二、求高尚的娱乐，三、求身心的锻炼。"再从比赛当中，"养成忠勇、仁侠、机智、廉洁、知耻、明理、有恒、公正、服从、团结、涵养、守时、信义种种美德"。李惠堂对后辈的这些企盼，在自己身上都能够体现出来。

李惠堂中英文俱佳，香港沦陷前他在香港瑞典洋行任英文秘书，还以中文著有《球圃菜根谈》、《我的母亲》、《足球登龙术》、《离开娘胎到现在》等多种。

七十年代以来，李患了较严重的心脏病，心肌扩大，接着是肾病、糖尿病、肝炎等，三进三出医院，一九七九年七月四日病逝，终年七十四岁。

闻建国后国家体委会主任贺龙尝修函邀请李惠堂回国，出任中国国家队男足主教练。李惠堂能武能文，能填词作诗，有"鲁卫吟草"传世。书法也有相当造诣，笔者存有其手迹一小叶，是用钢笔抄录的近代教育家陶觉箴言赠书法家区贤威。虽无缘面识球王，但敬重其人，得片纸只字，也珍之重之。

二〇一二年九月五日

梦断西生说阿西

上月某日清晨，杨四爷（纽约妇产科医生杨思胜）自沪来电，报知老友记陈德曦（人称阿曦，国语曦西同音，故称阿西）死讯，令人颇感突然。

电话刚挂线，即刻又响，是"罗拔"张（宗宪），也是来告知这噩耗的。只是意气昂扬的小张（即罗拔张宗宪，望九之龄也不服老，最恨人家叫他张老，故曰"小张"），语调哀伤，且时还唉声叹气。可见书画场中的翘楚人物，苔岑契合，一旦中道分途，自是物伤其类。

据说，事发前夜，罗拔张和阿西及杨医生同跻饭局，大家还高高兴兴的，更复以明日的饭局相邀。谁知阿西归家就寝，至午夜四时，其夫人却发现阿西没有呼吸，死啦！小张说来，异常沉痛。际此，笔者不能不以死者已矣，而以生者宽解作为立言。于是用柳宗元贺人失火（《贺进士王参元失火书》）的办法，向小张说出以贺作吊的理由。

我说，"一夕遽然枕上仙"正是几生修到。朋友中，庄世平丈是晚饭后回家睡觉间感不适，要白车（救护车）送院，迅即往生，虽说算不错，但仍略有折腾。而阿西呢，却能与上海博物馆老馆长沈之瑜丈一样梦中仙游，

陈德曦（左一）在南京艺术学院任教时期，与徐天敏、魏紫熙、林檎、陈大羽、杨善深等合照，一九七九年

这正是一种几生修到的福气，要劏鸡还神了，诸朋辈也不必要悲悲戚戚啊。

但砌词相慰，终是无补于万一。隔不久，北京匡时拍卖，张也被邀到场坐阵。当时纽约藏家滴砚草堂主人邓仕勋曾见到小张，说张已一改昔日生龙活虎姿态，一副垂头丧气面貌，足见忧能伤人，阿西的往生，对张打击不小。

我追溯到八十年代初，好几次见金老总（尧如），阿西都陪侍在侧，于是也和他认识了，但仍疏于往还。金常叫阿西作"大陆仔"，这雅号是当年港人对大陆来港人士的统称，略有贬义。而金老总为共产党先进（主持《文汇报》），负责搞统战工作，所以遣词用语，能与一般港人保持高度一致。其时描写大陆仔在港生活的电视剧还未上演，所以金老总尚未用"阿

129

灿"一词。一九八七年底，笔者为台湾出版界王荣文诸君怂恿下海，老友兼大老板郑公（德坤）也曾鼓励笔者搞出版、书画，遂辞去公职，自立门户。其时阿西正以万玉堂顾问身份，活跃于书画界。在苏、佳两记的春秋双拍，也就常见阿西身影。一九九四年开始，京沪粤兴起拍卖，阿西几乎每场必到，笔者与之接触遂多。

阿西高个子，双眸转动灵活，为人真诚，英语流畅，与老番也能沟通。常听到的是满口上海腔调广东话，以为他是上海仔，谈次，才知道他是汕头人，和笔者的揭阳算来是"大同乡"了。而且"亲不亲，阶级分"，阿西与笔者也算是同一阶级。他由南京来港，我由澳门来港。他从事书画生意，做画廊顾问，做藏家顾问，在书画业界以贩卖专业知识为生活手段。而笔者是晚辈，但干的也是差不多的事。阿西在中文大学艺术系兼任导师，专教人物画。由于有真本领，又是资深画家兼老师，颇受学生欢迎和敬重。而笔者在阿西任教前已离开这一学校，总也算有半个前后同事之雅。如今大家混迹拍场，许多时候在饭局碰到，近至"阶级斗争新动向"（指书画行情走向），远至天南地北，无所不谈，其乐也融融。今日伊人云逝，不由不想起一些如烟往事。在此记录，权当是对故人的思念。

旧日嘉德春秋二季大拍之外，也有小拍——周末拍卖，后发展成四季中拍，实际比许多大行大拍还要大，曾有数亿营业额之巨，何小之有。周末拍卖经常有对我胃口之宝物，二〇〇三年之前，价廉物美之品甚多，仙丹不少。但参观竞投者极众，拥挤非常，尤其调看拍品处人山人海，斯文一点都难以挤到前面。却见阿西就在提货处东翻西检，俨如货仓重地的巡阅使，令笔者艳羡，也令人担心，万一有什么闪失，阿西可就麻烦了。

有次就在嘉德周末拍卖期间，与阿西共坐，这场首现胡兰成书法，胡虽然备受争议，但字写得不错。此件日本装裱得很精致。胡字从未拍过，无底价，笔者志在必得，与阿西坐在中后排，不断举牌应价，而右前方也

陈德曦在画画

有竞争者举牌追加，而且频频望向我们。最后笔者投得，对家即移玉到面前与阿西握手，一交谈，一脸后悔模样，始悉系一场误会。对家与阿西相熟，我在旁边举牌，对家以为阿西要，才放手相让，阴差阳错，为小弟所得，这叫缘分吧。阿西知我雅好名人翰墨，说由我收也好。对方即伸出友谊之手，恭喜道贺。嘴上应以真不好意思，心中暗喜，也感谢阿西，托他的福，得此墨迹，而且省许多钱。后来被戏称"张爱玲未亡人"的陈子善教授在寒斋观赏此法书，大加赞赏。陈是张爱玲胡兰成"专案小组组长"，对张胡深有研究，还说胡对书法颇有见地，尝撰有谈书法之文章。而此作实为难得，可宝也。

有一次在某深具信誉的大拍卖行，对某件画作看不透，问该部门主管意见。应以来源可靠，绝对真，如果拍得到还可由公司出具证明。投得后阿西悄悄相告，他对此画也看不透，但倾向否定。真是难得的净友，坦诚可感，即叩谢不置。阿西身为藏家顾问，替人举牌竞投，责任重大，所以看书画认真得不得了。对着一幅画，一会儿远观大局，一会儿近审细部，还常常要求拍卖行把悬于高处的巨轴取下，镶在框架里的还要拆舍镜片，仔细审定，正面察看，反转底部透光来看，真像法医官鉴证组专家验尸般来检验。不由得想起最高指示："要过细，粗枝大叶不行，粗枝大叶往往会搞错。"这行业搞错就够惨烈的了。

从前中环域多利皇后街中商大厦集古斋，也组织了一个雅协拍卖，现在则另起炉灶叫淳浩。雅协时期基本上系本地客人竞投，价廉物美，各花入各眼，可淘之宝不少。但座中常有人乱举手搞气氛，让买家无端端多花费。那年头文人名头在拍场问津者寡，笔者每遇必举，日积月累，也成一系列，以资研究观赏。阿西有时在别处投得也以原价举以奉让，如居觉生（正）楹联之类，笔者均感铭五内。某次雅协竞投，笔者欲得某件文人墨迹，但现场有炒家乱举手抬扛，把价钱推高得没道理。高个子阿西看不过眼，仗义发声，说许礼平收这系列东西，你们又不是收这类，不要乱举害人。闻者这才不举，笔者虽咬牙切齿，总算拿下。说到这里，又扯远些，

笔者与张宗宪、陈德曦

同在雅协，有一拍品标明"哲子"书法，哲子不知何许人也，笔者一瞥，知系皙子之误，系帝王学大师、筹安六君子、一九二七年周恩来批准入共产党之秘密党员杨度。现场仅老友记笔者以大师尊称之邢宝庄看出。大家心照不宣，也承邢大师照顾刻意微软不举，让笔者廉值得之。隔了二十多年，去岁值辛亥百年，笔者与广东省博物馆合办"气吞河岳——辛亥名人墨迹展"，此件就悬于省博展厅玻璃柜中，观众啧啧赞赏。拍场中友朋间也有礼让的，所谓礼尚往来，温良恭俭让也。我与阿西、大师，都在无产阶级边缘，出入几百几千最多几万而已，实属小巫。前两个月上海祝君波兄搞收藏家第三次大会在台北举行，拍场两大客台湾林百里、苏州包铭山在台相遇席间谈起，有好几次大家都看中大千、可染精品，两雄相遇干上了，每一口价一两百万，一个呼吸就一千万，真是血拼啊！如果大家让一让，每一件可省人民纸几千万甚至一亿啊！

阿西本身是人物画家，原在南京艺术学院教人物画，弟子众多。阿西与万玉堂合作时，引进了不少当时不知名，或已知名而不热门的画家，有其弟子，也有其画友，吴冠中的画就是在万玉堂画展时，加上佳士得拍卖，掀起抢购热潮的。排队买画就是万玉堂搞出来的破天荒之举。罗启妍罗启文姐妹，极喜吴画，怕排队后些心头好被人夺去，想尽办法，通过交易广场大波士安排夜晚已潜入排头位，刚一开门即冲入去抢购吴冠中宋人花篮等几件心爱尤物，令资深书画买家周仔（锦荣，六十年代开始买画）为之侧目。据说万玉堂有好些专业人士加盟做股东，其中有大拍卖行高层主管，所搞画展，都相当成功，加上大行拍卖，相得益彰，画家、买家受益匪浅，皆大欢喜。阿西有一弟子徐乐乐小姐，现在已是红得发紫的大家了。当年拿到卖画所得款项，致函老师阿西，谓这辈子第一次拿到人民币以外的货币，感动到哭。

这又使我想起一事，应该说说。由于阿西牵线筹划，南京帮成了画坛

《归牧图》，一九七九年，当年出口日本再回流北京

宠儿，各画家名气逼人，销情甚佳，香港艺术馆也入了不少。到回归前香港艺术馆搞了一个二十世纪中国书画大展，笔者参观之后，跟老友记唐太（总馆长朱锦鸾博士）直言，这个展览南京画家占了不少，是否受香港书画市场影响而有所倾斜，再告以市场流行南京画派源自万玉堂和拍卖行，归根结底，归功阿西。个人在历史进程中的作用，往往是不自觉的。笔者与万玉堂主持人斯蒂芬·麦坚尼不熟，只点头之交。但接触过许多万玉堂的客人，也与一两位股东交谈过，又与阿西老友，兼与香港艺术馆上下熟稔，才感觉出阿西对官方画展选件的影响，对将来专家学者写美术史的影响。但我这些看法，却从未跟阿西谈过。

《钟馗怕鬼》，一九九〇年

香港回归，阿西来自内地，少不免有所顾虑，好像曾移居新加坡，或为子女读书、工作关系吧。但很快，又回归祖国怀抱，游走于南京、上海。不久，很少见到他了。

今年暑假，苏州大藏家包铭山兄招呼笔者一家四口游苏州。回程在上海花园饭店住一天，下午三点三时间，与家人在酒店大堂叹下午茶，对面正好坐着张永珍女士及其三哥罗拔张，与上海博物馆某副馆长茶聚。笔者前去打个招呼，寒暄几句，才发觉最后两排是阿西与好几位朋友在聊天。笔者趋前问候，说好几次打电话去美孚新村其旧宅，无人接听。阿西说美孚那房子早已卖了，现在上海居住。还写下上海手机号码、电邮，以便联络。笔者奉上旧文《沈崇自白》请他指教。没想到就此诀别。

行文至此，看看日历，二〇一二年十二月十一日，怎么又这么巧，阿西生于一九三六年十二月十一日西安事变前一日，今天正好是他七十六岁冥寿。记得二〇〇六年十二月十一日在北京昆仑饭店吃早餐时碰到阿西，趋前祝他七十大寿，好像是才过了不久的事，转瞬却冥寿了。他给我写的电话、电邮，像胡厚宣丈给我新电话号码一样，尚未拨过发过，已经永远用不着了。

阿西人物画不错，笔者仅得一件，就是十多年前在嘉德周末拍卖投得的，当时阿西坐在我旁边叫我别举牌，买来干什么。我知他客气，不理他，举到为止。诚轩的丁小姐慨叹，她好几次想竞投阿西的画作，却总是差一口，至今一件也拿不到。可见阿西的画艺允称上乘而备受欢迎。阿西在上海龙华殡仪馆举殡，我跟侠老（李侠文）一样，最怕去这种地方，也就请丁小姐安排一个花圈，聊表哀忱。据说当日吊唁者极众，龙华很少有这种宾虚（壮观）景象，证明阿西群众基础好，粉丝一大批，阿西此生不虚度了。

二〇一二年十二月十二日

朱自清致罗香林佚札

《毛选》卷四《别了，司徒雷登》说："朱自清一身重病，宁可饿死，不领美国的救济粮。"读了会以为朱自清是伯夷、叔齐般饿死的，后来才晓得，朱是胃溃疡穿孔，并发肺炎，于一九四八年八月十二日上午十一时四十分，在北大附属医院逝世。春秋五十有一。

朱自清是出色的散文家、诗人、学者。传世著作二十余种，凡二百万言，而以《背影》、《繁星》、《荷塘月色》、《桨声灯影里的秦淮河》等名篇最为脍炙人口。

朱自清贫病交迫，五十多岁就死了。想深一层，死得及时，也算命好。

朱的长子朱迈先（一九一八——一九五一）才真命苦。热血青年，参加革命，一九三六年入共产党，受董必武之命参加国军，又策动国军起义，于共产党有大功。建国后不久镇反运动中被镇压了，家属也就成为反革命家属，牵连受罪。

朱自清不以书名，所以传世墨迹极稀。据云一九四四年，他的女儿病重，幸得刘云波女医师竭力抢救而分文不取。朱氏曾感激撰成联语，而由叶绍钧为之挥毫，大抵朱氏自惭八法，由此也足觇朱氏书迹稀罕的缘由了。

朱自清

　　笔者有幸，前几年得朱自清手札一纸，未尝发表，今检出供诸同好。手札在"国立清华大学用笺"上写：

元一先生：

　　前信寄后，即奉到惠赐贵校研究所刊物及古先生赐书多种，感谢不尽，因课务忙迫，未及裁答，极歉！图书馆购买古先生书价十元，想久已寄奉。先生工作想甚忙碌，近从事何种著作？并念。研究所刊若承续赐，尤所感荷！贪得无厌甚可笑也。敬颂著祺！

　　　　　　　　　　　　　　　　　　　　朱自清顿首

　　　　　　　　　　　　　　　　　　　　十二月六日

　　附致古先生一函，乞便中转交，谢谢！又及。

　　审视该信内容，当和《罗香林论学书札》二八一页——二八二页之十六日信之内容多所相关。该信云：

138

朱自清致罗香林佚札

元一先生：

　　日前奉手书，谨悉一是，感谢感谢！承示尊府情形，深为扼腕。吾辈一代，处新旧道德之交，所负责任特重。清兄弟皆已（将）卒业大学，然子女渐渐成长，所需有增无已，与先生殊同感也。早婚实是误事，先生顷尚孑身，此层当视清为胜耳。层冰先生所赐各书并未收到，请为先达感谢之意。续寄十四册已到。如见赐各书遗失，清拟与购《隅楼丛书》、《层冰草堂丛书》则由图书馆购之。但此两种分购，不知价各几何，便中乞示，俾与图书馆分别出款。示到即将总价十元寄上。但以此等琐屑奉烦，中怀殊愧恧耳。承嘱留心能为尊编月刊作文之人，当代为随时注意。来示谓惠赠月

139

罗香林

刊五期，但清仅奉到两期。南北邮递竟不可靠如此，恨恨！专复。敬颂著祺！

朱自清顿首

十六日

前函关键词为：

奉到惠赐贵校研究所刊物及古先生赐书多种

图书馆购买古先生书价十元，想久已寄奉。

附致古先生一函，乞便中转交。

后函关键词为：

层冰先生所赐各书并未收到，

《层冰草堂丛书》则由图书馆购之

示到即将总价十元寄上。

从两信的关键语的相同，前函又有"前信寄后"一语，故可以推知两信的关联相续。

按：古先生、层冰先生、层冰草堂皆指古直。古直（一八八五——一九五九），字公愚，号层冰，广东梅县人。同盟会会员，创办梅州中学、龙文公学等，后入广东大学（中山大学前身）任文科教授、中文系主任。古直著述极富，有《隅楼丛书》《层冰草堂丛书》等。

而受信者元一先生即香港大学教授罗香林。罗香林（一九〇六——一九七八），字符一，号乙堂，广东兴宁人。一九二六年考入清华史学系，其时朱自清在清华教大一国文和李杜诗课程。罗氏一九二八年已搜集广东客家歌谣集，编为《粤东之风》，朱自清为之作序，刊该年十一月二十八日《民俗》第三十六期。一九三〇年罗香林毕业，升同校研究院，兼肄业燕京大学研究院。本拟撰写硕士论文，惟罗父病危，仓皇返粤，旋任中山大学校长室秘书，兼广东通志馆纂修，编《国立中山大学文史学研究所月刊》。一九三三年改任教授，讲授方志研究。

朱自清所指"贵校研究所刊物"就是《国立中山大学文史学研究所月刊》。据此而推这封信，大概写于一九三三年左右。

罗香林当时"先生顷尚孑身"。越二年，一九三五年三月三十一日，在南京中央饭店与朱希祖（一八七九——一九四四）次女朱倓（一九〇五——一九八〇）结婚。一九四九年七月举家移居香港，一九五一年任教香港大学，一九六八年荣休，旋任私立珠海书院院长。

罗香林过世后，其旧藏书籍暨友朋往来书札流散，笔者偶得几件，亦可为《罗香林论学书札》补逸。

二〇一二年六月三十日

新年风色日渐好

——说赖老"好"

　　小思传来贺岁美影，卡中红白梅花交织，在白蒙蒙雪瓦齐檐之下，一度清幽古雅木门，上悬看似楠木绿字横匾，仿佛退隐田园的名士斋门，门下"立春"二字，像宋人黄善夫刻本《史记》上的字体，醒目高雅，这让我惊觉踏入癸巳新岁了。我随即检出旧日缀集"新年好"三字作回贺，也算为"礼尚往来"。我这三字不是集甲骨和金文，也不是集汉唐碑版，而是集"先帝"的手泽。笔者俗人，在"礼尚往来"之际，下点心思，也不免于趋时和媚俗的。

　　欧阳修有诗"新年风色日渐好"（《文忠集》卷五十三），简而言之就是"新年好"三字。我原想以郑孝胥"照海波光已酿春"（《海藏楼诗》卷一）缀集这两句诗为联，这是颇切合香港新年的眼前景物的。但转念郑某是伪满总理，他的诗题又为《日枝神社晚眺》，处此中日关系紧张之际，这是易招责备的，还是弃而不用，改集"先帝"手迹。这样最为保险，可免悠悠之口。

　　七十年代以来，笔者每年都拼集不同名家，如何绍基、吴昌硕、台静农、邓尔雅的法书为吉语贺词，制成长方形拜帖，以提升底气，以之邮递诸友朋，一以贺年，一以表示小生尚在人间，几十年都如是，积习难返。近几年懒散，兼有电邮，遂免此习俗，不劳烦绿衣郎（邮差）了。

顺便一说，刘九庵老先生曾赏面，自言每年收到笔者奉呈的贺年片压在故宫博物院他老人家办公台玻璃面下。月前，"苹果树下"有文章提及，这笺笺之物居然也流入拍场，而正是那篇文章的作者买了，这位作者固然文献为心，能采及葑菲，虽然我不知作者为谁，但令我感动的同时，也促令我缅怀刘老。蒹葭秋水，彼何人哉？不意此笺笺贺卡，敬意而外，却能成了一点故实。

说罢贺卡，再说"新年好"，这三字妙在一个"好"字。毛公惯用"好"字，什么"好得很"啦，"革命委员会好"啦，"无产阶级文化大革命就是好"啦，总之一个"好"字。甚至检阅部队，也高喊"同志们你们好！"三军齐呼"首长好！"

另说，笔者寓所长年悬挂一个"好"字却是赖老（少其）手泽。这个"好"字，洒金红笺墨书，是赖老九十年代初来香港时所书，但没有直接送给我，或许赖老觉得写得不大满意，就留在当时寓居麦当奴道友人郑先生家中，本拟丢弃也。郑君系笔者老友，古道热肠，觉得此件其实还不错，对笔者甚有意义，遂送来小轩，笔者叩谢不置。其实此件主要在布局问题，动动脑筋，略加剪裁移位置成菱形，交老师傅麦泉公子装裱，配以酸枝镶影木方框，悬于壁间，观感大佳，居然成一宝物。从此长年悬于寒斋，每天对着，就算有什么不好，也见到好，弄到好！开门见"好"，大吉大利。赖老所书"好"字右边题有小字数行："礼平大兄，已有一女，庚午之夏，又得一子，子女绕膝，欣慰可知，故书一好字以贺。"而署款"赖少其"压在"女"字下。赖老夫人曾菲，梅县客家人，红军女战士，与贺子珍过从甚密，论党龄则早于赖老。有老友笑赖老，一辈子都被夫人压着。赖老十岁戴红领巾参加儿童团，在广州美术专科学校时是学生运动领袖，但到一九四〇年

143

赖少其

才入共产党，共产党论资排辈，怪不得有一回赖老问女儿，是我说了算还是你妈说了算。曾菲比赖老聪明，政治上敏感度高。七十年代初赖老复出不久，上头拟调赖老出任北京故宫博物院院长，曾菲坚拒。文人进京，难有好下场。当时赖老若乖乖听令入宫，说不定就上了"四人帮"的贼船，一九七六年"花好叶茂"（华国锋、叶剑英拍档）之秋就不好受了。

赖老一世好命。一九一五年五月十六日生，笔者常笑他是"五一六"（子虚乌有的反革命集团），广东普宁人，与笔者算是大同乡。早岁搞木刻创作，十八九岁时已编著出版了中国第一本介绍版画技法的书《创作版画雕刻法》（一九三四），署名赖少麒。赖老说麒字笔画多，木版上不好刻，就省为"其"了。"文革"时被批判，红卫兵故意将他的"其"改为"奇"，以与刘少奇同名也。一九三六年毕业于广州美术专科学校西洋画系（与本港画家林建同丈是同学），被鲁迅誉为"最有战斗力的青年木刻家"。一九三九年十月投笔从戎，参加新四军。一九四一年皖南事变中被捕，解上饶集中营，关站铁笼，九死一生，尝托人捎信与老友苗公（黄苗子，上海公安局掌玺大臣）求救，苗公去信托人相助，或起作用，赖老得脱后尝

144

赖少其书赠笔者大"好"

去函答谢苗公。赖在部队搞宣传，相当于军中文化部部长。一九四九年随部队登船南征，忽接急电，马上离船，奉命上京参加开国大典。不然或早已沉尸碧波绿水中，或血溅黄沙光荣牺牲了。

赖老人不错，听启老多次赞扬他。建国后赖老出任南京军管会文艺处处长，中共南京市委宣传部部长，对不少画家多有帮忙。尝到傅厚岗六号探访傅抱石。时中央大学学生左倾，认为傅抱石系国民党反动派走狗，学生不上傅公的课，进行抵制，搞得傅很被动。赖老拔刀相助，以军代表、党代表身份，劝说学生，为傅公解围。傅感甚，拟赠画与赖公，拿出精品数十幅，让赖老自己挑选。赖老向我透露，其实他看中《大涤草堂图》，上有徐悲鸿题"真宰上诉"，但知傅甚重视此作，不好意思问津，只拿了件湘夫人中堂，嗣后又获傅公赐一唐人诗意山水中堂，再就一件二湘图成扇（今归纽约邓仕勋兄）。赖老当年也曾到杭州看望林风眠，见到这位艺专老校长家徒四壁，寒

《创作版画雕刻法》，
一九三四年

碜得很，后来安排林去上海。赖老对黄宾虹十分敬重，北京的周恩来总理赠齐白石"人民画家"称号，南方的赖老即封黄宾虹名誉称号，并为黄举办一生中第一次正式展览，出版画集，赖老亲自写序，高度评价黄宾老。

一九五二年赖老调去上海，出任中共华东局文委委员、上海市文联副主席等职。因与贺子珍往来密切，又向上头反映久住医院的贺子珍要求出院回家，惹了上海市委第一书记柯庆施不满。柯打个报告，麻烦顿至。加上不久之后江青收到匿名信，信中警告江青莫胡作非为，否则将其三十年代在上海不欲人知的历史报告中央，信的下方有华东文委字样，曾菲嫌疑最大，被锁定审查，压力极大，虽有贵人相助渡此一厄，也弄到大病一场。上海成立中国画院，赖老主其事，而院长一职，吴湖帆与贺天健都有可能，但互不相让，矛盾颇深。赖公要调和矛盾，做了不少说服工作，摆和头酒宴请吴、贺二位。次日上海《新民晚报》披露此一消息，而大字标题：赖少其与吴湖帆贺天健握手言欢。好了，又闯祸了。吴、贺二位系内定右派，作为中共华东局主管宣传的地方大员，竟与右派分子握手言欢，这也被上头老左上纲上线，最后贬去安徽合肥，出任中共安徽省委宣传部副部长。这反而救了赖老一命。若然一直留在上海，又主管宣传，丙午"文革"，丁未一月风暴，两位赫赫有名的姚文元、张春桥会放过赖吗？贬官合肥，反得以苟存性命，萧然物外。合肥有安徽省博物馆，赖公常借馆藏金冬心、垢道人之类名迹回家临摹，画艺大进。故赖老的山水得垢道人枯笔竭墨真传，画梅花和书法又有金农神韵。赖老老是因祸得福。

逮一九八六年赖老离休，本拟住深圳，后改住广州华侨新村，不久迁水荫路，均系细小居所，安享晚年。返回广东与安徽大不一样，目睹五光十色花花世界，"存在决定意识"，赖老画风为之一变，色彩缤纷，谓之丙寅变法。

八十年代，赖老伉俪经常出游，有次到香港大学访问，做了场演讲。听曾菲说，连校长、艺术系主任、老师、学生加在一起的听众，只二三十人。曾大不高兴，说赖老在内地演讲时听众挤爆会场，没有一千也有好几百人。过两天来中文大学，也是到艺术系讲演，系方大力发动学生出席。笔者时在中大服务，为了招呼曾菲，就听不了赖老讲话。笔者带曾菲去范克廉楼（饭堂）饮咖啡聊天，叫了客法兰西多士（法式吐司），曾菲咬一口，惊叹不已说，想不到世界上还有这么好吃的东西。曾菲吃得高兴，闲聊间说见到马临校长，好奇马校长俸禄，当面问他："马校长，你拿多少？"马校长坦诚相告："七万五。"有一回赖老伉俪访泰国返穗前路经香港，语笔者说那边的华侨天天请他们吃鲍鱼、鱼翅、燕窝，吃腻了。我辈无产阶级怎请得起这般大地主美食，只有带他们上百乐潮州酒楼，点了冻乌鱼，佐以赖老家乡普宁豆豉酱，卤水豆腐，小碟榄菜，扒碗白粥，也吃得津津有味。赖老尝在中华文化促进中心办画展，也有销售。据说新华社社长尝上报中央谓赖老在香港开了银行账户，违反有关规定。曾菲反击之。此有关信件年前尝见诸拍卖场。

一九九〇年笔者创办《名家翰墨》月刊，头几期重点介绍四王（王时敏、王鉴、王翚、王原祁）。赖老好心提了些意见，笔者为之悚然易辙。嗣后侧重推介二十世纪大家，厚今薄古，令销数为之激增。每一念及，又得感激赖老。

赖老早年铮铮铁骨，连站笼都能挺过来。晚年身体较弱，又曾整理画作时开了上格柜门没有关好，蹲下看下格的东西，站起来时被上格柜门角撞伤后脑，要命得很。平日坐沙发斜着身子坐，更为伤腰。有次去巴黎坐十多个钟头飞机，也是如此坐姿，到达时站不起来了，要抬下飞机，坐轮椅参观卢浮宫呢。赖老身子弱，胆子就细小。有一回去日本办画展，自己画的展品依足手续办申请，在积习难返的官府拖拉运作下，展期已到而展品仍运不出去。昔日旧部当今官员私下语赖老，你不办申请将展品运上飞机，不就成了吗？你正式申请，反而难办。

赖老的故事太多，扯不完的。说回这个"好"字吧。对着"好"字，又要感恩。

记得七十年代初常向《大公报》赵大哥（泽隆）请益，有一回在某外事（有日本共同通讯社泉鸿之等在）饭局中赵问及我的家庭，知我上有父母，旁又有兄弟姊妹，他说过去这就叫做"完人"，人家结婚都想找这类"完人"做伴郎或伴娘，会带来好运，起码好意头。听得我心花怒放，开心不已。嗣后娶妻，三年试用期满（笔者见做教授试用期三年完毕才终身聘用，婚姻也似应仿效），遂生一女一子。（没有再请教赵大哥，"完人"倘再加上下有子女，有否有更高层叫法，是否可称"高级完人"？）而完人有缘，得一女一子，就是一个好字，赖老当时有意赏赐而未赐，本来是"糟得很"，最后由郑兄抢救掷下，变成"好得很"。真要再次为"好"字感恩。

赖少其与徐悲鸿在广州，一九三五年

赖少其在淮北煤矿劳动体验生活

赖少其和曾菲

　　说开"好"字，再扯远一点，民国四公子之一张伯驹藏有唐人杜牧书
《张好好诗卷》巨迹，藏家和诗卷均姓张，张公子遂被戏称为"好好先生"。
五十年代这位"好好先生"捐献《张好好诗卷》等一批巨迹与故宫，不久
反右，"好好先生"没有了《张好好诗卷》，处境就不那么好了。继之"文
革"，日子就更难过了。黄永玉丈尝撰文记述这位"好好先生"，写得感人。
看来"好"字是不能掉的。

　　身在香港，胸怀祖国，放眼世界，忽悟："千好万好不如逍遥自在好！"

二〇一三年二月八日

满身都是福

——记康南海的大福

香港回归前笔者寓兴发街维多利大厦，尝在大厅长悬康南海先生大个"福"字，外母房间则悬南海大"寿"字，颇具气势。九十年代内画泰斗王习三先生为笔者一家四口造像，背景就是南海先生大福。"内画是螺蛳壳里做道场"，在两英寸高的水晶鼻烟壶小瓶里，以弯笔细毫，在狭窄的壶腹内壁，反向勾描渲染，绘画出我家"四人组"肖像。本来呆呆滞滞模样，有似无锡泥公仔福禄寿喜的傻貌，经大师生花妙笔，透过晶莹剔透水晶壶壁显现的画面，我们一家人竟也生动活泼起来，藉着背后康南海大幅大福，更彰显阖府阿福。怪不得一九五八年秋朱老总（德）亲眼看到王大师这手绝艺，已赞不绝口。

际此新春，语贵吉祥。在此就谈谈"福"字。

王世襄的姑丈郭则沄在《十朝诗乘》之卷十（第六节）载说清宫的新年书"福"字的规矩，说："故事，嘉平朔日（即十二月初一），开笔书'福'。""初仅颁赐王公大臣及内直侍从，世宗（雍正）始颁及各直省将军督抚，后遂沿之。"

这是说在雍正以前和雍正以后的不同。其后又说到乾隆和嘉庆的"赐

151

福"习惯。

又说："高宗（乾隆）每值开笔日，御重华宫书第一'福'字，揭之乾清宫正殿，次及各宫殿御园，又次颁赐皇子宗藩以及诸臣。"

又："仁宗（嘉庆）……其书'福'，面领者跽候御案前。书毕，内侍捧'福'字，自其上过，然后赐之，谓之'满身都是福'，尤为异数。"

佳节家家悬"福"字，乐见人人"满身都是福"，那善祷善颂，正是自我感觉良好。

笔者喜集藏名家字画，对于"福"字则所获不多，只沈曾植等三几件。而寒斋中喜欢悬挂的则仅康南海的"福"字而已。记得清人沈初《西清笔记》中却记有一个令人羡慕之人，家藏二十四幅皇上的赐"福"，他把"福"字都悬在厅堂，并隆重其事地以"二十四福堂"作为堂名。试想，这二十四大幅的"福"字自然是占满了大厅，当儿子问他，圣上每年都赐"福"字，再过几年那又来如何有位置？他答曰，另建一间"余福堂"吧。

这该是拥有"福"字最多的人，大可入吉尼斯大全。关于他的记载，除见于《西清笔记》外，《郎潜纪闻》也有记载，所记是：

> 钱唐王文庄公赐第在护国寺西。公内直二十四年，以除夕蒙赐福字二十四悬挂其间，曰"二十四福堂"，外无余地。其子请曰："此后拜赐，何以置之？"公曰："别置一轩，名曰'余福'。"（见《郎潜纪闻卷九·二十四福堂》）

这位主角王文庄公（一七一七——一七七六）名际华，字秋瑞，号白斋，浙江钱塘（今杭州）人。官至礼部尚书、户部尚书。他值南书房最早，生平只外放视学一次，此外未尝离值所，所以累年所得福字较多。他列悬康有为大"福"

康有为大"寿"

水晶鼻烟壶，内画背面
为康有为"福"字

"二十四福堂"的"福"字，除了寓意吉祥以外，更有一种出自朝廷赏赐的荣耀。

赐"福"字，已成了朝廷的习惯，它可以上溯到康熙时期。

《清稗类钞》恩遇类谓：

> 康熙间，圣祖（康熙）御书大福字，赐编修查慎行。盖年例于嘉平朔日，开笔书"福"，王公大臣内直侍从皆得预赐。

赐"福"字是荣耀，而把"福"字予夺就是惩罚。例如戴醇士（熙）讲真话，得罪枢相穆彰阿（皇上岳丈），道光皇帝也讨厌戴，就在岁晚例赐南书房翰林以"福"字时，独不给予戴醇士。戴熙"醒水"，借病告归。事见《清稗类钞》的谏诤类："宣宗（道光）遂恶文节。旧例，年终赐南书房翰林福字，文节不与焉，乃遂以病告归。"

康有为六十岁像，一九一七年

康有为墓

　　以上举了许多朝廷的例。读者或误意为"福"字只是朝廷赏赐，其实不然，民间也早有这记录。在《扬州画舫录》载有：

　　　　高承爵，三韩人，善擘窠书。为扬州太守，民人爱慕，每岁暮，乡民求书福字以为瑞。一民伺太守出，持所书请曰："求易一'福'字。"太守熟视之曰："书此字时，笔不好耳。"至今传为美谈。

　　这是《扬州画舫录》卷二所记，文中高承爵（一六五一——一七〇九）是顺治康熙间人物，那是早清时已有此风尚了。

　　以上说了前清"福"字的掌故，以下该说到寒斋"福"字的执笔人康有为了。

　　康有为的生平和行事，世所共知。搞笑的是这位康圣人身后，碰

156

到比当年倡言革命的孙文还更革命的闯将红卫兵，那擦出的火花可要命呢。据说"文革"中，康有为坟墓被红卫兵发掘捣毁，其尸骨更被抬去游街示众。生平所遗书画，由其儿媳庞莲（一九〇七——二〇〇〇，其夫系康有为三夫人何旃理之子康同凝）在上海付诸一炬（事见郑逸梅《艺林枝叶》所记）。

但康氏的后人或门人在港澳仍大不乏人，就笔者经历和记忆所及，略而言之。

香港中文大学生化系的麦继强教授（香港大学校长徐立之恩师），嘴上菱角形胡须理得光亮尖锐，向两边挺拔微翘，一似德国名将，人称"俾斯麦"。其祖母就是康南海千金康同薇，祖父麦仲华系南海先生的得意门生兼快婿也。同校中文系高级讲师、河南籍退伍军人李云光博士，娶康有为外孙女何康仪为妻。李壮岁著《康有为家书考释》（书出后升高讲），就是笔者经手出版的。还有一位早已移居加拿大，近年经常在香港画展会、拍卖会遇到的女画家何康德小姐，其母亲是康南海千金康同环。十多年前，李乔峰丈介绍相识时，我已猜出几分她应是康家的人了。徐悲鸿早岁尝画《康南海六十行乐图》，非常写实，有似康南海与一众家属在园中合影，而图中众女眷形象与何康德形神相当一致。悲鸿大师的确是写实高手。十多年前在上海某拍卖场见过此原作，去岁春此画又在北京保利拍卖场展示，笔者虽买不起，不花一钱，抓紧机会一再仔细欣赏，仿佛通过时光隧道走入历史现场，从旁观察康南海在爱俪园中与一众妻妾女儿游园享乐。而康党保皇会的伍宪子后来寓居香港，虽素未谋面却有缘收藏其墨迹若干。记忆中，拙藏中属康门一众受业弟子的有：梁启超、韩文举、汤觉顿、罗瘿公、卢湘父、伦明、陈柱、郑洪年、马君武、罗敷庵、邓仲果、汪凤翔等等，而拜门弟子刘海粟、徐悲鸿、萧娴，私淑弟子狄葆贤、江孔殷等，也有一大堆，哪家博物馆想搞万木草堂师生墨迹文献展览，倒可与笔者洽商。

说到展览，记得八十年代李云光兄将上海康家旧存康有为墨迹陆续弄至香港，一九八六、一九八七年间尝编印成书出版，又就近在中文大学文物馆举办展览。时笔者于役中大，办公室在中国文化研究所女厕旁（偶有女宾敲门借手纸方便）。某日约了李文田嗣孙李棪教授午膳，李尝任中大文学院院长，专甲骨，好美色，有花花大少之誉。笔者半拉半请入文物馆看看康南海书法展。棪斋入门一两秒，甫一环视，不足一分钟即拉我松人（撤离现场也）。大抵其祖父李文田轻视康南海，延及孙辈棪斋也同样轻视康公。

查刘体智《异辞录》卷三就有"李文田黜康有为"一段云：

> 康有为为孔子改制之说，值中日战役后，人心思治之亟而入于幻，异说乘之而起，于是学风为之一变。有为中式光绪乙未科进士，朝考，其同乡李若农（文田）侍郎在阅卷大臣之列，恶而黜之……其后梁启（起）[超]往见，侍郎曰："乱天下者，必此人也。"粤人好言新，而侍郎持论如此。

看来，李棪先生之拉我"松人"，该是有所由来了。

美国波士顿阮圆教授近日专研康有为，尝查阅西方学界相关文献，发觉无人写康。她自告奋勇，远飞沪渎，挂单上海博物馆，搜集相关资料，拟撰文向西方学界介绍康氏。笔者告以十多二十年前，在辽宁省博物馆由名誉馆长杨老（仁恺）陪同入货仓观画，刚开大门，赫然见到一大堆刻着万木草堂的书箱，想辽博应有不少材料。

逮李云光兄退休，拟学笔者开设画廊销售其所藏南海先生墨宝，惟终未成事，对军界转学界的李兄而言，应是好事。承李兄转让几件康氏墨宝，

徐悲鸿早岁画《康南海六十行乐图》

一直宝藏至今。后也有亲友转赠或市场吸纳者，皆以李兄所藏为标准器，藉为鉴定之依据。

康南海早享盛名，求赐墨宝者众，南海应付不来，有枪手代笔，即其弟康广仁也。但广仁戊戌断头菜市口，为六君子之一。康广仁署本款墨迹传世极鲜，笔者留意此道数十年也未之见。市场若有出现，当较其兄有为之作高价十倍。

康女公子同薇、同璧也能画，笔者有缘收藏几件。同薇喜写梅花，同璧则喜写巨幅工笔虬松。据郑逸梅所述，康本人亦能画梅。《书林片叶》

康有為先生閒樂像
庚戌仲秋劉醴平寫於香江

刘醴平画康有为像

谓："康有为与人通函，有时用梅花笺，梅以写意出之，出于自绘。配合其疏旷书法，非常得体。"（页十）云云。而康公书法，效者甚多，如萧娴、刘绀、李培基等。因世人喜康有为的书法，拍卖场中往往争夺者众，每以高价成交。以笔者个人看，康书法的确大气，但又惜乎毁者亦多。如杭州书学专家西泠冷僧张宗祥，就是不推崇康。另外极端者如萧蜕庵论书，也说近代之清道人，郑孝胥、康有为、吴昌硕，学者皆不可沾其习气。

由于康公墨迹早已值钱，伪作蜂起。在本港亦有再世康南海。那是五六十年代住铜锣湾敬诚街某楼天台木屋的，楼下住的是再世新罗山人黄般若，除专生产新罗山人、陈老莲而外，因简又文喜收苏仁山，般公也生产仁山喂之。有时写了件华新罗，掷笔说"今日餐饭有着落了"。而天台的再世康南海，顺便加题"天下第一华新罗真迹神品"之类款题，用添声价，兼保驾护航。般若公子大成兄偶摹写宋人或什么摩登古画，天台南海先生也乐于赐题数字，当然署康有为款，用意帮小朋友多卖几个钱也。你道这再世康南海是谁呢？大明星大画家顾媚尊翁顾淡明是也。顾淡明在广州沦陷时期掌伪政府宣传处，香港沦陷前尝代日伪派钱与本港传媒，而当时报纸佬大都有钱照收，只《工商日报》坚拒，"工商"系何东公子何世礼将军主持，何家大把钱，世礼系抗日志士，睬你都傻。上辈人所言，未必准确，谨书此以提供线索，供有心人参考。

康南海周游列国，参观欧美博物馆，遂上书皇上建议中国也搞博物馆，随着维新失败而未能成事。（倒是状元张季直在南通独力办成中国第一家博物馆。）可见康南海也留心古董美术品。康有为宣称有皇上衣带诏，在海外招摇，利用华侨对光绪的同情，向华侨募款（分薄了海外洪门为同盟会的筹募）。且南海先生口才好，善经营，生活较革党孙公优裕得多，而且还收藏古书画，著有《万木草堂藏画目》。而目中所载，几乎十居其十系 A 货，鉴定界前辈早视为笑谈。许多很有学问，或某方面甚有建树，声名显赫之辈，一搞收藏，就往往失礼死人。如果还不知轻重，随便出藏品集，则贻笑大方，允称"财色兼失"。各方君子，不得不慎之又慎。康南海不知是老眼昏花，还是贪便宜捡平货，或是自高自大以为自己真是康圣人老子说了算，才胆敢出此藏画目。而那位再世南海先生顾公淡明，于是藉康老头他老人家大名题字也就顺理成章无所谓了。这令我想起台湾历史博物馆前馆

161

长何浩天丈的名言，台北张家在历博展吴昌硕齐白石书画百件，有专家说有若干件有争议，何说百件就百件，通通挂出来，识的你不说他也看得懂，不识的你怎么说也还是看不懂。妙哉斯言！也旨哉斯言！

二〇一三年二月十三日

翰墨黄花一例香

——记林时塽绝笔

"秀才造反，三年不成"，这话偏颇。作反，是需要秀才，就是需要"知识"。

"坑灰未冷山东乱，刘项原来不读书"，那只是调侃。刘邦项羽背后的范增张良何尝不是"知识"的代表。至于"夜半桥边呼孺子，人间犹有未烧书"，那黄石公授张良的，该是秦皇烧漏的知识，该是造反的资源。以上，用"诗"去解释世情，似是打诨。我当是作个引子。

百年前的"辛亥"就是"秀才造反"（早期尚未使用"革命"这字眼）。其思维主体都是"秀才"，揆之古今中外的"作反"，这是先决。

看"辛亥"群彦，大多出自官宦世家和书香世家，这和沙皇时代的"十二月党人"相似。"十二月党人"大多是贵族子弟，未必是"纨绔"，往往有高尚情操。而更应标举的，是他们都有一种"自我牺牲"、"自我奉献"的情怀。尽管他们自己家中多有农奴，但想到的是如何解放屋外的农奴。列宁称之为"贵族革命家"、"贵族中的优秀人物帮助唤醒了人民"。

再相比"共产大业"的前驱，又何尝不然。曾彦修青年时投身延安，作为中共宣传部门高官，就这样说过：

如今一天到晚说是工农。我们在城里听到的不是这样，是大少爷、二小姐，今天某家二小姐出事了，明天某家大少爷枪毙了，……共产党员不等于是工农，我看见的全部都是知识分子。其实多是中学生，还有中学毕业的，这几乎是提着脑袋干的事情，要抓住怎么办？抓住一定关到监狱，说不定就枪毙。这些人反倒都不是穷光蛋，家里都相当富裕。被捕后，全家卖房产凑五千到一万，把他赎出来是有可能的。（曾彦修《我所经历的"延安整风"》）

他说的是二三十年代的革命主角，这些"大少爷、二小姐、三少爷、四小姐"的情操和理性与"十二月党人"和"辛亥群彦"相同，都有以天下为己任的壮志、教养和良知。他们的行为是从良好的氛围下孕育和生长出来的。但，我这说法和一些"阶级论"者的说法不尽相合，因这当中不能对"红旗卷起农奴戟"作诠释。

本文要说辛亥时期的一个名门子弟，他是有高尚情怀和文采的"秀才造反"者。其人是林时塽。先说他的不寻常家世。

林时塽的祖父林鸿年是道光丙申（一八三六）状元，鸿年字勿村，道光戊戌曾为册封琉球国的正使。他远涉重洋，而何子贞赠"行万里路，看三神山"即指此事。归来著《使琉球录》。他又曾到广东琼州做官，所以和广东人的关系颇深。喜欢术数的他，该没算到数十年后自己裔孙也就在广东成仁取义，得千秋大名。广东的张维屏在《听松庐诗话》记有他在广州的交游云：

勿村初至粤，即交相善，惟君守琼州余居广州，无由会合。此番自闽来粤，将自粤入都，适道途梗阻，留寓羊城，因得时相晤叙。论道艺则相悦以解，谈时事则忧思难忘。方喜题襟，又嗟判袂。送君北

福州正谊书院

上，望君南来，三复赠言，良深纫佩。咸丰己未正月廿日阮文达公生日同人设奠于文澜书院，同集者谭玉生、陈兰甫、李碧玲、徐子远、沈伯眉，余邀勿村同集，与诸君谈宴甚欢。

这位勿村先生富藏书，多术数兵法之学。藏书印有"曾在勿村处"。工诗，善书法，有《松风仙馆诗草》行世。同治三年，升任云南巡抚。同治五年以拒绝出征，谓"以干戈与吾民相见，吾弗忍也"，遂被炒鱿，返乡间侯官主讲正谊书院二十年。正谊书院是清代福州四大书院之一，首任山长即为这位勿村先生林鸿年，成就人才甚众，有名宿叶大炜、陈宝琛、林纾、陈衍、吴增祺等。

这位林鸿年状元生子名如玉，后改名晟，字希村，即林时塽之父。他善骈体文，精词章考据之学，尝渡台湾任登瀛书院山长，就是在任所内生下林时塽，时在光绪丁亥（一八八七）正月二十三日。后任满携时塽回福州，迁马江船政学堂文史科教席。

165

那状元父亲（勿村），望有子能肖父，所以别字"希村"。谁知这位希村却像魏晋人物，诗写得好，酒量也大，整日流连诗酒，更以酒留名，在《清稗类钞》的饮食条下就有"林希村立酒社"的记载。经查对，徐珂的《清稗类钞》这个条目是转抄自陈衍的《石遗室诗话》。《石遗室诗话》卷一九第十六条说：

> 同邑林希村，名如玉，后改名，由优贡生举孝廉，屡困公车，晚以县令需次浙江，憔悴以死。少日嗜奇记丑，为骈文惊才绝艳，在金应麟、王昙之间。作诗喜掉书袋，……独喜其《虞山吊钱宗伯》四绝句末一首云："仓皇同志有忻城，铁骑横江把臂行。愁杀石城闲草木，当年亲见褚渊生。"工稳而不黏着。又《社集赋得莫愁湖鸳鸯》云："笙歌艇子破愁围，载得王昌缓缓归。左右成行三十六，一湖春水落花肥。"李易安论词，所谓本色与险丽，兼而有之矣。

又说：

> 希村与吾乡梁开万（亿年）、林枳怀、叶与恪、林怡庵诸人结酒社，日高睡起，即入酒楼终日痛饮，醉则歌呼笑骂，夜深乃扶醉归，盖晋七贤、八达之流也。

而与他整日轰饮的那几个人：梁开万，是光绪二年进士，是梁章钜孙子；叶与恪，是叶观国曾孙（叶观国是乾隆十六年进士，著《绿筠书屋诗抄》）；林怡庵即画家林葵（一八四三——一八九六），字怡庵，室名鸳鸯藤馆，是郑孝胥的舅父。

另外，在郭白阳撰的《竹间续话》四卷，当中有描写林鸿年（勿村）、林晸（希村）父子间的一段和酒有关的趣事：

> 林希村晸家居时，与林怡庵葵、林枳怀在澧、叶与恪滋昌、梁开万亿年诸老结酒社。日高睡起即登酒楼，终日痛饮，醉则歌呼笑骂，必夜深乃扶醉而归，归则寝，明日又往矣。希村为勿村中丞之仲子，中丞甚严正。一夜闻其打门醉归，问曰："何人？"仆曰："少爷也！"申叱令之进，以"少爷酉卒"命对，曰："能对免责。"希村应曰："太子申生。"

在这里"醉"的拆字是"酉"、"卒"，是当时流行的俏皮隐语。而"太子申生"是左传人物，以之对"少爷酉卒"是极工巧。笔记所记，曲俏这对名父子之间的责善和戏谑。

林希村作为名父之子，中举以后，屡踬南宫，其郁闷可想。诗酒流连，只是避世一法。这样的一位穷学官，尽管是诗好，骈文好，似乎都未有刊行。陈衍《石遗室诗话》对他有门户之见，以长辈之喜恶为喜恶，所以有微词，又仅仅摘录他的两首绝诗，这是不公和过分了。但祸兮福所倚，林希村的诗就靠《石遗室诗话》的摘采，留下了吉光片羽。以后钱仲联编《清诗纪事》也就把陈衍所摘取的选下来。这就让更多人知道世上有林希村其人了。只是《清诗纪事》的小传也太少了，那连姓名计在内只有："林如玉，后改名晸，希村，福建侯官人，光绪五年己卯举人。以县令需次浙江。"合共二十九字。这林希村诗名不及酒名大，是状元公子也郁郁不得志，死无余财，连儿子林时塽东渡求学也需林希村的大女儿为之撑持。章太炎说林时塽"少年负才气，然常郁郁似失志者"，这未尝不是林氏家庭环境和人事遭际所使然。

福建人林庚白的《丽白楼诗话》就把林希村、林时塽父子相提并论。

这也是应该的，学问和性格都会是渊源有自。这在下文中会述及。

从宏观而论，在此我们可以看到一门三代的性格，是（林鸿年）得意、（林希村）失落、（林时塽）反叛。而此中的变化，又何尝不是一个时代的缩影。

从这角度看，个人史、家族史，也是社会史。一个英雄的出现，其实也是各种关系网交结中的一点。此前略述了林时塽的先辈关系。以下，要略述林时塽个人的际遇以及宗亲子交游，继而是林氏的取义成仁。最后以林时塽的艺文鉴赏为结束。这些其实都是互相影响的一张网，但只有笔一支，嘴一张，只能循序，那就要分先后了。

综合民国元年《革命党小传》、天啸生（郑烈）《林文传》等诸家所述：林时塽，字广尘，号南散，参加同盟会后改名林文。生得丰颐广颡，双目炯炯，绰号"舞狮子眼"。"口部弥广，却于笑时上下两唇哆张，快意时尤哆。"（莫纪彭语）性淡恬，恒以诸葛亮陶渊明自况，尝镌一水晶图章，印文曰"进为诸葛退渊明"。幼而能诗，甚得乃父喜爱，恒携时塽赴诗社酬唱。十五丧母，而乃父不复娶，次年父亦卒。遗下时塽兄弟三人、姊妹四人。长兄远游不返，次兄早殁，长姊主持大局，留中不嫁，一力鞠育诸弟妹。及三十之龄，始适沈葆桢公子沈瑜庆。瑜庆亦正谊书院门生，学而优则仕，累官至贵州巡抚，辛亥鼎革时，虽系革党林时塽姐夫，但身为朝廷命官，仍为革党所迫交出政权。写到这里，顺带说一说，尽管沈瑜庆是公子声华，但人们也往往忽略了他，于此多补充几笔说说这位大人物。沈瑜庆（一八五八——一九一七），字爱苍，号涛园，福建侯官人。外祖是鼎鼎大名的禁烟钦差林则徐，父亲沈葆桢也是清季名臣。母亲是林则徐的女儿，是在抗击太平军战事方酣时，亲自登城为丈夫击鼓助威的巾帼须眉。女婿是戊戌政变中被杀的"六君子"之一的林旭。妻舅就是本文要说的主人公林时塽。时塽父亲林聂与沈庆瑜是中举同年。瑜庆儿子沈赞清（字演公）

是书法家，曾任孙中山秘书。演公次子沈觐鼎也贵为民国著名外交官，觐鼎妻室廖承芝则是国民党元老廖仲恺的侄女。沈瑜庆一门殊不简单。

沈瑜庆是名公子，居高官，一生都是锦衣玉食，也长于诗文，据陈石遗所述：

> 吾乡同辈之为诗者，又有沈爱苍抚部瑜庆、林琴南孝廉纾，皆不专心致志于此事，然时有可观者。爱苍号涛园。以二百四十万钱买福州城内乌石山瓯香许氏旧涛园，为其父文肃公祠。园有古松，故以涛名。余识涛园时方总角，行坐诵吴梅村诗、庚子山哀江南赋。忽忽四十年，其子女皆受业于余，重以姻娅，曾出资为余刊元诗纪事。见人佳文字，辄咨嗟叹赏不自已。……"（《石遗室诗话》卷三页五十四）

瑜庆在一八九五年后常居上海。而最窝心的是三年后的戊戌政变中，爱婿林旭被杀。这从他和范当世李拔可诸人的酬唱中可看出。而这悲愤情绪，未尝不是导致他对小舅子林时塽东渡支持的原因，而且通过妻室时常汇款资助时塽。更有甚者，其乡人是林琴南弟子林之夏，参加作反，因事机不密，被两江总督端方有所觉察。端方命江西巡抚冯汝骙逮捕林之夏，而时任江西布政使沈瑜庆却暗中通报，林之夏方免于难。

另外，沈瑜庆在一九〇二年下有题为《希村和章未至，再叠前韵速之》和《林希村同年约夜谈》两诗，这提供了一项资料，就是林时塽十五岁时，父亲犹健在。那么林时塽的诗书造诣，就该有家学的承传。

说回来，在光绪三十一年，时塽十七岁时，奉姊命东渡扶桑求学，这当中自然是有姊夫沈瑜庆的同意和资助。时塽初入成城学校，旋进日本大学法科，专攻国际公法，至私法则仅略一涉猎，谓此刀笔吏事，非吾辈所

"三林"（左至右）：林时塽、林觉民、林尹民

当急也。兼习哲学，醉心阳明学、禅学，故临事从容，镇静如山，众服其养。或以为林时塽是文弱书生，惟时塽躯干修伟，丰仪清俊，而且生有神力，能举百斤大石而举重若轻，并以此自豪，因得绰号"林大将军"。

留东之后，与同志组织同盟会，与汪兆铭、黄兴、赵声、汪东、胡汉民、倪映典、李文甫等交尤深，孙中山颇器重之。

时塽隶属闽同盟会属第十四支部，乡人重时塽德望，推为队长。当时在东京大久保赁屋，门署"田野庐"。先后与陈与燊、林觉民、林尹民、郑烈等同僦一庐，情若兄弟。时塽、觉民、尹民皆知名，人称"三林"。初陈与燊、林觉民自命不凡，不可一世，与时塽交，皆悦服。而长时塽七八岁之黄士恒，与时塽处数日，即投契如饮醇醪。可见时塽之魅力咸能服众。

关于郑烈和时塽关系最深，在这里也稍加详述。郑烈与林时塽同在日本大学念法科，林常与郑烈言："覆满荡垢，我矢以死先之，至创制典章，树立规模，励行法治，致国兴强，则君等责也。"足见时塽抱必死之志，郑烈敬佩之。居东京数年，郑烈与林交谊最挚。其后郑娶其妹林佩英（宜）

170

为元配夫人，又以笔名天啸生为林作传。（再扯远一点，一九二八年十一月南京国民政府委任郑烈为最高法院检察署检察长。一九四七年六月二十八日，受司法行政部部长谢冠生之命，郑烈曾以检察长名义下令通缉中共中央主席毛泽东，并在各地报纸刊登通缉令全文，轰动一时。）

林时塽及冠之年仍无意娶妻。有问之者，答谓瓜分惨祸，近在眉睫，尊严祖国，行且丘墟，亲爱同胞，将即奴隶，此岂志士安居授室时耶！胡汉民常与林时塽下围棋，而输者辄为胡。胡尝请时塽教其妹宁媛下棋。宁媛在日本念高师，柔顺贞忠，品学兼优，行七，人称七姑。展堂意系以棋为媒撮合之，而时塽却不肯收货。莫纪彭多嘴询时塽，答谓胡宁媛面如山马云云。其实时塽自知必流血沙场，怜香惜玉，不忍让宁媛成寡妇，遗恨人间者也。林时塽到底系性情中人，庚戌春奔走国事赴粤，道出沪晤妹，兄妹相见不发一言，但恸哭不已。或知行将永诀者耶？（时塽妹夫郑烈语）

英雄一举关时局，林时塽就是这样的名门世家之后而参加作反的。可惜"三·二九"一役结果是"出师未捷身先死，长使英雄泪满襟"。

考当时的广州局面是，因临时爆出温生才击孚一案，令李淮张鸣歧早有戒备，形势险恶。而原先安排运送的武器军备人员又未准备好，党人遂有主退主进两说。党人赵声系新军标统，军事英才，又是此一役的总指挥，深知准备未足，蛮干必以失败收场，遂以省垣戒严，徒死无益，敕勿动。惟林时塽、喻培伦与副总指挥黄兴商："不但不能缓期，且须速发，乃可以自救。巡警局早四五日已有搜索户口之札饬，旦夕必发也。"（黄兴《告海外同志书》）

显然，当时"不但不能缓期，且须速发，乃可以自救"，是已自陷于被动而蛮干（那时尚未有"左倾盲动主义"一词）。再者，缓期等于散档，如何面对海外华侨的捐助和志士的期待。参加是役的川省同志熊克武，曾详细道出喻培伦、林时塽鼓动黄兴力争速发的现场情形：

> 花了海外华侨这么多的钱，南洋、日本、内地同志不远千里而来，于今中途缓期，万一不能再举，岂不成了个大骗局，堵塞了今后革命的道路？巡警就要搜查户口，人、枪怎么办？难道束手待擒？革命总是要冒险的，何况还有成功的希望！即使失败，也可以我们的牺牲作宣传，振奋人心。现在形势紧急，有进无退，万无缓期之理！（熊克武《广州起义亲历记》）

可见林时塽决心与一众闽江乡人和"神交百辈深肝胆"诸志士一齐赴死，令黄兴也别无选择，于是一场惊天动地的大事就发生了。用孙中山后来的评价是：

> 是役也，碧血横飞，浩气四塞，草木为之含悲，风云因而变色。全国久蛰之人心，乃大兴奋。怨愤所积，如怒涛排壑，不可遏抑。不半载而武昌之大革命以成，则斯役之价值，直可惊天地泣鬼神，与武昌革命之役并寿。（孙中山《黄花岗烈士事略序》）

从大处着墨，从好处而言，"三·二九"之役意义确如孙中山序中所言。但从另一角度瞻仰，又当钦敬赴义英杰的另一种苦心。

据参与此役之郑烈忆述：在辛亥年的阳历三月三日，林时塽与林觉民等先行，嗣后乡人（福建）同志，也陆续抵港。林时塽与众曰：

> 前此举义，死者多乡氓。人佥谓吾辈怯，吾实耻之。今日愿与诸君挟弹为前驱，使若辈为后劲。纵事无成，我弟兄同时共葬一丘，亦

陈更新　　　　　　　陈可钧　　　　　　　陈与燊

可无憾……（天啸生《林文传》，亦见郑贞文《闽贤事略初稿·烈士林文事略》）

本来志士仁人有必死之心，令人敬仰，这种精神就是上文提到的一种"牺牲"和"奉献"的精神。但何以会说出"佥谓吾辈怯，吾实耻之"的话来？"佥谓"就是"大家都说"的意思，令人留意这事实和心态。

不妨再参读一些史料，林以名门之后和所秉家学渊源，待人待事都有一种自我的标准尺度。但"辛亥群彦"和"十二月党人"另一相似点是，在充当"作反"行动的思维主体时，也同样遭遇上"民粹主义"的争持。民粹主义者是轻于一掷的，颇像后来"共产大业"中的瞿秋白、李立三的"盲动"。那时林时塽以诗人之丰富感情和高度理智，反对以革命大业杂以绿林会党乌合之众为主力。孙中山多次举义，林时塽恒参与，其中镇南关一役，孙公是曾召林时塽共谋此役的，但是时塽独自一人临期告退。事后有人佩服他英明果断，但也有人（黎仲实等）骂他临阵退缩。

事后，备受责难的林时塽有诗言志，诗题为《舟中寄东京同寓诸同

黄花岗烈士被捕就义前留影

志》，结句有云："神交百辈深肝胆，忍死须臾待切磋。""忍死须臾"是指暂留性命而"有所待"。而"切磋"就是希望朋友能反复商谈了解的意思。（全诗是"一海苍茫没远波，秋风吹尽事婆娑；眼前云物悲箫动，客里山河落叶多。古佛涅槃仇世意，万方悲惨拔山歌；神交百辈深肝胆，忍死须臾待切磋。"）

莫纪彭谓，此诗系林氏少数遗诗中唯一有题目可考者，或系林应孙公召赴南洋河内，既至绝裾辞归，自海防经香港，寓《中国日报》数日，复回东京，在舟中万般无奈所赋者。

莫纪彭文字一般，但"绝裾"两字描摹恰当，就是不欢而散的雅言。可以说，他和孙中山的关系算是闹得很僵了。

后来黄兴在"三·二九"役后《告海外同志书》云："寄语仲实璧君

174

毅生诸人，兄等平日不满之人，今竟如何？"黄兴的"寄语仲实璧君毅生诸人"，该是给孙公间接的提示反问。那被不满之人，当然是已牺牲的林时塽。而"兄等"自然是"仲实璧君毅生诸人"，但更重要的是"诸人"背后的"长官意志"。

或者有问，在同志的不理解下，是林时塽以"蛮动"回报"蛮动"吗？

可以说：有此可能！这合于林时塽的性格逻辑。

举《南社诗话》一个例：

> 广尘（时塽的别字）得钱必买书。尝一日买得新书多种，皮面金字，装潢精好，啧啧叹赏。翌日在案头见之，则书剥其皮面矣。惊问其故，笑曰，心惜其装潢，不忍污之，将废书不读矣，不如剥去，无所顾忌也，其风趣如此。（曼昭《南社诗话》）

故事中，他怕弄脏了书而把封面撕去。这和反蛮动而蛮动是一样的心理。这心理也正吻合他的自我牺牲的精神。

试看辛亥三月二十九日当时史实，林时塽也实有求死的大勇：

> 是日早船，闽省同志及海防同志俱上省，俱入黄兴处。兴即召集余人以攻督署。黄兴对林时塽、林觉民、方声洞、林尹民、陈与燊等闽省同志极为器重，私交也深，因把他们安置于由他本人带领进攻两广总督衙门的第一路"选锋"队中，并肩作战。黄昏五时许，由小东营朝议第出发，时塽左执号筒，右挟手枪，身怀炸弹，腰佩短剑，奋勇当先，沿途枪杀巡警于道，分队行走疾速，至督署门首，有卫队数十人驻守。林时塽率三二人前进，用炸弹猛击，死卫队数人，更新枪杀其管带（全振邦？），卫队大溃，鼠窜入卫兵室以避其锋，匿不敢

出，而党人亦死三四人，有卫队数人弃械投降，藉为前导，黄兴率林时塽、朱执信、李文楷、严骥等十余人入署搜查，惟无一要人，似预知而早遁者。时塽愤甚，奋击而出，喊声大震，枪如雨集，时塽屹立如神，意气凌厉，偕黄兴等疾行至东辕门外时，与李准之卫队相逢，相隔距五十公尺。先是赵声、姚雨平常言李部有同志者，时塽奋身向前招抚，高呼："同胞同胞，我等皆汉人，当同心戮力，共除异族，恢复汉疆。不宜自相残杀。"而卫队不听时塽讲耶稣，举枪跪击，时塽在前列，语未毕见势不对，刚欲举枪还击，而头已中弹，头骨破碎，脑浆狂涌，仆地牺牲。春秋二十有五。（参黄兴《告海外同志书》、天啸生《林文传》）

哲人其萎，这要论述林时塽的思想与艺术了。

林时塽以家学渊源能诗。但在芸芸诗话中，只有林庚白的《丽白楼诗话》下编有云：

> 林文字时塽，福建闽侯人，闽中名宿希村先生子，黄花岗七十二烈士之首也。希村先生博极群书，所为骈体文，兼有六朝盛唐人之胜，诗词亦工。与先君子叔衡先生、同邑杨子恂先生、张珍午先生等称十才子，抑或呼之为"十躁"，盖皆矜才使气，为侪辈所嫉视者也。时塽诗渊源有自，不幸早逝，未臻大成。今录其《春望》一首云："残雪犹留树，春声已满楼。睡醒乡梦小，起视大江流。别后愁多少，群山簇古丘。独来数归雁，到处总悠悠。"雅似唐贤，非镂肝雕肾者所可及。

其留存之少，主要是林时塽生平所作诗文，赴香港前一日付之一炬，恒谓："人生皆幻，留名无用。"因之存世极鲜。这种心态，和他父亲有相似处。据知，林时塽诗偶有载香港《中国日报》。另有《天声报》，其文苑编务为林时塽经理，尝录百余首，但今散佚无存。仅凭其友朋记忆，录存二十余首而已。而莫纪彭则记云：己酉年春初，时塽自日本东京来至香港，住宿同盟会（旧电车路捷发白糖店四楼），到会同志常闻有沉而哀之诗声，发自卧室，盖时塽作拥鼻吟也。兹录其《落叶》一首云：

> 落叶闻归雁，江声起暮鸦。秋风千万户，不见汉人家。仆（我）本伤心者，登临夕照斜。何堪更衔（喋？）血，堕作自由花。

又谓：常见其拾案头零纸写自作句，时塽固工书，而此两首五言诗（《落叶》）尤所爱好云。论者谓林时塽诗格调高绝，得李太白之深挚。

他这自我牺牲的精神在他的诗作中也有所反映。他有断句"护林残叶忍辞枝"，为人传诵。事见《南社诗话》。谓林时塽有断句云："入夜微云还蔽月，护林残叶忍辞枝。"日人宫崎寅藏为之击节。"三·二九"一役举世震惊，日记者知宫崎与党人稔熟，询诸人遗事。语及林时塽，宫崎以此断句写付之，日本诗人和者相属（《南社诗话》）。

屈向邦《广东诗话》有两则云：

"不匮室名句"

友诵不匮室主名句云："既雨余云仍在野，过风残叶忍辞枝。"且云集中一再提及，谅是得意之句。予曰，林时塽亦有句云："入夜微云仍蔽月，护林残叶忍辞枝。"党人传诵。广州三月廿九之役，时塽殉难。日本诗人闻之，多有和此诗者。室主诗偶与之暗合欤？抑讽古今人诗多，融会胸中不自觉，而以为己得欤？斯二者诗家常有之。时埭字广尘，闽县人。原诗云："撼地西风万户悲，翻江狂雨暮来时；疏灯黯淡思城郭，一棹苍皇怨别离。入夜微云仍蔽月，护林残叶忍辞枝；艰难欲尽新亭泪，日夕思量未可期。"盖为南归过台湾感怀而作也。

"论护林残叶与过风残叶之别"

偶阅《双照楼集》静备金缕曲词，耿耿护林心事句自注：护林残叶忍辞枝，时埭诗句云云，信其为党人传诵之名句也。其意盖谓残叶意在护林，而林有待于残叶之护，如亦辞去，仁者不若是悫也。用忍字，便有着落，温柔敦厚，哀怨缠绵，的是名句。若用遇风，则残叶遇风，有不得不落之势，用忍字，意味便逊。此中清息甚微，拈出，以与讲求诗义者研究之。

这"护林残叶"的高尚情操，正和龚自珍"春泥护花"的情怀相同。龚诗："落红不是无情物，化作春泥更护花。"再者，也可参读出身"十七代士大夫家"的汪精卫《花飞》诗：

疾风吹平林，众树失芳菲；古今伤心人，泪眼看花飞。花飞正纷纷，子生已离离，今日青一捻，他日大十围。一树能开千万花，不啬一花化作千万枝；花亦解此意，飞去不复疑。飘飘随长风，安择海角与天涯。今年送春去，明年迎春归。新花未满枝，故花已成泥。新花对故人，焉知尔为谁？故人对新花，可喜还可悲。春来春去有定时，花落花开无尽期。人生代谢亦如此，杀身成仁何所辞！

其内容可说是同一机杼。大抵"牺牲"已是党人的共识。

革命烈士彙傳

林廣塵

林文字は廣塵、福建省侯官の人。賦性恬淡高潔、大に高士出塵の風があつた。君は書に巧にして、革命黨の機關雜誌民報の増刊『天討』の題簽は即ち君の筆である。

明治三十八年、日本に留學し、初め成城學校に入り、後ち日本大學に轉じた。今春、黄與が廣東省城に乘込んだ時、君は其先鋒となり、身に爆裂彈を懷き、腰に短劍を帶び、衆を麾いて前進し、屹然として神の如く、堂々として革命の演說を始めたが、其聲末だ畢らずして、彈丸兩集の間に立ち、彈丸頭蓋骨を破碎し、血肉紛飛して仆れた。慘憺の極、壯烈の極であつた。

《支那革命党及秘密结社》中关于林时塽的介绍，《日本及日本人》第五百六十九号附录，一九一一年十一月一日

由此，在在见仕宦子弟而当革命者的都有高尚的情操和"牺牲"的精神，也可以解释林时塽何以会以"蛮动"去澄清"蛮动"。

另外，林时塽雅善吟咏，惜自焚诗稿而难以存世，但当日与战友唱和，或云在香港时偶有用扁担体写有断句（虽写后撕烂丢字纸篓中），有书"书生绝口谈王会，大将甘心任国殇"。查"王会"或言国家隆盛日朝会大典事（出《逸周书》），时塽看不到这一天了，但大将军却真的"任国殇"，真是一语成谶。

但这"书生绝口谈王会，大将甘心任国殇"，似乎是一比诗钟而不是断句。因林以家学渊源，小时已懂作诗钟，而且斐然可喜。

流传他有以"天"、"此"二字作"六唱"：

不甘拥戴为天子，惟以渔樵共此生，

立身莫自轻天爵，抱节端宜效此君，

平生忧乐笑天下，他日安危寄此身。

到此，诗钟是什么，需要一说，要不然无法理解和欣赏上述林时塽这三比诗钟。

诗钟是一种文字游戏，也是昔人学诗的一种基础训练。分闽粤两派，前者流丽、浑成，而后者注重典实。近人中樊樊山、易实甫都是此中高手。

诗钟就是将称为钟眼"天"、"此"二字嵌规定位置作对成联句。如能整句凑合自然，铢两相称，即为佳作。而林时塽以十三岁的童子能作出这样浑成的诗钟，除了天赋聪明之外，也足见其家学渊源。

嵌字在第一字位称一唱，二字为二唱，以此类推。在称谓上：

一唱为"鹤顶"、二唱为"燕领"、三唱为"猿肩"、四唱为"蜂腰"、五唱为"鹤膝"、六唱为"雁足"、七唱为"鸿爪"。

现在林时塽所作三比都是六唱"雁足格"，都是以"天"、"此"字为对。

还怕读者不明白，笔者试再举例：比如陆游诗"无穷江水与天接"，便可对以唐李郢诗"相送河桥羡此行"，这样一对联语的第六字便是"天、此"。这就算是"天、此"六唱"雁足格"的诗钟例。

再谈到林时塽的书法，在当年留日学生界中，林有另一绰号为"写扁担字"。有谓林雅好王梦楼（文治）书法有扁担形，似是而非之见也。扁担字系林时塽自创之体。林曾与张继办《民报》，为驻社经理。增刊之"天讨"两字，即时塽署书也。由此可见林的书名早显。

事隔数十年，郑逸梅在《书坛旧闻》也谈道：

汪旭初与黄花岗七十二烈士之一林时塽交甚稔。闽地有杂志《天

180

有"第七十三烈士"
之称的莫纪彭

声》，请旭初题签，旭初固擅书法，援笔立就，林氏见之，不以为然，谓："书无生气，不如我书之龙跳虎跃也。"乃书以易之，旭初为之心折。

这里，林时塽的当仁不让，汪旭初的服善，郑老都娓娓书来。

冯自由《革命逸史》中也提及林时塽的书法，并谓曾将仅有林在港所书片纸只字，拼凑保存，尝见复印件发表。

黄兴在林时塽牺牲旬日有致冯自由书，又曾言及"前兄嘱书各字，三月廿九以前俱作好。……其中有一最可纪念者，为林时塽书赠兄之横批，字势飞舞如生，诚绝笔也"。书后且附言存冯自由夫人处代寄云云。由此可见林在党人中早擅诗名也早擅书名，翰墨亦为党人所珍重。

冯自由何许人，竟得时塽赴死前挥毫留赠，在这里要花点笔墨交代冯氏的生平背景。冯自由（一八八二——一九五八），原名懋龙，字健华，广东省南海县人，出生于日本，十四岁在横滨随父亲冯镜如加入兴中会。一八九九年秋，冯就读东京高等大同学校（梁启超任校长），但该校不准提

民国元年公祭黄花岗七十二烈士之景况

"自由"等字眼，冯愤然更名冯自由。一九〇五年任同盟会香港分会会长，次年任《中国日报》社长，筹划广东历次起义。民元任临时大总统孙中山机要秘书，后出任临时稽勋局长，负责搜集海内外革命党人事迹，调查、审议后呈报政府褒奖或抚恤。二十年代开始"发愤搜集三十年来所珍藏的各种书札、笔记、表册、报章等，并广征故旧同志所经过之事迹"，著述《中华民国开国前革命史》、《革命逸史》等多种，为研究辛亥革命留下大量甚有价值的史料。冯自由一生反共，一九四八年底移居香港，一九五一年偕妻赴台。一九五三年出任"总统府"国策顾问。一九五八年四月六日中风病逝台北。

　　本文资料多采自林时塽同志老友莫纪彭的口述历史，于此也应花点笔墨略记莫氏生平。莫纪彭（一八八五——一九七二），字宇非，广东东

林时塽遗墨 "时有落花随我行"

莞人，早岁奔走革命，尝与黄侠毅等组织"醒天梦剧社"，在莞城、省城、香港等地演出《熊飞起义》、《袁崇焕督师》、《拿破仑血战欧洲》等历史剧，藉以开导民智，鼓吹革命。一九〇九年由冯自由等人介绍入同盟会。一九一〇年，莫纪彭与倪映典、朱执信等发动广州新军起义，因事泄失败。辛亥"三·二九"之役，莫纪彭任选锋队第三队队长，巷战达旦，九死一生。民元后与刘思复等组织"心社"，倡无政府主义。一九二一年襄佐陈炯明，掌函电笔札，参与机要。抗战间任国民党中央党史会编辑处处长。一九四九年赴台湾，息影政坛，致力撰写回忆录。

在林时塽老友莫纪彭口述历史中，记有林时塽书赠冯自由的"最可纪念者"之绝笔，云：

> 迄于民国十四五年间，林义顺自南洋来时我居杭州，承义顺约，出资影存可纪念之物，此一字势飞舞绝笔者，在玻璃片中，乃写辛幼安长句也。片存我家颇久，后为乱离所碎。三十四五年居南京，在上海自由家常见此横批，高悬于客堂正中，有爱惜历史文物者，尚望有人为之护存。

莫纪彭当日是率队在观音山与清兵鏖战而仅以身免（所以有第七十三烈士之称）。他在事隔十多年之后，才从"玻璃片"上看到该卷（旧日摄影照片底片系"玻璃片"，或指珂罗版的版片）。以后又隔二十年，他才在冯自由家中看到了原件。

该卷的书者和受者，都是莫纪彭相识的同志，辛亥三月二十九之役，仓皇鏖战，故人黄土，而莫纪彭成了"后死"，所以他见此遗墨，把话说得语重心长。他是为该卷作祝福，当是兴于感怀，又更是以前党史会编辑处处长的责任和经验，更注重于该卷的文献价值。

综各人所述，天壤间，林时塽的这卷遗墨可说是吉光片羽了。而莫纪彭在冯自由家见过此卷之后距今已近七十年，期间经历内战、叠次的运动、

林时塽绝笔行书辛弃疾词卷

"文革"的清"四旧"……人世沧桑，那脆弱的一卷横披，又安知能否尚存人间？如果尚存人间，那又是否完好？更又会是飘零何处？

笔者在此坦诚相告，七十二烈士之首林时塽这卷行书绝笔辛弃疾词，似有神灵呵护，尚在人间，更与笔者结缘，是天幸我，在先烈挥就此卷，取义成仁百载之际，冥冥中安排它完好地飘零至香港、与当年同盟会设在跑马地黄泥涌四号南方支部一箭之遥的寒斋，由在下庋藏珍护。该卷是横幅行书辛弃疾（幼安）词。卷中用笔不拘锋势，字迹遒劲，纵横跌宕，大气淋漓，超脱入神。虽经冯自由长期悬挂，纸黄墨淡，仍神采飞扬。

卷后有章炳麟跋语：

> 林广尘名时塽，又自署曰酸豚，福建侯官人。少年负才气，然常郁郁似失志者。竟赴广州之难。此所书辛幼安词，乃其平日所喜诵者。广尘亦有诗，恨不多见。其真迹仅有此耳。书此距广尘之死十五年矣。于时民国十五年夏五月也。

无署款，钤"章炳麟印"白文方印。

林时塽的能诗善书，在当时是广为党人所知的，但在杀身成仁后，诗

185

固然是存者寥寥，而遗墨则几无所见。所以章太炎在跋文中说："亦有诗，恨不多见。其真迹仅有此耳。"章太炎紧接着微露了答案，说："少年负才气，然常郁郁似失志者。竟赴广州之难。""少年负才气"，这是指其家世教养的关系，其家世叙述见前，不赘。"郁郁似失志者"，大概太炎看出了，名门的家道中落构成了对林时塽的压力，并对其心理有所影响。如前所道及，林烈士在赴香港前一日将所作付之一炬，恒谓："人生皆幻，留名无用。"又据时塽妹夫郑烈所记：林时塽庚戌春奔走国事赴粤，道出沪晤妹，"兄妹相见不发一言，但恸哭不已"。一个未到二十五岁的少年，会有"人生皆幻，留名无用"的想法。兄妹相逢，不喜反悲，而且是悲极忘言。又去考虑先死，这都是值得人深思的心理状态。

其实，时塽存世墨迹，应不只有在下所藏这件。莫纪彭尝出一纸扇请时塽题字，时塽挥笔"临财毋苟得，临难毋苟免"十字。莫粗心大意，不甚重视此一珍贵历史文物，此扇与时塽其他遗物，也就不知丢去何方了，他日不知会否重现人间。

又：时塽牺牲后，郑烈（晓云）返东京"田野庐"收拾遗物。尝在一护士家名野村女士处觅得时塽遗墨："时有落花随我行"，旁附小字"辛亥春初病里无聊濡笔书此"。又有"洒脱而和霭"五字，也是赠女士者云。"时有落花随我行"笔意倒有点王梦楼味道，尝见多种书刊登载，或仍存台北国民党党史会？这小片法书，却有人附会到林觉民烈士夫人陈意映上去，若细观莫纪彭口述历史，明确记有此件得自护士家野村女士，则附会穿凿之言，不攻自破矣。

辛亥百年，典型日远，我敬其人，所以重其书，所以曝白其事。

二〇一三年三月二十九日

美人颜色千丝发　大将功名万马蹄
——记徐树铮及其自书诗墨迹

忽焉灭没

八十多年前，徐树铮在伦敦考察时，参观了大文豪约翰逊（Samuel Johnson）时常到的老酒店，且在来宾簿上留言："今既得坐先生之座，而先生之书，尚不知何日能读。且闻先生生时穷愁困苦，而殁后乃享此盛名。余今身为显宦，仆仆风尘，忽焉灭没，不复知后此有人知我姓名与否，此又重可愧念者矣！"留言中所谓"忽焉灭没"，真是一语成谶，约莫半年之后，徐氏被仇家"灭没"了。

生平祸端

徐树铮（一八八〇——一九二五），字又铮，号铁珊，江苏萧县人。幼

徐树铮

聪敏，有神童之誉。北洋皖系将领，段祺瑞心腹，有"小扇子"、"小诸葛"之称。

徐氏文武兼资、风流儒雅，交游系柯劭忞、王树枏、林琴南、马通伯、姚永朴、姚永概辈，而目无余子，又因有段倚重，跋扈树敌。故其友人王揖唐曾予"谤满天下，誉满天下"之评。

徐在日本陆军士官学校就读时，曾看相，被批四十六岁有横祸，回国后看相，结论一样。终缘于一九一八年以煽动皖系军队罪名，擅杀冯玉祥舅父兼恩师陆建章而为祸阶。（陆系袁世凯爪牙，主军政执法处，杀人无算而不以法，最后死于徐手。）一九二五年末，冯玉祥借徐树铮出京，阴嗾部下张之江迎徐于廊坊而戮之，再急使陆承武赶至现场"认数"，通电称替父陆建章报仇，令段祺瑞莫之奈何。

英雄手段每非常

武昌首义，六合鼎沸，北洋第六镇统制吴禄贞拟在北方（石家庄）发难。吴系实力派，如果事成，切断京汉线，直捣京师，那时天下又是另一种局面。而刚被清廷起用主持大局的袁世凯，侦知此计划，即密电段祺瑞除掉吴禄贞。段则交"小诸葛"徐树铮谋划，徐以刚离开第六镇，情况熟悉，在第六镇内觅得合适人选，以吴禄贞心腹的马队管带马蕙田（步洲）做杀手，十一月十六日夜间实行狙杀，马还把吴的首级割下领赏。徐树铮除吴成功，袁世凯方可按计划借清廷打革党，借革党压清廷，而坐收渔人之利。

非亲日派

徐氏处事，勇于担当。但时人每把徐树铮划为"亲日派"，而"亲日派"往往与"卖国贼"画等号。但时论不等同事实，在此且以一事为例：一九一四年第一次世界大战爆发，中国宣布中立。日本垂涎德国在华利益，对德宣战。日攻青岛，徐树铮时任陆军部次长，知青岛德军的军火不足，于是擅作主张，运一列车军火接济驻守青岛德军。时山东将军靳云鹏奇之，电询徐，谓徐瞒住总统（袁）总长（段）干这事，万一泄露怎办？徐复电谓，日本系强邻，中国积弱，近一二十年内，中国想有任何作为，只要得不到日本的谅解，必办不成，所以表面上要态度亲日。但日本绝非中国的朋友，将来中国真正的朋友是美洲的美国和欧洲的德国。现在青岛的局面德国处危困中，这批军火就是要和德国成为患难之交。事成，可为两国建

徐树铮（中）与随员副官，摄于意大利

立永久友谊，于国家有利。失败了，是他个人行为，与国家无关，拿他问罪好了。所以这事不能与总统总长说明。靳云鹏被说服办妥此事，而事后段也认为办得很对。可见徐的机智和识见。

非凡两大事

徐一生对国家民族最大贡献两事：

一、辛亥鼎革间，两军争持，正未知鹿死谁手。当此时，前敌四十二将领突然联名通电主张共和，令清廷顿失依靠，促成协议退位。而这通电就是徐树铮的手笔。

190

二、一九一九年，受命为西北筹边使兼西北边防总司令任内，利用日本资助的军备，运用策略，恩威并施，兵不血刃，让蒙古在日本垂涎威胁之下，仍能自动撤销自治，回归中国版图。孙中山曾电贺徐"旬日间建此奇功"，又云"重见五族共和之盛，此宜举国欢欣鼓舞者也"。因有此基础，所以一九二二年一月徐氏到桂林晤孙中山，事后孙致蒋介石函，有谓"徐君此来，慰我数年渴望"之语。

再扯远一点，徐自桂回沪，与方枢（立之）言：在桂见了许多名满天下的人物，但将来真正助孙中山成功的恐怕是蒋介石。后来蒋一度离孙回宁波老家，徐即函孙劝切不可放蒋走，同时函蒋劝千万勿离孙。徐知人如此。

诗人儒将

徐树铮亦诗人、亦儒将，"美人颜色千丝发，大将功名万马蹄"，是他赠友诗中的一联，其文采风流，顾盼自豪，句意比苏曼殊的"壮士横刀看草檄，美人挟瑟索题诗"，那意象还更概括和宏大呢。徐氏"视昔轩遗稿"有"兜香阁诗"、"碧梦盦词"，不乏诗意旖旎婉约之作。

徐氏纵横捭阖、游刃军政之余，既擅诗文，复喜昆曲。一九二五年春受命为"考察欧美日本各国政治专使"，考察到伦敦时，应邀到伦敦大学东方研究系，以"乐通于政"为题讲演，洋洋数千言，什么黄钟、大吕，古奥深涩，让翻译翁之熹（考察团秘书）头痛不已。又尝被邀至英国艺术最高学府皇家学院讲演，题为"中国古今音乐沿革"，英译宣读，座中不乏内行老番，皆首肯不置，翌日《泰晤士报》载称，徐专使作为中国军人有此文学成就，不胜钦佩云云。

书法知遇

徐氏书法造诣甚高，其一生风云际遇亦缘于书法。辛丑（一九〇一）间徐氏到济南投奔袁世凯不果，在旅店为人写楹联时，巧遇段祺瑞。段观其字苍劲有力，察其人气宇轩昂，遂延揽为书记官，自此徐终生随段。

段徐的知遇确是非比寻常。现时评论政治人物，倘遇非我阵营，辄喜欢边骂边往卑鄙处猜想，所以数十年来，难有对段徐关系说句大公的话。

两幅墨宝

徐氏擅书名，但流传却极鲜，其女公子徐樱尝慨叹："我们后人手里连片纸只字都没有！"笔者平素喜搜集近百年来名家翰墨，有缘竟得徐树铮法书两帧，一为赠鬻侪"内外如一"横幅，一为自书诗立轴，其诗云："一茎草见丈六身，一花一叶礼天人，泰山须弥要等视，堂坳浮舟何处寻。"见载徐树铮《兜香阁集》第二卷，题为"赠钱芥臣"（钱芥尘一作钱芥臣）。诗中前两句用佛典，后两句用庄子典，内容甚切芥尘，蕴含禅意。

钱芥尘（一八八七——一九六九）者，浙江嘉兴人，钱陈群七世孙，上海著名报人。钱氏南人北相，高大威猛，学识渊博，重义轻财，交游极广，与张学良为谱兄弟。建国后为老友邵力子推荐任上海文史馆第一批馆员。一九五五年潘汉年出事，钱也被递入狱，邵老帮忙说项，

一盏草见丈六身 一花一叶礼天人泰
山须弥要等观一台坳深舟何虑寻小诗
芥盖先生法家

两正

癸亥岁抄

又铮

书树铮

徐树铮行书自书诗

193

徐树铮行书"内外如一"

终以三年牢狱作了。"文革"复再受屈，以八十四岁高龄辞世。著述《三到集》稿本被抄消失。

百年身后

徐树铮生四子六女。三公子道邻（一九〇六——一九七三），留德博士，贵为蒋公侍从室红人（蒋公或为感激徐树铮当年知遇，延揽道邻入幕参与机要），抗战胜利后尝到法院、军事委员会状告张之江、冯玉祥杀父，终不果。道邻女公子徐小虎系美术史家，有声于时。

徐树铮长女徐樱（一九一〇——一九九三），适李方桂。八十年代自美回国为父修建墓园，孝思不匮。

二〇一二年六月二十二日

遗像肃清高
——许卓遗照题记

凌烟阁上画功臣，坠绪寻回未失真，

我自补苴人隔代，揭阳澄海旧宗亲。

——许卓遗照题记

列宁曾誉"十二月党人"为"贵族革命家"，后来又有"离人民远了"这一句，相信是"美犹有憾"的意思表达。

但"贵族革命家"这词美，是"贵族"而能以天下忧乐为心，所谓恫瘝在抱，那就是伟大，我是觉其"美"，而不觉其"远"的。

前者，笔者在《翰墨黄花一例香》论述林时塽时，就袭用过这"贵族革命家"一词。而本文在谈到许卓烈士时，在"宗枝奕叶"的敬仰中，我又一再想到"贵族革命家"这概念。因为出生"许地"的许卓，就曾以贵族的高傲，蔑视敌人的权力引诱。他的知识和赋性都有所秉承，但对生身家族又作了"割断慈恩真个"，是作了温峤式的"绝裾"。

在此，得先陈述这"贵族革命家"许卓将军的简历。

许卓，一九〇二年（据许氏族谱所载生光绪壬寅六月初五日）生于广

许祥光

州高第街之"许地"。为许家五宅崇字辈，原名崇耆，字少文。论家世，是抗英名臣许祥光曾孙。祖父许应镕曾掌广州禺山书院，父炳蔚为礼部官员，母廖氏为廖廷相女。一九二三年许卓由族兄许崇智送往日本陆军士官学校学习炮科，回国任粤军总司令副官长。一九二四年许卓秘密参加共产党，旋赴法国勤工俭学。其后赴苏联考察。返国后经周恩来介绍在叶挺独立团当排长。北伐后许崇智请他当月薪三百大洋的军官，他不肯就任，而于一九二七年十月赴上海参加中共中央军事部工作，旋回粤参加广州暴动，曾率领工人赤卫队八十人夺取观音山（越秀山）的军械库。一九二九年参与了由邓小平（化名邓斌）、张云逸等领导的百色起义，任红七军教导队队长。

　　一九三〇年红七军整编，许卓为前委委员，率部靠拢江西中央红军，一九三一年任红七军参谋长。在邓小平离任时，许卓接任红七军前委书记兼政治委员。至第三次反围剿时，更获苏维埃政府授"转战千里"锦旗。

　　一九三四年春，许卓任中央红军总部检查团团长，到武平帽村检查反

196

广州暴动，许卓率领工人赤卫队八十人夺取观音山（越秀山）的军械库

围剿的防卫工作，在永平枫树岭遭钟绍葵的便衣队和当地民团大刀会伏击。许卓等六人全部牺牲。

建国后，邓小平托当年的战友萧锋（原北京军区装甲部队副司令员），到福建武平寻回许卓遗骨，一九九一年在武平帽村建立了"许卓烈士纪念碑"。

本来，遗骸寻得了，纪念碑也矗立了，烈士英灵和烈士家属也可以告慰了，但遗憾的是没有烈士的遗照。千多年的凌烟阁都可以有功臣像，而建有专门纪念碑、纪念馆的先烈竟没有遗照，这是令人沮丧的憾事。

我们国人喜欢"怀古仰英风"，喜欢"想见其为人"，于是，一些有心人行动了。

197

许卓烈士纪念碑

　　许卓的侄孙许子皓，多年来到处奔走呼吁，又在《广州日报》登报征寻，但工作做了那么多，迄无成效。直至在去年香港大学博物馆和今春广州起义博物馆联合举办的"家国春秋"许家文物文献展，我们也只看到有许卓纪念碑的照片，而没有许卓的真容。许卓的遗照依然是付之阙如。

　　但情况更恶劣的是，一些讹误也随之而来，下举两例。

　　首例是许子皓兄电邮相告的：在"百色起义纪念馆"陈列有许卓照片，但相中人实非许卓。这疏忽真让人失惊，这近乎亵渎先烈。现在交通方便，电讯也方便，故老犹存，为何不做核对查询？让堂堂一个"百色起义纪念馆"出此纰漏！

　　这纰漏又是怎样发现和证明的呢？据说，这是年前经许卓的表妹杨勉恒认定的。但杨勉恒凭什么来认定呢，这就要从杨勉恒的身世说起。

　　杨勉恒的母亲名叫许影波，是许卓的亲姑姑。这样说来，杨勉恒就是许卓的姑表妹。往昔大家庭"老孙嫩叔"的情况很普遍，许影波和许卓名为姑侄，但年纪却相仿。他们自幼相处，稍长，姑侄间仰慕革命行为，大家仿学当时的革命者，另取一个化名。于是许影波化名许觉，而许崇耆则化名许卓。

　　这位许影波曾存有许卓的照片，但历经战乱沧桑，早已荡然无存。尚幸她老人家生前对伊妮有所忆述。伊妮在《千秋家国梦》一书中，记载她在一九九二年曾说过："许卓容貌英俊魁伟，很像日本战后崛起之电影明星宝田明。"这是天壤间唯一的一句是由至亲对许卓的形象描述。这口述资料很宝贵，关键时刻是有用的。但在真正的照片未出现之前，这些口述资料也只能先作"存而不论"了。

　　其次说许影波的女儿杨勉恒，她生也晚，并未见过她的表兄许卓，但

许锡缵在南京与其父许崇灏，一九四二年十二月

自幼随母在许家出入，见惯了屋中悬挂那表哥许卓的照片。（现在年纪稍大的人，都会知道当时人家有悬挂家人亲戚小照的习惯。）杨勉恒对许卓仪容见之稔熟，自然一见而知"百色起义纪念馆"采用的照片为虚妄了。

至于第二例是，近日在网上见许卓条目，赫然附有头像，这真让有心人为之惊喜。但审视之下，却是把"家国春秋"展览中使用的许锡缵年轻相片，当作许卓。那分明是许锡缵一九四六年十二月在南京与其父许崇灏合摄的，因为原照片旁边本身就有四行题记作说明。如今把冯京作马凉，采用者又为何如此不严肃？

说过了令人忧心的两个例子，话说回来，那关注许卓遗照情况的诸人之中，也包括了区区在下，因笔者是揭阳许，而许地许虽挂籍番禺，实是澄海许。数年前听吴老（南生）说，宜安里许广平家门口，新春期间贴的楹联：番禺世泽，澄海家风。许广平也曾谈及其家族迁至广州高第街许地后，平日讲粤语，逢年祭祖时，却照例要说几句潮州话，乃不忘祖辈家风也。笔者的揭阳许和许地的澄海许都源出宋朝许驸马。这就是忝为"宗枝奕叶"的宗亲缘故，所以多年来对于许卓遗照一事不曾稍懈。

终是皇天不负有心人，就在许卓牺牲近八十周年之际，也是一个机缘巧合，烈士遗照终竟和一批中法国立工学院相关的集体照片现于寒斋。

在这批图片中，有一帧是 4R 大小的黑白照片，照片粘贴在硬卡纸上，硬卡后面写有"大三机械科"五字。而照中五人皆一一标示姓名、学号。最右一位七九二号即标示为许卓。

这"五人照"中的许卓，西装革履，英俊魁伟，仅就外形而言，真是像日本电影明星宝田明。许影波的忆述所言不虚。而这当年的一句口述，也成为对照片的一种参证了。要声明的是，那只是外形的骤看相似，如果细心再三审视，那分别就明显了。一个宝田明是衣着讲究、风度翩翩的让万众倾倒的明星；一个许卓是以天下为己任的革命者。宝田明温文中免不

682　　　664　　　672　　　689　　　792
杨光赶　　莊强士　　樊翕　　顾文柱　　許卓

许卓、樊翕等五人合照

了一重脂粉气，是红楼梦中贾宝玉式的人物；而许卓眉宇间那种万家忧乐的思考，坚毅深沉，两者迥然有异。中国有句成语，叫"虎贲中郎"，是指人有相似，语出《后汉书·孔融传》，是说孔融"与蔡邕素善，邕卒后，有虎贲士貌类于邕，融每酒酣，引与同坐，曰：虽无老成人，且有典型"。但蔡邕是著名的文士，虎贲是警卫武士，纵面目相似，但气质总会让人看出不同的。

再说这五人照，更可补证一小史实：对于许卓在"广州暴动"与"百色暴动"之间的两年，在诸家记载中都是语焉不详的。而这张照片，恰可以说明许卓在这期间，是在上海中法工学院机械科攻读，填补了这段空白。

但话说到此，会接着又产生一新疑问：许卓入读，又何以能插班就读

201

三年级？笔者估计，许卓可能是以法国勤工俭学时的两年资历插班。

为了证实这假设，笔者再在寒斋档案中检出《中法国立工学院院刊》（一九三四年十二月）为证。

翻开该刊一六二页，就刊有"许卓"一条，别号栏空白，年岁"二十二"（当系虚报），籍贯"江苏上海"（也是故意隐瞒乱填），永久通信处"上海雷米路兴顺南里四八号"（今永康路），入学院年月为"十七年九月"，即一九二八年，那正是广州起义失败逃港再潜赴上海之时。

其次，我们还要解释一下"中法国立工学院"的办学性质，方能了解到上海学校方面能承认法国学校方面的履历的可能。

"中法国立工学院"系由中法两国所合办，法国的院长兼教务主任是薛藩（M. H. Civet），中国的院长兼训育主任是褚民谊。明乎此，便知道法国勤工俭学时的资历，便是许卓能插班三年级的原因了。

另外，这《中法国立工学院院刊》又为我们提供了两幅许卓的学生生活的图片。这图片又为上述的许卓照片做了有力的佐证。

《院刊》刊有"本校体育概况"一文，文中谈到篮球队有云："实力异常坚强，中锋老将许卓灵活矫捷，队中主角也。"

在介绍"足球队"和"篮球队"的图片中，有正中持球者即为许卓。

但许卓就读未毕业，旋奉中共华南局之命，离沪到广西要为百色起义做准备。以后的事，更是惊天大事业，如百色起义，建立了红七军和右江苏维埃政府，靠拢江西中央红军，转战粤北，强渡乐昌河，指挥第四、五次反围剿作战……这都国史俱在，人所周知，不须笔者细述了。

笔者忝为后辈宗亲，对这位既是宗亲，又是红色将军的许卓是希踪已久，所谓"高山仰止，景行行止"。

但，将军生前有被视作"改组派"的诬捏，牺牲后五十七年才有专属的纪念碑，遗照也一直只由官方去出错，民间则致力寻找，这是不公允的。

162　　中法國立工學院院刊

姓名	字			省	籍	地址	日期	留
胡銘愷	康仲	二	一	江常	蘇熟	常熟辛峯巷十一號	十七年三月	
鈕兆松		二	一	廣南	西甯	廣西南甯那陳市福和號	十七年九月	
湯武釗		二	三	江崇	蘇明	崇明城内北街	十四年九月	
虞用保		二	四	江金	蘇壇	金壇丹陽門倉聖巷	十五年九月	
許　卓		二	一	江上	蘇海	上海雷米路與順南里四八號	十七年九月	
方　斌		二	一	福國	蘇建侯	上海辣斐德路三二〇號	十八年九月	
李光世	保鑣	二	一	江武	蘇進	常州青果巷一五八號	十五年九月	

第 八 屆
（二十一年七月）

姓名	字			省	籍	地址	日期	留 比
郭思敏		二	十	廣中	東山		十九年二月 廿一年七月	留　比
曹盛春		二	一	湖長	南沙	蘇州鹽倉巷八號	十七年九月	
錢令希		十	九	江無	蘇錫	無錫鴻聲里	十七年九月	
王祥祿		二	一	廣博	西白	廣西博白大吉安莊王祥福轉	十七年七月	
張九垣		二	一	江青	蘇浦	青浦廟前街	十九年九月	
沈國俊		二	一	浙紹	江興		十七年九月 二十二年春	
劉振安		二	一	廣新	東甯	崑山小西門外	十七年九月 廿一年七月	
趙祥生		二	三	江丹	蘇徒		十五年九月	
崔乃烜	文焯	二	二	江寶	蘇應	淮陰鎮署街	十五年九月	
郁宗周		二	二	江崇	蘇明	崇明西三江口	十五年九月	
楊仁身		二	一	江無	蘇錫	上海徐家匯聖母院路南首西河里一號	十七年九月	
呂慶嘉		二	三	浙新	江昌	新昌城内長祥弄	十七年九月	
陸修涵		十	九	江川	蘇沙	浦東川沙新港	十七年九月	
汪行智		二	三	江崑	蘇山	崑山弓箭街	十七年九月	
郁宗澤		二	三	江崇	蘇明	崇明西三江口	十五年九月	

《中法国立工学院院刊》一六二页刊有"许卓"一条

篮球队正中持球者即为许卓

足球队正中持球者即为许卓

读庾信《哀江南赋序》："将军一去，大树飘零。壮士不还，寒风萧瑟。"令人感慨系之！

笔者几年来在许卓将军遗照的寻觅上算是尽力有获，谨撰联语，概其平生，用申敬仰：

五羊亮剑，百色揭竿，千里山河供转战；

高第绝裾，永平遗恨，一帧图像尚雍容。

二〇一三年五月三十日

倾人之国的佳人

——记沈崇自白

　　沈崇事件，在上个世纪四十年代后期影响至巨。事件纯出于偶然，但在民众的积怨和舆论策动下，却引起轩然大波，迅速发展成为全国性的反美反政府之群众运动。蒋政府来个干纲独断，调动国家机器中所有力量：党、政、军、警、宪、特、传媒，却终以失败告终。

　　沈崇事件发生时，当局出于政治上的需要，放出许多不同的传言，让事件像罗生门般扑朔迷离。案发时笔者尚幻游太虚，未到人间，本无资格置喙，惟年前偶得此案相关文件原物，遂与此案结缘。所得有当时报纸报道、评论，亦有北京大学致本案法律代理人赵凤喈之公函，最重要者，则系沈崇本人亲笔自白书。这份弥足珍贵的自白书从未公布，系沈崇本人在案发后不久，亲笔撰述被辱经过详情，拟交法庭方面作有力之证明的书面文件。

　　案发时间一九四六年十二月二十四日星期二晚上八时半，圣诞夜。平安夜前夕，通常这夜不太平安。有传媒洞察形势，善意发出警示："今晚洋人狂欢，妇女盼勿出门。"（当天北平《北方日报》）但凡有美国驻军之异域，或多或少，总会发生风化案，尤其圣诞夜。当晚美国驻华海军陆战队伍长威廉士·皮尔逊（William Pierson），大概肾上腺素急升，那话儿指挥大脑，竟敢伙同下士普利查德（Pritchard），在东长安街北侧平安戏院西边（即现今之东方广场），强行架走弱女子沈崇至东单广场奸污，炮制"沈崇事件"。

案发后警方处理经过如下：

> 本局（北平市警察局）为详求当时事实真相计，曾将被害人送往警察局医院鉴定，确属被奸，开具鉴定书并协同北平地方法院首席检察官纪元赴现场履勘，制作笔录。传据证人孟昭杰、赵泽田、强志新、赵玉峰、马文彬五名供明当场发现经过暨聆被害人哭泣甚哀，并警士关德俊、刘志平、尚友三报告美兵皮尔逊强行奸淫、施行强暴各节，均与沈崇所供符合。又据本局外事科科员张颖杰及巡官策绍明报告，该被捕之美兵（皮尔逊）身穿制服，面部尘土颇多，一手戴手套，一手未戴，被害人身着之大衣纽扣未扣，里衣未扣齐，大衣后下部浸湿一块，两袜脱落于腿腕，头发零乱，全身灰土，显曾抵抗甚烈。是本案犯罪事实至为明显。（《北平市警察局为呈报沈案经过纪要致内政部警察总署代电》，一九四七年二月二十一日）

案发之后，亚光新闻社王柱宇（齐白石老友，二〇〇七年苏富比拍卖齐白石《中流砥柱》画中上款就是王柱宇）最早得到消息，但北平市警察局汤永咸局长要管制新闻，封锁消息。深具新闻职业操守的记者老编诸君，不顾禁令，照直报道。报纸一出街，北平社会哗然。嗣后王柱宇被逮捕，并为兼职的《世界日报》解聘。

沈崇是北京大学先修班学生，事发后，北大训导长、三青团负责人、先修班班主任陈雪屏立即把先修班座次表沈崇的名字抹掉，并叮嘱注册组刘主任不许外人查询，对外则宣称"该生不一定是北大学生"。但民国狗仔队神通广大，还是查出沈崇在北大注册卡片："沈崇，十九岁，福建闽侯人，先修班文法组新生。永久通讯处：上海古拔路二十五号。"消息披露，北大立即沸腾，北大女同学尤其热心，设法找到沈崇在北平居处，东单八面槽甘雨胡同十四号杨公馆（沈崇表亲宅）。七八个女同学登门慰问，大家才知道，沈崇系大家闺秀，生活严谨，个性倔强，学习认真，与外界极少交往，而且系出八闽望族，系林则徐外玄孙女，两江总督兼南洋大臣沈葆桢曾孙女，林琴南外孙女，父亲系国民政府交通部次长（即副部长）沈劭，哥哥系驻法公使，与陈雪屏更有远亲关系。

沈崇真实身份披露之后，什么八路军派女同志色诱美军之类的谣言不攻自破。十二月二十六日北京大学学生率先成立"抗议美军暴行筹备委员会"，罢课、示威游行。接着二十八日清华学生罢课，二十九日清华教授罢教。

中共北平地下党诸君密切注视本案发展。他们起初只是观望，按兵不动。但形势发展迅猛，全市反美怒潮高涨。十二月二十九日，中共北平地下党学生工作委员会南北两系（前香港新华社周南社长就是燕京北系，当时叫高庆琮）召开紧急会议，认为时机成熟，应因势利导，引领示威。

共产党组织力极强，十二月三十日下午已组织领导北大、清华、燕京、中法、辅仁等学生近五千（对外号称万人，占当时北平大学生三分之一，北平警方报告是一万五千人）游行示威，去国民党北平行辕请愿，沿途高呼"严惩肇事美军"，叫得最响的是"美军撤出中国"。

当天另一边厢北京大学沈从文、朱光潜、袁家骅、任继愈等四十八教授联名去信美国驻华大使司徒雷登抗议美军暴行。清华梅贻琦校长、燕京

沈崇曾祖父系两江总督兼南洋大臣沈葆桢，曾祖母沈葆桢夫人系林则徐千金

一九四六年十二月三十日，北大四十八教授函司徒大使抗议，刊
《新民报》北平版

陆志韦校长等都发声支持学生，还要求当局保障学生游行安全。两校众教授又发表联合声明，翁独健讲话一针见血："惩凶是治标，治本之法是美军撤出中国。"

　　古老的北平沸腾了。共产党乘胜追击，十二月三十一日，中共中央发出《关于在各大城市组织群众响应北平学生运动的指示》（后来再连发三道指示）。全国各地，迅即响应。翌日，即一九四七年元旦，上海市学生抗议驻华美军暴行联合会成立，同一天，马寅初、郭绍虞、萧乾等上海三十位教授发表抗议书，接着钱锺书等教授又发表声明，全国各民主党派、人民团体、社会贤达，相继发表声明抗议美军暴行，声援北平学生。跟着全国几十个大城市天津、上海、南京、重庆、台北……的学生纷纷罢课，举行示威游行，人数达五十万之众，运动持续一两个月之久。而上海地下党金尧如当时在上海暨大积极参与组织示威，身份暴露被追捕才调派台湾潜伏。

一九四六年十二月三十日，清华大学学生自治会负责人，动员千余名在操场集合的同学，准备入城抗暴大游行

清华、燕京、北京、辅仁、朝阳、中法等几所大学五千余人，在一九四六年十二月三十日下午一时半，高举以白被单墨书"抗议美军暴行大游行"横额，游行抗议

游行学生在北平军调处执行部大门外张贴"美兵滚出中国"标语

　　沈崇事件，已发展成为国共两党角力斗法的事件。

　　抗战胜利后，美国支持国民党政府，美陆、海两部与国务院共同提出军事援助法案，贷款三亿。种种作为，对共产党非常不利。而在华美军，军纪太差，一九四六年内已有十余宗美军非礼强奸案在上海、南京等地发生，暴力事件如美军打死人、吉普车撞死人的案件也不少。（沈案之后，一九四八年较著名的"景明楼事件"，就有二三十位国民党高官的妻、妾、千金被美军强奸。）国民党怕得罪美国佬，一再容忍，大事化小，小事化了，往往不了了之，遂激起民愤。沈崇事件酿成巨变，因有这许多民愤做基础，使共产党搞起这么大的浪潮。

　　沈崇事件一发生，国民党拼命将之大事化小，尽量降低其影响。所以费煞苦心封锁新闻，监视示威，甚至派员捣乱学生活动。

国民党一开始把这个事件强调为纯法律问题，如北平行辕、北平市政府，北大校长胡适，都强调这是法律问题，用法律解决，要学生们少安毋躁，不要罢课，以免荒废学业。共产党一开始就把它提升至政治层面，强调要美军撤出中国，反对内战。美国佬则与中共保持高度一致，一开始已认为这是政治问题，不是法律问题。美国佬这种取向决定了国民党的下场。

北大校长胡适之期望法律解决，他主持的北大聘请赵凤喈、燕树棠诸律师任沈崇法律顾问。但一九四三年六月九日中美双方签订《处理在华美军人员刑事案件条例》第一条列明：美军在中国犯罪，"归美军军事法庭及军事当局裁判"，也就是说，美国佬说了算。美国佬是文明世界表率，强调法治，当然要做足全套，也照样开庭审判。

延至一九四七年一月二十二日中国农历大年初一，美军军事法庭裁定主犯皮尔逊强奸已遂罪成立。二月一日再裁定帮凶普利查德妨碍军纪等两项罪名成立。判处皮尔逊十五年有期徒刑，普利查德监禁劳役十个月。这个判决好像很公道，让国民党松了一口气，也让胡适高兴了一阵子。但六月中，美国军事法庭总检察长宣布，所控罪状不能成立，国民党十分紧张，做了许多动作都无补于事。八月中，美国海军部长核准判决，该被告无罪释放兼恢复原职。好了，美帝只照顾自家子弟兵，不管蒋公死活，这样子搞，等于在中国大地上丢一个精神原子弹。消息传来，冲动的青年学生，还能平静吗？难得美帝献这大礼，学生运动一发不可收拾。沈崇事件发酵成为反政府的全民群众运动，加速国民党倒台。

以一个女子的遭遇而影响大局，像沈崇事件是绝无仅有的。"冲冠一怒为红颜"那只是一个吴三桂。而沈崇事件是牵动五十万学子和千百名教授的"冲冠一怒"，最终加速了一个政权的收场。这是历史偶然性的奇迹

上海各界對北平美軍暴行事抗議書

［本報訊］沈鈞儒、章伯鈞、馬寅初、陳銘樞、郭沫若、張志讓、沈志遠、洪深、白楊、許廣平、侯外盧、田漢等二百五十四人，最近對我大學女生被侮辱事發表上海各界對北平美軍暴行抗議書，原文如次：

一年餘來，駐華美軍侮辱與虐殺我國人民之暴行，實已不勝枚舉。中國人民為顧全邦交及兩國人民的傳統友誼，總舉一再容忍，而美軍當局對此種暴行，不但未能加約束，反使情況愈趨惡化。最近美國士兵在北平通衢大街之上，公然對我大學女生實行強姦，此種無視我國家主權與人格尊嚴之暴行，令人憤怒已極！為繼續維護獨立國格與國民之尊嚴，中美兩國人民……

……（中略）……民傳統之友誼，我們敢以獨立中國人民的資格，對美軍此種侵害我國人民的野蠻暴打提出最嚴重的抗議。我們認為此種美軍暴行之實質是美軍駐華政策所造成之必然結果。最近杜魯門總統之聲明，雖曾對美軍作冠冕之解釋，然仍未能自圓此說。人……

……（下略）……除表示抗議與要求懲凶賠償道歉外，希望美政府以中美友誼與世界和平為重，即撤退駐華美軍，並停止一切援助內戰。此次事件所引起之一切後果，應由美國政府負其全責。同時，我們願要政府以人民之立場，對此事件迅作明朗之措施，以息全國人民之憤怒而爭得獨立國家之國格，萬不能用以賠償懲凶，經了事，國家幸甚，人民幸甚！

《上海各界对北平美军暴行事抗议书》，
一九四七年一月三日《联合晚报》刊

快郵代電

國立北京大學學生自治会公鑒

此次美軍強姦沈同學台北大同學不勝憤慨特電慰問並決以行動抗議

國立臺灣大學抗議美軍暴行委員會

大學抗議美軍暴行委員會

一月七日

台湾大学抗议美军暴行委员会
给北大学生会的快邮代电

广州学生举行抗议美军暴行大游行。图为中山大学的示威队伍，学生吴康民亦在队中

（比台湾执罚烟贩而酿成"二·二八"更为传奇）。而当年齐如山、刘半农述说赛金花之传奇，如果持之与沈崇的遭遇相比，那赛金花也真瞠乎其后了。因为沈崇才是真真正正能"倾"人之国、隳人之政的"倾国佳人"。

　　本世纪伊始，又有人拿沈崇事件做文章，说沈崇是共产党地下党，色诱美军，制造事件，以便引发全国反美运动，这些都是当年混进北大的国民党特工以情报网名义，贴出来的大字报小字报散布的谣言，当年已为了解情况的学生批驳而收声。在二十一世纪资讯发达的今天，重弹六十多年前的老调已是侮辱读者的智慧。更有人深具创意地凭空编出：改了名的沈崇在"文革"中"被红卫兵批斗时揭穿身份，她向红卫兵承认，她并未遭美军强奸，之所以这样说是为了党的事业"。一般人说话不够分量，不够权威，于是有人把这段话挂到名人聂绀弩头上，因聂公曾撰《沈崇的婚姻

215

问题》一文，于是就说根据聂公此文。这种依托是来个死无对证。但聂公《沈崇的婚姻问题》撰于一九四七年二月二十一日，其时，哪来"文革"？哪来红卫兵？这就是启老（功）常说的未开卷而知其伪。

沈崇事件各种档案俱在，中国的北京、台北和美国所存这些档案都超过五十年，都解密了，花点时间读一读，案件清楚得很。但仍很希望能够问问当事人沈崇，对于时至今日还有人只拿个别档案，不辨真伪为美军翻案，她作为受害者，作何感想？

数十年来，沈崇的下落，备受关注，而又传闻不一。有说削发为尼，遁入空门；有说宋美龄收为义女，移民国外；有说她改名换姓，健在北京。前两种传闻找不到任何依据，早被否定了。而北京文化圈子则隐约流传：沈崇就在北京，而且活跃在文化圈中。

沈崇到底是谁？在北京文化圈，屡屡听到人们讨论这个问题。大概八十年代吧，有一回，聂绀弩、丁聪与三联书店周健强等聚会，聂早年写过《沈崇的婚姻问题》一文，周问聂："沈崇到底是谁呀？"聂指着丁聪说，你问他，他最清楚。

丁聪夫人沈峻，就是文化圈中传说的沈崇。但从来没有人敢问沈峻，你是沈崇吗？这句话太冒犯了。甚至与丁聪伉俪死党如黄苗子、郁风也不敢问。

今年春节后不久，李辉、应红伉俪莅寒斋雅叙，我出示沈崇亲笔自白书三纸，应红一睇，脱口而出："这不就是沈峻的字吗？！"应红是作家出版社负责人，与沈峻熟络，经手沈峻手稿无数，所以对她的字迹非常熟识。当天我到罗孚家造访，借沈峻给罗公贺年卡、拍摄沈峻滑雪照上的题字，回家与沈崇字迹对比研究，虽然前后六十多年，但用笔、结体，都有太多一致处。

沈崇自白

　　好了，如何求证？颇费思量。通过沈峻周围的至爱亲朋吗？他们实在开不了口。重提旧事，对当事人不啻于再一次伤害，但近年攻击沈崇的言论甚嚣尘上，不弄清楚，对当事人又是更严重的伤害。

　　机会终于来了。林道群兄嘱我转稿费与沈峻，一口应承。五月八日上京，请沈峻密友约沈峻一起用餐讨教。甫一见面，认出这就是在罗公家里从贺年片上看到的，八十多岁老太太滑雪雄姿的沈峻。真人可是腰板硬朗，英姿勃发，神采飞扬，白白滑滑的面庞架个墨镜，路人还以为是哪个资深玉女明星呢。

　　相金先惠，格外留神。奉呈道群兄托交的稿费港纸六百大元，沈峻边签收边说："丁聪的画稿费一幅一百块，我的文章一篇六百块，比他强，还是港币呢。"没有福建乡音，也没有像咬牙切齿、字字儿化的京腔，一口标

沈峻八十五岁滑雪照

准普通话，好生得意。

　　笑谈间笔者开始进攻了。先问沈峻生肖属什么？答曰："兔。"丁卯一九二七？"没错。"心想沈崇案发时十九岁，一九二七到一九四六正好十九岁。再问府上哪里？"福建闽侯。"心想，又对了。席间奉上马幼垣关于沈葆桢照片辨伪文章（刊《九州岛学刊》六卷二期）复印件，内有沈文肃公与夫人林氏画像，沈峻说："从前家里就是挂这画像，'文革'毁去。"问，沈葆桢是你贵亲？"沈葆桢是我曾祖父。"又对了。尊大人大名？"沈劭。"完全吻合了。做什么工作？"工程师，到处跑，做过交通部次长。建国前夕离开大陆。"几兄弟姐妹？"四姐妹，我最大，剩下我跟最小的。"何时来北京？"建国后，"稍停片刻，立即补充，"一九四六年来北京，在北京大学先修班。"心想这就完全对了，她就是沈崇，肯定不会错。正思考间，沈峻再补充："后来在上海复旦大学毕业。"是党员

218

吗？"是。"什么时候参加党？"一九五六年，在学校入党。"

人家倚熟卖熟，熟有熟的难处，熟了不好开口。我倚生卖生，胆粗粗问了一大堆，都与沈崇档案吻合，如何让沈峻自认真身呢？怎样开口呢？八十五岁，再不问，怕会变成终生遗憾。下定决心，不怕面慬。正想开口，且慢，还是由材料说话吧。

终于要摊牌了，立即取出准备好的沈崇亲笔自白书、北京大学聘请赵凤喈任此案法律顾问感谢函等材料，放在饭桌上。沈峻一看，立即摘下墨镜，聚精会神，略显湿润双眼，泛着几乎觉察不出的淡淡泪光，盯着这几页沉甸甸的薄纸，面色为之一变，神情凝重而镇静，压低嗓门说："哪里搞来的？给我的吗？"这是彩色复印件，全部给你。沈峻一声"谢谢"，马上收起文件。

确认沈崇真身后，一切轻松多了。先谈谈她小时候的情况。哪里出生？福州？上海？"不对，我生于镇江，父亲在镇江盖桥梁，盖公路，所以我在那里出生。""父亲因为搞工程建设，到处去。我小时候去上海，在上海念小学，所以寄居姑姑家。"是古拔路二十五号吗？"对，你怎么知道的？"我开玩笑说我是调查局的。

"我姑父曾景南是盐务局局长。"啊！那是肥缺。"对。姑姑喜欢女儿，特别疼我，我又是人家的女儿，宠一点没关系。所以我从小就无法无天。"一九四七年，因奶奶病重，不愿死在外地，棺材都买好了，要回福州老家寿终正寝，沈峻便陪着奶奶回福州。福州与台湾很近，沈峻顺便去了趟台湾，探望姑姑，几天就回来了。"文革"时，因此而被诬为去台湾领特务经费。"姑姑有个儿子在美国念书，我动员他们母子回来，他先到香港，他妈妈从台湾到香港会合，我去香港接他们一起回来，这不是很好嘛，但'文革'时候，又说我去香港领特务经费。"

尊大人沈劢生于哪年？沈峻一脸茫然，不知道。生肖属什么，也不知道，只知她出生时父亲二十多岁。沈劢在南洋公学毕业，然后上交大，再留美。抗战期间沈峻在上海，沈劢则在昆明，盖机场，盖公路，父女大部分时间分开，对父亲了解不多。沈劢有个朋友托他照顾妻子儿女，朋友后来死了，沈劢继续照顾，妻子变成他的妻子，儿女变成他的儿女，两家人变一家人。建国前夕，沈劢离开大陆。沈劢新家庭另一半是南洋华侨，要回南洋，沈劢同去。后来在美资还是英资的石油公司工作，一直到七十年代过世。

问起沈峻妈妈，果然姓林，家庭妇女。沈峻生儿子时接母亲来北京住。原居所二间房住三代人，十分挤迫。一九八五年分到稍大居室，但母亲习惯住平房，左邻右里都熟，老友记多，不愿搬去高楼住。过几年九十五岁过世。

沈峻很能干，也很会照顾人。三个妹妹都是她供读大学，的确是大姐大、大家长。丁聪夸沈峻，我们家是党员领导非党员（丁聪不是党员），沈峻除了不会画画，什么都会。

又再问回不开心的往事。你在北大先修班，准备念什么科。"我的志愿是学医。"但出事后，政府不让她到北大上课，因为风头火势，不许她出来。"在北京没事干，就回上海，后来才（改名沈峻）考入复旦大学外文系。"学的是俄文。复旦毕业后，学校很喜欢她，要留她当助教。沈峻不服从组织分配，要去北京。

沈峻在北京先去中联部，中联部发觉沈峻社会关系太复杂，不合要求，调去对外文委，干了几年，在宣传司管书刊，下辖外文出版社。后来外文出版社分出来，独立成为外文局，社领导挑了几个人，包括沈峻，入外文局，做到退休。

丁聪妹妹与沈峻是同学，沈峻在复旦大学毕业后，一九五六年九月，她与丁聪妹妹同时被分配上京，因丁聪妹妹在京无其他亲戚，便拉着沈峻常去探望丁聪，一来二往，丁聪沈峻便结婚了。不久，"反右"运动开始，丁聪划为右派，沈峻已怀孕，大着肚子搬家，生孩子那天，正是丁聪发配北大荒之时，丁聪匆匆到医院，隔着玻璃窗，看看新生的儿子，随即赴北大荒劳改。沈峻说，"我们一家人，分住四个地方"。直到八十年代初才一家团聚，这就是火红年代的现实写照。

建国后，沈峻受社会风气影响，要求进步，要参加党。香港的朋友闻共色变，其实不必大惊小怪。在内地，乖孩子才能做少先队，再大一点才能入共青团，然后才入共产党，这是当时整个社会的风尚。沈峻在上海复旦大学入党，先做预备党员，一般一年后转正，但丈夫丁聪划为右派，作为妻子的沈峻也受牵连，拖了五年，到丁聪摘帽时才转正。丁聪一九七九年才正式全部平反。

沈峻在"文革"中也受冲击，"最主要是成分不好，社会关系复杂，又有海外关系，不进步，不愿开会，不热衷政治"。这时我说，这叫甘居中游。热衷政治就会紧跟，就经常犯错误了。

再带回事件本身。"文革"时候，有人问你沈崇事件吗？"没有，'文革'时候从来没有人问。这事毛选早有定案，红卫兵不敢乱来。"当时跟共产党有联系吗？"没有，我当时十九岁，什么都不懂，我家的背景都是国民党的。"当时几十万学生示威游行，皆因你而起，你害怕吗？"不害怕，学生的行动是正义的。"再问，有看电脑吗？"没有，我眼内黄斑，电脑发光，我看不了。"网络上很多言论攻击你，说你是延安派来色诱美军，制造事件，你知道吗？"有人告诉过我。当年国民党贴出大字报小字报造谣，早已被当时的学生驳得体无完肤，很快没有声音了。现在有些人，只不过重拾当年造谣者的牙慧而已。""你要知道，那个时候国民党是统治者，控制着国家机器，如果我是八路，早就被抓起来了。"

网络上这么多言论攻击你，颠倒黑白，混淆真相，你是否可以亲自写文章澄清，以正视听。"不，我不理，他们想出名，你驳他，他驳你，没完没了，他就出名。我一概不理。"

啊，境界真高！佛家有语"闻谤不辩"，苗公也如是。真是二流堂人物，一流做派。

沈峻性格开朗，阳光气足，相处如沐春风。就算碰到悲剧，也要变成闹剧，以喜剧收场。性格决定命运，信焉！

二〇一二年六月十三日

却从笔墨离披处　写出人天起灭情

——记"密使一号"吴石遗墨

近日检出吴石章草自书诗墨迹，悬诸壁间，观赏吟诵，感慨万千。

吴石，是何许人？对收藏界、书画界而言是极为陌生的。如果说，吴石就是电视剧《潜伏》主角余则成的"真身"，自然是知者众矣。

吴石生平，各种文献记载略有不同，且录下北京石景山福田公墓吴石墓志铭：

吴石，字虞熏，号湛然。一八九四年生于福建闽侯螺洲。早年参加北伐学生军，和议告成乃从入伍生，而预备学校，而保定学校，嗣更留学日本炮兵学校与陆军大学。才学渊博，文武兼通，任事忠慎勤清，爱国爱民，两袖清风，慈善助人。于抗战期间运筹帷幄，卓著功勋。胜利后反对内战，致力全国解放及统一大业，功垂千秋。台国防部参谋次长任内，于一九五〇年六月十日被害于台北，时年五十七岁。临刑遗书儿辈，谨守清廉勤俭家风，树立民族正气，大义凛然。一九七五年，人民政府追赠革命烈士。夫人王碧奎，一九九三年二月九日逝于美国，享年九十岁，同葬于此。

吴石与夫人王碧奎、幼子吴健
成于台北，一九四九年仲秋

    碑文概括吴石一生。"胜利后反对内战，致力全国解放及统一大业，功垂千秋"，这几句可圈可点。抗战初期，国共合作，吴石开始接触中共。通过同乡前辈何遂（一八八八——一九六八）的介绍，认识周恩来、叶剑英、李克农、博古等中共领导人。但真正接受中共领导，是一九四七年四月，由中共中央上海局负责统战、军运工作的负责人张执一（一九一一——一九八三）具体联络。多次会面，均在时任国民政府立法院军事委员会委员长何遂家（上海愚园路俭德坊二号）进行（见何康《从大陆战斗到台湾——怀念吴石伯伯》）。

何遂　 中共中央上海局负责统战、军运工作
的负责人张执一

　　一九四八年底，吴石出任福建绥靖公署副主任时，中共派遣谢筱乃
（一九一七——一九九九）赴闽配合。吴石经常提供各种各样绝密情报。吴
石是军事专才，长期从事参谋工作，深知哪些数据图表有用，哪些军事情
报重要，所以他自一九四七年起提供与中共的军事情报，如《长江江防兵
力部署图》等，对共军渡江作战，帮助极大。吴石还冒险将五百多箱原指
定运台湾的绝密军事档案，巧妙安排强留福州，只择次要者付运，重要的
二百九十八箱（八大类六十八余卷）则下死命令留下，再由共军十兵团司
令部接收。据说这批档案至今仍深具参考价值。

　　一九四九年八月，吴石奉老蒋命赴台，出任国防部参谋次长。本来可
以抗命留在大陆，保存自己。但吴石认为觉悟太迟，对人民贡献太少，不
惜投身危机四伏之孤岛，潜伏隐蔽，继续为中共提供军事情报。此时联络
者已更易为中共华东局对台工作委员会驻港负责人万景光（化名刘栋平）。
吴石曾三次派人送情报（包括《台湾战区战略防御图》等）至港，由何遂

朱谌之　　　　　陈宝仓　　　　　聂曦

千金何嘉转交万景光。据文献记载，毛泽东接触过吴石提供的军事情报，特别注意《关于大陆失陷后组织全国性游击武装的应变计划》，并查问来源，悉为得自国民党上层"密使一号"时，击节赞赏，并欣然赋诗："惊涛拍孤岛，碧波映天晓。虎穴藏忠魂，曙光迎来早。"（见吴石部下王强《吴石：虎穴忠魂》）

吴石赴台未逾半载，中共台湾省工委被保密局破获，省工委蔡孝乾叛变，吴石暴露。一九五〇年三月一日，蒋介石在台复职大典当晚，吴石被保密局扣押讯办，尝自杀未遂。侦讯中，表现出懊悔莫及，貌似坦诚，实则避重就轻，尽量隐瞒，冀能把损害减至最低。此案在当时风雨飘摇的台湾极为震动，而老蒋也极为震怒。同案牵连十多人，其中朱谌之女士（万景光派遣赴台协助吴石传递情报）、陈宝仓中将（第四兵站总监）、聂曦上校（吴石亲信）三人，连同吴石被判处死刑。六月十日下午四时半，在台北市马场町刑场同遭枪决。吴石中枪部位，心脏突出，惨不忍睹。老蒋还怕掉包，由国防部军法局通知《中央日报》记者王介生到场，行刑前，每人照张相，行刑毕，逐个尸首揪起面孔拍照，冲晒成大张照片，"进呈御

226

览"，方足以解恨。

顺带一提，吴石牺牲后八天，六月十八日，另一位更高级的军政大员陈仪（一八八三——一九五〇）也被枪决，罪名是"勾结共匪，阴谋叛变"。可见国民党高层投共已蔚然成风，老蒋要"彻底整饬纪纲"，大开杀戒，以求自保。

查国家安全局档案室"吴石等叛乱案"（档案文号三〇〇六〇一六四）档，详述本案侦办经过之后，有"对本案之综合检讨"一章，列出"匪方"六项、"我方"五项，分析双方之得失。但最根本的一项，似乎没有触及，或不敢触及，就是"深受党国培育、位列将校"的吴石等人，何以会"丧心病狂与匪勾结，供给军事情报"。其实吴石是国民党刻意培育的军事专才，他早期也曾反共，在担任西北陕甘宁边区某集团军少将总参议时，尝撰《共产党阴谋叛乱及其对策》的研究报告，深受陈果夫重视，转呈老蒋欣赏，老蒋亲批"嘉勉"。如此一位精忠的国民党将领，怎么会通

吴石行刑前立遗嘱

227

一昔飄蕭他雨鳴泰霜稿葉籠秋枯

却說筆墨餘披寫生人天起溅情

立梅先生雅正　己酉夏仲　吴石

吴石章草自书诗墨迹

《中央日报》报道吴石案，
一九五〇年六月十一日

共呢？［王大任（一九一三——一九九一）《我对吴石早年的印象》］

吴石是在抗战胜利后，目睹国民党腐化变质。大官权贵，蚕食党国，鲸吞民脂民膏，所作所为，令其极为失望，所以经常发出"国民党不亡无天理"的哀叹（连老蒋也侧闻），再加上同乡前辈何遂，和同乡同姓同学老友吴仲禧（一八九五——一九八三）先后策动引导，始投向中共，成为地下情报员"密使一号"。

龙腾虎跃，事过已六十年，戎马倥偬的吴石墨迹流传极少。此件章草自书诗，在寒斋二十余载，原装旧裱挂轴，纸本，纵一百三十二厘米，横三十二点五厘米。诗曰："一昔飘萧作雨鸣，繁霜藁叶簌秋声，却从笔墨离披（处），写出人天起灭情。"上款书"在桥先生雅属"，纪年署"己酉夏仲"，"己"应作"乙"，乙酉系一九四五年，夏仲，时当抗战胜利。署款"吴石"，钤朱文圆印。包首签条为陈文总题。陈文总（一八九五——

229

一九八五），又名左武，福建同安人，一九二五年加入中共（南昌起义时任指挥部秘书），官拜陆军中将，郝柏村老师。以奉老蒋命撰写对联"一寸山河一寸血，十万青年十万军"知名。一九四七年退出军界返厦，旋赴香港筹办福建中学并任首届校长。至于上款"在桥"则系吴石同乡同姓吴在桥（一九〇九——一九八一），乃福建浔江人，曾任福建旅港商会秘书、福建同乡会总务，福建中学校董、校监。好诗文书画，在港喜与艺术家交游，张大千、高剑父、陈树人、赵少昂、杨善深等均稔熟，收藏当代名人墨迹颇富，尤以八闽名流为盛。

就诗而论，应是一首题画竹的诗。谁料到，吴石在戎马倥偬、军书傍午的生涯中，犹是诗人本色。四句诗中，皆出语清隽而不凡近，骨肉停匀而没有偏枯失重。四句后两句，其实是十四字一句，写出一个意思的转折。四句写来如熟手之玩弹丸，清婉无碍。据知，吴石曾师事福州诗人何振岱（一八六八——一九五二）学诗，且著有《东游甲稿》（一九三〇年刊印）八十五首，《东游甲乙稿》（一九三五年刊印）一百六十九首。对于吴石的诗，何振岱评为"诗骨清而语洁，览物写景皆有会心，而跃马横戈、悲歌慷慨，尤不胜其故国河山之感。盖其身之所经、目之所触，正有耿然不能自已者。劳者谣而病者呻，读君诗亦可知其志矣"。

今年六月十日，是吴石舍生一甲子纪念日。他的忠骸已回归京华，他的事迹，也渐为人所熟知。现且录下吴石临刑前从容吟诗为本文作结："天意茫茫未可窥，悠悠世事更难知，平生殚力唯忠善，如此收场亦太悲。五十七年一梦中，声名志业总成空，凭将一掬丹心在，泉下差堪对我翁。"

二〇一〇年五月三日

秋雨秋风壮士魂

——记萧明华

> 荒木交阴怪鸟喧，行人指说是公园。
>
> 忽惊三十年前事，秋雨秋风壮士魂。

　　这是台公（静农）八十年代初所作《过青年公园有感（日据马场町刑场）》。十年前，为纪念台公百年诞辰，笔者编注《台静农诗集》，深感"笺注"是看易而实难，而"今典"的处理，则犹难中之难。这首悼诗，最先承台公大弟子张亨教授提示："此指白色恐怖下牺牲志士。"但并未具体详言，或当时张公在台湾还有所顾忌。而远在美利坚的台公哲嗣益坚兄则可以毫无忌讳地见告："'秋雨秋风'乃暗指萧明华女士，是白沙时女师院学生，魏建功得意门生。来台后与其夫（于非）皆任教于师范学院，五十年代以'匪谍'案被枪决于马场町。于非则逃回大陆。"因之是按张亨和台益坚两教授所言入注。

　　二〇〇一年十一月二十三日，台湾大学举办台静农诞辰百年纪念大会，台公友好、弟子均上台讲演，当台公大弟子廖蔚卿教授（一九二三——二〇〇九）讲话时，我特别留心。

廖教授先谈抗战胜利后，在四川白沙白苍山剩下台公一家、柴德赓一家和方管（舒芜）一家的情况。然后扬起拙编《台静农诗集》，谈《过青年公园有感》末句"秋雨秋风壮士魂"。

廖教授说：萧明华在女师院与她同班同学同事，是很要好的朋友。萧父祖籍福建（许按：应为潮阳），年轻时到浙江做事。萧明华生于浙江，比廖大一两岁，在重庆念过师范学校，教过小学，是魏建功国语训练班学生，民国三十一年（一九四二）进女师院。萧明华瘦弱，个性温和，从来没有跟人吵过架，没有骂过人。在三年级下学期，民国三十四年（一九四五），日本还没有投降，萧生病，不能吃，不能睡，哥哥接她休学，第二年复员，随父母回乡下。

民国三十六年（一九四七），廖来台湾以后，萧进北平师大，廖与萧重新通讯。民国三十七年（一九四八）萧毕业，论文指导老师谢冰莹来台师范学院（后来叫师大，在和平东路），萧做助教，萧丈夫于非也来台，在国语会做事，搞心理研究会。

三十八年（一九四九）下半年，廖在街上碰到萧三嫂（萧明柱太太），说及萧被捕，哥哥也被捕，于非则逃到香港。一九五〇年，廖看报纸刊登匪谍死亡名单，发了一阵呆。是于非谍案件二十多人被抓，有四个被枪毙，其中一个是姓马的。警总通知萧的三嫂去领尸，她不知怎么好，于是廖陪同三嫂往新生南路，现在第一殡仪馆，民权东路领尸处（在永星花园附近）。因廖不是家属，不能进去。三嫂进去，拿到公文，知道尸体已送殡仪馆。两人遂到殡仪馆，看到一个水泥池子，一个坑放四个人，萧被捆的绳索还没解开。三嫂说没钱，第二天带了一些衣服去收殓，放在棺木里。殡仪馆的人问要不要烧香，三嫂说不要。殡仪馆的人以为我们信教，遂拿了一个信教的牌子，上书"我去是为你们准备的地方去"，照了一张相片。第三天去拿骨灰，三嫂说将来要带回老家。廖坐三轮车回家，当时倾盆大雨，

萧明华

印象深刻。以后，三嫂再没来看廖，廖也没看她，就断了消息。三嫂有两个女儿，二岁四岁，很困难，很恐怖。秋瑾是烈士，萧是被冠以"匪谍"的冤魂。

以上，是廖以目击者、与事者、台公的嘱咐者来为这句诗作解说。廖教授发言时场面肃穆，鸦雀无声。笔者听得清楚，回旅馆后赶紧记录下来，为慎重计，返港前在机场电廖，读一遍记录稿，请她审定，廖说没错，就是这样。廖补充说：从前台先生叫我把萧明华写出来，我不会写，所以在会上说，算是向老师交卷。本来在会上准备说这两句话，后来也没说。台先生的道德文章很多人讲，我只选这首诗讲这一段。

五十年的前尘影事，廖教授能记忆分明。她除了补充了许多鲜为人知的事实，更有一个与台公"秋雨秋风壮士魂"不相同的说法，是：秋瑾是烈士，萧是被冠以"匪谍"的冤魂！

这就直接关系到拙编《台静农诗集》中，对"秋雨秋风壮士魂"的笺注是否未能周全而有所疏漏。

廖教授的观点，代表了台公和她在当时的共同看法。但三十年过去，

萧明华（前右）与朱芳春
（前左）、萧明柱夫妇等在
北京，四十年代中期

台公思想有变，不再是惊弓之鸟，也确信萧是"共谍"而杀身成仁。而台公敢作诗为"共谍"哀悼，这说明国民党也在进步，台公思想在变。但廖教授所执着的依然是当日受台公嘱托时的共同见解和悲痛。感谢廖教授的讲话，否则就无从证明台公这五十年来，由"避席畏闻文字祸"，到敢于为"共谍"赋诗哀悼的一段心路历程。而廖教授在指称那五十年前的"冤狱悲情"时，那该是一种悲极而不肯承认现实的情结。

另一个能为台公的诗作注的是那"归来兮"的三字题碑，是又要从另一起点说起了。

八十年代初，萧的骨灰被送回大陆，葬在北京八宝山革命烈士公墓，墓碑背面有三个字："归来兮"！署名"于非"。

于非真名朱芳春，一九一一年农历腊月十二日生于河北藁城县黄庄村一个贫农家，小名"狗人"。一九三三年考入北京师范大学，获教育系心理

234

学专业兼国文系双学士学位。抗战间先后任多家学校教务主任，一九四三年陆续任西北师院、北平师院等校教授。一九四八年冬受中共中央社会部委派赴台，从事地下工作，期间曾化名于非、赵光邻、王实。一九五〇年逃返大陆后易名朱及群，即随中央土改团赴湖南常德搞土改，嗣后参加中国国际贸促会综合计划组。一九五七年划右派劳改，一九六一年摘帽。"文革"间下放河北省正定中学，上午授课、晚上批斗，全天喂猪。一九七九年平反。次年做回老本行，任国际关系学院心理学教授。一九九三年离休。朱除了萧明华之外，真正的妻室有二。一九三八年娶恩师吴治民侄女吴乃筠为妻，吴乃筠一九七四年因贫病交迫兼两次煤气中毒离世，朱是七十年代末被放回家才悉此惨剧。一九八〇年续娶王森然大女儿王润琴为继室。

而笔者更为留意的是萧明华的材料，但实在太稀少。萧的"露水丈夫"于非，即朱芳春所有撰述均无一语涉及萧，或朱（于非）自己在台的事，连儿子朱纪松的回忆也这样说："从解放前夕（一九四八）父亲失踪至一九五一年回到大陆，其间没有父亲的任何消息。"滴水不漏，允称地下工作典范，却让我们了解萧明华的情况增添了障碍。尚幸于、萧二位的母校北师大在百周年校庆之际出版了《人生丰碑——北京师范大学英烈传》（承章景怀兄惠赐），中有王晓明写的萧明华一篇。又年前某报采访萧明华的大侄子、八一电影制片厂前厂长萧穆（宏志）将军谈萧明华，始略知其生平梗概，较廖蔚卿教授所述为详。今综合概述如下。

萧明华祖籍广东省潮阳县歧北墟宅美村，父亲萧子山年轻时去浙江嘉兴经营手工织袜作坊。一九二二年八月，萧明华在嘉兴出生，她是家中幺女，由于自幼聪明伶俐，被子山视为掌上明珠，乳名"华宝"。小学毕业后，萧明华考入河南省立开封师范。抗战爆发，萧子山举家迁大后方重庆。萧明华入重庆师范，一九四一年以优异成绩毕业，被学校选送国民政府教育部在青木关办的国语师资训练班，学习国语注音符号的应用和教学，成绩斐然。毕业后重返重庆师范，任附小五年级班主任。越二年，萧继续深造，考入白沙国立女子师范学院国文系，随许寿裳、台静农、李霁野、魏建功游。而这班老师都是鲁迅的老友、弟子，萧大受熏陶，文学修养大大提高，人生观也有所改变。此时萧陆续撰写散文、小说，见诸报刊。抗战胜利，萧得台公帮忙入北师大（当时叫师院）。

萧的三哥萧明柱其时也在北京，任首钢公司总会计师，明柱的老师朱芳春在北平师院任教育心理学教授。萧明华与朱在重庆早已认识，此时朱开始有计划地影响萧，提供不少左翼书刊，如毛公的《新民主主义论》等，与萧学习。北平师院诸老师对萧评价很高，黎锦熙、魏建功时时夸奖萧，而萧不断有文章发表，深得谢冰莹赞许，说萧"将来一定是中国最有前途的女作家"。

四十年代中后期，北平绝不平静，沈崇事件，反饥饿、反内战、反迫害运动，一波接一波。

萧此时也像其他充满理想的同学一样，投身到各种各样的学生运动中。而朱芳春本人早已参加共产党，一九四七年七月，朱由共产党李浩领导，参加中共敌工部地下工作，策反三十五军驻城将领。朱在争取傅作义时被傅发觉，密令天津警备司令陈长捷逮捕朱就地正法，幸而其恩师于华封时任国民党华北特派员，通风报信，让朱得以逃脱。

一九四七年九月末，萧正式参加朱领导的地下工作小组，做情报工作。一九四八年，萧行将毕业时，恩师台公来信，邀萧赴台大任教。台公深知萧在国语注音、语音应用方面的教学功力，又能说潮州话，潮州话与台湾当地闽南语相通，条件最佳，所以台公几次来信，殷切企盼。而此时魏建功主编的《国语日报》社也迁台，萧向组织请示拟转战台湾，组织正求之不得，立即批准。

同年六月，萧放弃毕业典礼，赶紧赴台。萧考察一阵之后，认为到师院更有利于开展工作，遂婉谢台公台大之邀，赴台湾师范学院任教，兼作

萧明华牺牲前致兄长萧明柱伉俪之遗书，一九五〇年十一月八日，于台湾保安司令部军法处

《国语日报》记者。不久，组织派朱芳春，化名于非作为萧的丈夫赴台，领导工作，而朱与《国语日报》总编梁容若曾同校读书，有所了解，梁聘朱任国语社副总编。

于非和萧明华，利用台湾省政府社会处主办之"社会科学研究会"附设"实用心理学补习班"为基础，组织活动，联系群众，吸收骨干。还组建"台湾青年解放同盟"和"新民主主义青年团"，又搞"读书会"等。

一九四九年六月，于非回平述职，返台时带回上级中共中央社会部指示，为取得全国胜利，配合部队的军事行动，要不惜代价，获取军事情报和策反工作。于、萧马上调整工作，停止"读书会"等公开活动，把"台

237

萧明华挂名丈夫于非
（朱芳春）九十岁时摄

新盟"转入地下，奉命改称"台工组"，萧负责联络工作和情报收集、保管、密写。

一九四九年七月二十八日，国民党有关部门接获情报："有朱芳春者，前在天津任女师教员，后来台执教，因思想问题被革职，现化名于非，在《国语日报》任职，经多方侦查，未发现具体非法活动事实。"（"国家安全局"档案文号 FAII/1）其实一九四九年三月开始，调查局、保安部早已分别派遣人员密切监视于非、萧明华，还派卧底打入组织。但于非布置严密，保调人员形容这是一个"多边形乱麻式的组织，卫星密布，掩护周密"，难窥内幕。也算于非命大，未有即时被捕，活动不受太大影响，让他们得以在一九四九年十二月至一九五〇年一月间，送出重要情报六次之多，为中共军队攻打海南岛和舟山群岛的战斗部署，提供重要依据。

238

一九五〇年二月四日，萧明华请三哥明柱到自己家中（和平东路二段一百一十四巷三十四号）做生日，其间有陌生人敲门闯入说找于非，于不在。嗣后萧设法将已获情报尽快送走，有战友劝萧暂避，萧认为现在情况不明，不能动，一动就暴露。二月六日，萧还为师范学院学生上精读范文课，讲文天祥的《正气歌》。当夜，萧在宿舍被台湾省保安司令部逮捕，萧从容镇定，还轻轻松松地取下搭在后窗外竹竿上的旗袍，发出危险警示。让于非知道出事了，不要返家。

于非在台湾时间不长，短短一年多，却干了许多让国民党头痛的事。虽然于非后来完全封嘴，但我们通过台湾官方资料，还是可以知道于在台所为何事。"匪帮中央社会部，于三十七年秋密派高级匪干于非（化名王实，原名朱芳春）、女匪干萧明华，先后潜台。""于匪发展之组织，工作路线非常广泛，曾利用我国防部第三厅第一组中校参谋苏匪艺林，窃取我重要机密军事情报，企图策反我海陆空三军'阵前起义'，或驾驶机舰逃往匪区'立功'。在政府机关及公营事业机构中潜伏之匪谍，则进行心理作战，散布失败主义空气，收集资料，准备作完整接收参考。并计划吸收台籍流氓，在东部山区建立武工队，企图接应匪军登陆。""对本案之综合检讨"一项透露出："于匪非当时曾透过各种关系，拟争取我党政军高级人员，如孙立人、游弥坚等。据称当时虽未为于匪所动，但亦未向政府检举，此种漠视对匪斗争之同仇敌忾心理，殊值隐忧。"

于非福大命大，没有被捕，仓促间还能安排有关人员疏散，文件移藏《国语日报》严明森处，于非本人则潜逃花莲孙玉林（三十三岁，河北人）处。但当时要离开台湾谈何容易，于不愧是共产党地下工作精英，很有办法。通过关系，贿赂台湾东部防守司令部少校参谋白静寅（三十二岁，河南人），花大钱设法取得谍报人员证件，于三月十六日（一说廿一日）以军眷名义，冒领出境证，搭沪广轮离台，四月二日离定海赴沪转平。而孙、白二位随后被捕，于次年六月二十九日枪决。于非安全返抵大陆，带回"海南岛防卫方案"、"舟山群岛防卫方案"等重要军事情报，上交组织。

于能得脱，"台工组"其他同志也能安然无恙，这得归功于萧明华的坚贞不屈。她在狱中受尽诸种常人无法忍受的酷刑，均只字不吐，保护了于非和其他同志。

十一月八日凌晨，萧被军事法庭提审宣判，就是一个死字。萧写下遗书与三哥明柱和三嫂梁御香，要求："不要带我的遗骨回家乡，就让她在台湾吧！"

萧明华与三位同志被绑上汽车，押送马场町刑场。当执行宪兵要他们在沙丘旁跪下，弱质纤纤的萧竟然抗命，挣脱宪兵的挟持，奔上沙丘顶高呼"中国共产党万岁"等口号。萧被多打几枪，求仁得仁。牺牲时年二十有八。

廖蔚卿教授只是收殓萧明华尸身，不知萧牺牲前高呼口号，所以认定萧是冤魂。或者廖一直感觉萧虽然思想左倾，一介文弱女子，绝非"匪谍"，所以隔了半个世纪，仍为萧鸣冤。廖教授的错觉，是有其特定的时代背景的。

五十年代，宝岛当地抓捕了大批共谍，隔了四十多年，国防部保密局谷少文少将承认："情治各单位在台湾抓到的真正的"匪谍"约有二千人，其余大多是错案、假案、冤案。"为何会有这么多冤假错案呢？说白了又是钱作怪。一九五〇年公布的《戡乱时期检肃匪谍条例》第十四条："没收匪谍之财产，得提百分之三十作告密检举人之奖金，百分之三十五作承办出力人员之奖金及破案费用，其余解缴国库。"能分人家身家的"美事"是许多人争先恐后去干的。就算碰到真正的无产阶级"匪谍"，无财可分，也不用担心，行政院也会"酌给奖金"，"或其他方法奖励之"。怪不得五十年代的宝岛一下子生出一大批"匪谍"，有此背景，难怪廖蔚卿认为萧明华是冤魂了。

萧明华墓碑背面于非
（朱芳春）题"归来兮"

　　但廖教授或者有所不知，萧明华牺牲三十多年之后，一九八二年九月十六日，萧的骨灰盒安放在北京八宝山革命公墓礼堂，盒上覆盖中国共产党党旗，她的亲人和战友为她举行追悼会。党组织宣布：追认萧明华同志为中国共产党党员和革命烈士。

　　萧明华是台公请来台湾的，于非也常到台公寓所走动（台益公说），此案台公或曾受牵连。尝听台大中文系某教授说过，一九五〇年台公在台北曾被抓捕，幸得沈刚伯（一说孔德成）担保，当天释放，所以不为人所察觉。笔者不知是否真有其事，也不知台公是否因此案而被"约谈"，询之益公兄，则说未尝听闻，存此待考。所以笺注"今典"最难。

　　而于非在萧明华墓碑后面亲题的"归来兮"三字，让人想到古代的

"无字碑"，用意是有所难言，让百姓或者后来人自己去想。

"归来兮"，是一声叹息？是一种感伤？是深深的惭愧？抑或是"机关算尽太聪明，却误了卿卿性命"的忏痛！这死里逃生的另一半，是同命而又不同命的鸳鸯，人生到了写碑的关头，在此竟然是欲语还休。泉下人有知又当作怎样的感想？而这些现实，又当非台公在赋诗哀悼时所能涵盖。

二〇一二年八月二十一日

台公党籍考

今年十一月二十三日，北京鲁迅博物馆与香江博物馆合办《无穷天地无穷感——台静农先生书画精品展》，同时举办研讨会，以纪念台公诞辰一百一十周年。台公几位弟子齐益寿、施淑、吕正惠、李昂等也专程参加，叶嘉莹本拟赴会，却因患感冒临时缺席。

台公的党派关系是上世纪让人关心的一桩悬案，至今尚扑朔迷离而无可定论。所以座间好几位学者的讲演，都同时聚焦于台公与党派的关系上，明明是"书画精品展"，但人们说得更多的是党派的事。

台公与党派的关系密切，人所共知是曾被三擒三纵。尤其与乡前辈兼共产党创办人陈独秀晚年的往来，颇引起国共两党侧目，后来更被尚钺（中国人民大学教授）指为托派。可惜的是，我们现今无法知道他和陈独秀晚年晤对，其谈次间可曾有对世事的彻悟之言。佛说：不可说不可说。但台公对此却连"不可说不可说"也不说。如若说陈独秀和台静农两位硕学在电光火石之余，创深巨痛之际，相逢握腕，而只讲《小学识字教本》问题，人们会相信吗？

"鱼龙寂寞秋江冷，故国平居有所思。"台公在隐蔽战线参与了杀头之

台静农，一九三六年

伟业，但到头来却是一种"不可说不可说"，不仅不为外人道，更对自己亲儿也是"不可说"。分明片语可以释疑的，却又为世人留下了疑团。

鲁迅研究专家陈漱渝在会上说，一九八九年陈赴台湾，曾雨夜访台公，正巧屋中仅台公一人，方便说话。陈单刀直入，问了两个问题：一、台公是否曾参加共产党，并举出证人刘亚雄；二、台公是否参加托派。台公对后一问题断然否认，他说他与陈独秀往来只谈语言文字，不谈政治，并且当即拉开抽屉取出一大叠陈独秀给台公的信，都是讲《小学识字教本》问题，是当年国立编译馆约稿时的往来信件。至于第一个问题，陈氏所得答案与当年台公晓喻其哲嗣益坚世兄者相同。大意是：这些都是几十年前的往事了，反正我周围的朋友，不是共产党，就是左翼人士云云。

台公这是在"顾左右而言他"，也是转移了问题。对曾否参加共产党这一斩钉截铁的问题，既没有断然否定，也不敢肯定，总之含含糊糊，不置可否。

虽然如此，陈氏仍能推论出"台静农加入中国共产党该在一九三○年左右，而在一九三五年初第三次被捕获释后，从此脱离政党活动"。这论点见于陈漱渝《台静农曾是中共地下党员》一文。这篇大文，我十多年前已拜读过，当时是由益坚兄捎来的。而该文的立论又是依据徐冲写的《丹心映山河——刘亚雄传记》。该书的第八、九章有透露：一九三二年九月共产党员刘亚雄夫妇出狱后，地下党通过台公，把这对夫妇介绍去范文澜家里住。再有一段是，一九三三年六月，在上海出任江苏省妇委会负责人的刘亚雄，因大肚临盆，组织调刘去北平，中共江苏省委秘书长赵世兰对刘说："先去找我们党可靠的朋友范文澜教授，通过他，可以找到台静农同志，这样，就和北平的组织接上关系了。"但当时台公"去向不明"（因第二次被捕后回乡间暂避），刘亚雄虽找到"党可靠的朋友"范文澜，也无法与组织接上关系。

称范文澜为教授（范一九二六年曾入党，不久断线，不算党员，一九三九年九月重新入党），称台静农为同志，从称谓的不同，也可以确认台公已经参加共产党了，而且还不是一般党员。因为通过他，就可以接通北平的组织。

刘亚雄（一九○一——一九八八），北京女师大出身，与许广平、刘和珍等在女师大风潮中表现出色，一九二六年二月在北大入党，留学莫斯科。三十年代在上海党中央机关工作，建国后曾任劳动部副部长、交通部顾问。此书系刘亚雄口述，作者据录音整理撰写，每写一段，刘亚雄看一段，正式出版前先打印征求意见稿，相当认真。而陈漱渝与刘亚雄又是熟识，该是从刘处得知台公曾是共产党。

台公党籍问题，恕笔者胆小，不敢径向台公本人讨教，没有陈漱渝般大胆而干脆。这次研讨会上，笔者提出《秋雨秋风壮士魂——记萧明华》一文，以台公弟子萧明华与挂名夫婿于非在台从事地下活动，及萧被逮至枪毙之经过，以从另一环境和心理角度提出采证。

另外，笔者也举出几点补充的佐证。

一、以《战斗在北大的共产党人》（北京大学出版社一九九一年版）第七十九页那白纸黑字为证：

台静农，安徽人，在北京大学研究所国学门。一九二七年入党。曾在鲁迅指导的"未名社"工作。后脱党。抗战期间曾在四川白沙大学先修班教书。解放前任台湾大学国文系教授。

在这里扯远一点，但必须指出，《战斗在北大的共产党人》虽然出版于一九九一年，但编写时间在八十年代中，该书由五十年代已任北大党委书

《未名》第一卷第一期，封面、
目录和台静农《建塔者》

北京地区革命史资料

战斗在北大的共产党人

（1920.10 —— 1949.2 北大地下党概况）

王效挺 黄文一 主编
北京大学出版社

《战斗在北大的共产党人》，以及书中关于台静农的介绍

［8］ 台静农　　安徽人，在北京大学研究所 国 学门。1927年在北大入党。曾在鲁迅指导的"未名社"工作。后脱党。抗战期间曾在四川白沙大学先修班教书。解放前任台 湾 大学 国 文系教授。

记的陆平于一九八九年作序。而《丹心映山河——刘亚雄传记》编写时间也在八十年代中（打印出征求意见本也在这时候吧），正式出版是一九八九年四月。此二书编写出版时台公还健在台湾。

二、台公曾被共产党人士视为托派，但说台公是托派，这等于是说台公是共产党员，因托派就是党中异己，必须本身原是共产党员才能够得上托派。换言之，视台公为托派，正好证实台公曾是党人。

248

三、记得七十年代末八十年代初与谢公（稚柳）闲聊时，谢公很肯定地说"台静农是共产党"。谢公堂兄章汉夫是共产党地下党领导，尝任新华社香港分社社长，建国后官拜外交部副部长，消息来源不知跟章是否有关？

四、台公的身体语言，显示他是党人。笔者同意陈漱渝所说台公曾参加中共，设若从未参加，台公无需要向儿子益坚兜圈子说话，以台公习惯，干脆否认得了。陈漱渝提出刘亚雄的证言，设若台公跟本不认识刘的话，也完全可以断然否定，但台公不想撒谎，所以没有否定。这是以台公一贯行事方式衡量，没有否定即代表肯定。

根据以上各种资料，可以肯定，台公曾是党人。

八十年代笔者访台公时，尝直言党人统治的大陆情况。以六七十年代笔者在大陆所见所闻，特别是十一届三中全会以来，读到太多讲"文革"受苦受难的伤痕文章，在与台公谈话时，也曾透露若干如果在大陆就极可能出现的情况。设若台公当年能离台北返，在北京可与许多老友重聚，但好日子可不长，五十年代开始，反胡风一役能否躲得过？批判胡适之要你表态，要你参加批判怎么办？好了，一九五七年反右，跟着"文革"，总之是劫数难逃。延安时期的"抢救运动"，"文革"期间的大揪"叛徒"，台公曾三次被捕，也就怎也说不清的了。更重要一点，毛公明捧鲁迅，高举鲁迅旗帜，但暗地里，也不必暗了，实际政策又如何呢？看得到的是，鲁迅的老友、学生，建国后命途多舛者众，由胡风开始，冯雪峰、聂绀弩、魏猛克……如果鲁迅还在，以他的性格，极可能被打成反党反社会主义的反革命分子。（当时还不晓得丁酉间毛公曾说过鲁迅"要么被关在牢里继续写他的，要么一句话也不说"。）以台公跟鲁迅关系之深，留在大陆，着实不妙。还是留在台湾歇歇脚，让国民党压迫一下，反能苟存性命。笔者肺腑之言，不知老人家是否理解，当时台公只是听，也不答话。真个"守斯宁静，为君大年"。

孔夫子尝慨言"文献不足征也"，共产党当年是地下组织，在白区战斗，许多文件销毁还来不及，的确难以传世。或根本无文字记录可言，只有靠同时期当事人的回忆，才得以透露一二，这就彰显口述历史之可贵。

但，口述历史碰上了台公，依然留得个扑朔迷离！

二〇一二年十一月二十八日

平生风义兼师友
——台静农与启功的翰墨情谊

　　启功（一九一二——二〇〇五）屡说，到辅仁首日就认识了牟润孙（一九〇八——一九八八）及台静农。台公长启老十岁，牟公也长启老四岁。三人很投契，交往密切。而台公雅好书画篆刻，与启老尤多共同语言。惟二公之翰墨情谊，能资缕述者不多。故寒斋所藏，亦敢云稀有。今际启老诞辰百年、台公诞辰百十周年，恭检二公翰墨，披卷怀人，试为详述始末。

故都寒鸦图卷

　　《故都寒鸦图》为启老写赠台公。此卷系台公宝爱之物，曾于兵燹丧乱之际，由北平护送入川，在白沙把玩十年，然后在风云变幻之乱局，渡台庋藏又四十余年，直至八十年代末九十年代初，再由台公哲嗣益坚仁兄远涉重洋，保存于波士顿凡二十年，前两年由益坚遗属携至香江，而归寒斋宝藏。

启功在辅仁大学美术系
任助教，一九三七年

画卷尺幅不大，展卷只二尺，惟墨渖淋漓、气象萧森，自有咫尺千里之势。画面杂草丛生，荒寒树影，更有古城萧瑟，群鸦乱飞。右侧角启老行书自题："一九三七年七月卅日醉墨寄慨，苑北启功写为伯简（台公）吾兄发笑。"钤"启功之印"白文方印。

台公、启老订交之初，都值盛年，而云醉墨寄慨，在此不能不为之费词解说。启老小时是私塾教育，家里不许学英文，及至插班汇文中学，虽然古文甲冠全班，但英文成绩差，算术又不及格，未能通过毕业，只算肄业。以后出社会谋事，就有诸多窒碍。幸有曾祖父的门生傅增湘（尝任教育总长，后任辅仁大学董事会董事长，一八七二——一九四九），荐与辅仁大学校长陈垣（字援庵，一八八〇——一九七一）。陈援老赏识启功学问、人品，不管资历，破格聘任为辅仁大学之附中老师，主教一年级国文。虽然启老乐育英才，但终被分管附中的辅仁大学教育学院张怀院长

252

启功画赠台静农《故都寒鸦图》，一九三七年

（一八九六——一九八七），以"中学都没毕业怎能教中学"为由刷掉。陈援老也不申辩，不能教中学就教大学吧！索性请启老升级到辅仁大学美术系任助教。启老更优为之，教了一年，虽成绩甚佳，但仍被分管美术系的张怀院长以资历不足为由刷掉。（岔开一句，这位张院长来头不小，与毛泽东同乡，新民学会成员，留法勤工俭学，教育学博士衔，与共产党徐特立诸君熟，又是国大代表，又是国民党北平市党部委员。不知其时是否充满革命激情，对"封建余孽"启元白满怀阶级仇恨地一刷再刷，以绝其生路。嗣后人生浮沉，有所悔悟，八十年代尝托人约启老见面，为免尴尬，启老却之。）

再说回启老大恩师陈援老，助启老锲而不舍，又再伸出援手，安排启老去校长室做他的秘书。启老受的是传统教育，总要客气谦让一番，向传话的援老弟子柴德赓（一九○八——一九七○）说：没做过秘书工作，怕不胜任。怎料这正中柴德赓下怀，即以启老"不愿干"回复，正好安排自己的学生担任此一要职。启老哑巴吃黄连，无法转圜，如此这

般，真的失业了，只好临时教一两家家馆，再画些画卖钱，勉强维持生计。而此刻正是一九三七年七月。（次年九月启老始奉命回辅仁跟陈援老教大一国文，援老"保驾护航"，启老三进辅仁一干六十多年，这是后话。）

该年七月七日，卢沟桥事变，日寇开始全面侵华。七月二十六日攻占廊坊，二十八日凌晨猛攻北平近郊南苑，二十九日北平沦陷，三十日天津亦失守，同日北平地方维持会成立。而这一边厢，两位手无缚鸡之力的落魄文人，一位是失业的天潢贵胄启功，一位是刚被迫离山东大学的左翼文人台静农，两人都感怀身世，共忧时局，与魏建功一起寻醉。而启老于醉意中挥洒出这《故都寒鸦图》，赠予台公，大抵彼此都预感到，此夜仿佛是河梁生别，重见无期……

四十六年后八月某夜，台公醉后检出此一宝绘，怀思挚友，援笔跋云：

> 余于七七事变前四日由济南到北京，住魏建功家，是月三十日敌军入北京城，与建功元白悲愤大醉，醉后元白写荒城寒鸦图以寄慨。今四十余年，建功谢世已四年矣。一九八三年八月十八日晚醉后记。静农记于龙坡丈室。

台公跋文，不足百字，感慨之处，只说"今四十余年，建功谢世已四年矣"。这真是欲说还休，就很像魏晋文人向子期在《思旧赋》中的表现。老人早是惊弓鸟，他不敢指斥，只自认倒霉，最后倒霉也不认，认了怕得罪人。所以老人的跋文就是如此之平静，平静得没有悲戚、没有嗟叹。姜白石词"人间别久不成悲"，其然，而又岂其然？

说回那一九三七年七月三日，台公离开山东大学到北平，寓魏建功宅，本拟整理鲁迅遗著，但刚巧碰到卢沟桥事变，日军围城，炮声隆隆，鲁迅夫人许广平不克抵平，整理遗稿事遂寝。七月三十日台公约启老在魏家饮酒就是告别聚会，会后各奔前程。八月初台公经天津，归芜湖，再举家入川。抗战八年，台公在四川白沙国立女子师范学院任教，熬到抗战胜利，却难以出川回平。一九四六年十月，应台湾大学之聘渡台，一去四十多年，两老就再无机会相见了。可以说，一九三七年七月三十日悲愤大醉之后，台启就此永别。数十年间，两岸紧张对峙，两老各自保命，为免招惹麻烦，也就谈不上什么翰墨往还了。

启功致台静农行书手札

二○○一年十一月二十三日，台公诞辰百年，台大图书馆特藏室展出与台公有关之文献，其中一通启老致台公的行书手札，特别吸引我的眼球。前几年北京师范大学侯刚、章景怀等编印《启功书信选》，也收入此一通。信写于三页荣宝斋印制山木摹黄慎人物花笺上，文字不多，但文简意赅，用现代流行话就是讯息量丰富，兹录全文如下：

伯简先生台坐：

倭乱虽平，依然离阔。建公归来，藉悉尊况胜常，为之欣慰。今夏闻公从有北来之讯，而又不果，为之怅怅。弟教书之外，惟以涂抹骗钱，所画致无一笔性灵，诚可哂可叹！前青峰传达雅命，见索拙笔，苦无惬心之作以副知己，不尽关懒惰也。弟前因临摹《急就章》学其草法，遂集众本，较其异同，材料渐多，不觉成篇，发表于《辅

启功致台静农手札

仁学志》，谨附函寄上一份，至希破格指政，勿稍客气。今春多暇，作诗数首，容别写呈；拙画即当着笔续寄。日日停电，油灯昏黑，小窗秋雨，倍增怀人之念！建公处亦有一书，霁野、诗英两公想常晤面，希为致声。讲授之暇，何所遣兴，至盼时惠宝翰，以代晤语。专此，即颂

撰安！

弟功谨上　中秋前一日
（一九四五年九月十九日）

前得小铜印，人言是秦钵，不知确否。印呈一粲。

这是目前仅见的启老给台公的信。信中透露：抗战胜利，魏建功北归，晤启老，述及台公在白沙女师近况。当时复员出川，谈何容易。台公在川穷困，常质当衣物，冬衣几乎尽押，没有冬衣，怎能北上呢？更关键的是，台公曾三度被北平宪兵三团抓捕，有此"前科"，平津各校，有所顾忌，不敢发聘书来，所以行止未定。而启老在北平教书，也要靠副业"涂抹骗钱"，即画画卖钱，帮补家用。启老当时画价不错，据启老高足王静芝教授见告，当时两张启老的画，可以换一张董其昌。台公很欣赏启老画作，信中透露出台公早已托柴德赓（青峰）求启老画，但启老认为未有惬意之作，不愿随便投赠献丑，要台公稍待时日。此时启老刚撰写《急就篇传本考》，这是启老第一篇学术论文，发表在《辅仁学志》上。启老对这篇处女作很是得意，奉呈抽印本与台公。信末钤一小铜圆印"启"，此印后来仍见启老使用，如一九四八年写的《米家山水轴》和一九八八年朱竹寿石扇页后面小楷自书诗均钤此小圆印，阅此信才知是抗战间启老所得古玺。

《米家山水轴》

台公很喜欢启老的画，常向人推许："启功的画好。"在台北市温州街十八巷六号台公馆"龙坡丈室"，一进门，映入眼帘的小横幅就是启老与溥雪斋（忻）合作的山水。启老信中说"着笔续寄"的画有没有交卷呢？

一九四八年中秋节后，台公求启老写的宝绘终于完成，系纸本山水立轴，纵六十八厘米，横三十四点五厘米。包首签题"启元白米家山水"，出自台公手笔。画面空蒙萧瑟，山骨隐显，林梢出没，溪桥渔浦，洲渚掩映，一派江南烟云雾景，意趣高古。启老自题："与吾伯简先生别十二年矣，于拙画之嗜，不减曩昔。属写云山小幅，稽迟未报者，又将三载。适见檀园真迹，有二米遗韵，因天行先生东行之便，临以奉鉴。拙笔无足赏，惟云树苍茫，聊以纪白云苍狗之变，并以寄暮云春树之思云尔。戊子中秋后三日，元白弟启功识于燕市北城之紫幢寄庐。"钤印四：朱文圆印"启"，白文方印"启功"，朱文方印"元白居士"，椭圆白文印"西山朝来致有爽气"。

画中所指檀园，即李流芳（一五七五——一六二九），安徽歙县人，久居嘉定（今属上海），字长蘅，号檀园，"画中九友"之一。擅画山水，法董源、巨然、吴镇、黄公望，论者谓其山水"笔力雄健，墨气淋漓，有分云缕石之势"，而"神清骨秀，丰姿俊爽"，深具"苍寒朴秀"之妙。

启老临檀园云山小幅，秀雅绝伦，笔墨间蕴含书卷气。表面上一派恬淡、宁静氛围，仿佛"出尘垤而游清虚"，谁知道，画家内心深处，却如"云树苍茫"。画作于"戊子中秋后三日"，即一九四八年九月二十日（星期一），其时世局阽危，人心惶惶。启老向老友台公写画以"寄暮云春树之思"。

"因天行先生东行之便"。天行系魏建功（一九〇一——一九八〇），江苏省海安县人，笔名天行、山鬼，著名语言文字学家，长于古音学，北京

与兄

伯简先生别十二年矣在拙画之嗜

不减最喜属写云山小幅稽庶东秋

者又将三载适见檀园真迹有二米

遗韵因天行先生东行之便临以寄

望拙荤堂之赏惟雪树苍花聊以

纪白云苍狗之爰生丌窜当当云

丰树之思云尔

戊子中秋後三日

元白事启功

浅栖

艺市北城

之紫怀寄庐

大学毕业后留校任教。抗战胜利后任台湾省"国语推行委员会"主任委员，建国前夕返回北京，任北京大学教授。流通极广影响极大的《新华字典》就是魏建功领导编纂的。

台公与魏公关系至深。两人都是鲁迅弟子，抗战期间同在四川白沙国立女子师范学院，魏任国语专修科主任。一九四六年十月，台公就是得魏之荐到台大中文系任教，魏于次年为台大中文系特约教授。一九四八年六月，魏建功回北平办理《国语小报》设备迁台事宜，在北平期间，魏应胡适校长之请，准备回北大任教，启老这件米家山水就是在此期间交给魏。同年九月间，魏建功回台北，转呈台公，公事则为办理国语会的交接手续，同时创办《国语日报》，兼任社长。岁末，魏返回北平出任北大教职，两人终生未能再见。台公极怀念魏公，八十年代初尝垂询其近况，告以刚刚心脏病发逝世，台公闻讯黯然神伤，赋诗一首《闻建功兄逝世》（庚申正月）："每思

台静农临苏东坡《黄州寒食帖》二首赠启功，一九八九年

不死终相聚，故国河山日月新。碧海燕云空怅望，劳生总总已成尘。"

魏建功晚岁碰上文化大革命，其任教的北京大学，是"文革"重灾区。魏被拉入"梁效"（北大、清华"两校"谐音之"四人帮"御用写作班子）当顾问，"四人帮"倒台后，魏的处境有些尴尬。

一九七六年一月八日，周恩来总理逝世，出殡那天，长安街上长长哭送队伍中，就有魏建功。碰巧，"四人帮"在北大的头目迟群去巡视，发现魏，迟群望着魏冷冷地说："你也来了？！"（魏公同事兼老友周祖谟教授见告，一九七九年。）

再拉远一点。全国政协开会，魏与启老同一组，有些人不理会魏，启老不管，不顾寻常绳墨，以礼相待，打招呼，拉凳，斟茶，客客气气，照样老友。但有一回，魏发现桌上有一纸辱骂诗句，字迹像启老，遂认定启老干的，大怒，以后不理会启老。启老说，绝不会如此无聊。但魏成见已

261

深，自此两老互不理睬，惜哉！（二〇〇三年启老向笔者口述。）

启老写《米家山水轴》时三十七岁，台公四十七岁。其时两老友已分隔两地。启老在行将解放的北平，台公则在国民党拟退守的台湾。不要说"别十二年矣"，别四次十二年也未能相聚。"碧海（台湾）燕云（北京）空怅望"。迄一九九〇年，别五十三年之后，两老始在寒斋通电话，互相问好。不到半年，台公仙游；二〇〇五年，启老也归道山。两老可以在天国聚旧了。

"苑北"、"开绩"翰墨

逮至一九八二年春，启老应香港中文大学中国文化研究所之邀，赴港讲学三个月，逢周六日，莅寒斋活动。当时有好几位老友托笔者求启老墨宝，启老十分大方，一体应允，且即刻交卷。但有一回，当我提出是不是可以写点什么呈台公，启老就婉言道，怕引起台公麻烦，没有动笔。隔不久，启老在寒斋挥毫，用他七分钱的毛笔写两张诗翰，署款异常，一署"苑北"（当时启老已很少署此字号），一署"开绩"，送给我，什么也没说。我收藏了三十多年，偶尔检出欣赏，也不怎么在意。及启老归道山，再检此二件署款奇特的法书研究，"开绩"何所指？"开"隐藏"启"字，开启也，"绩"隐藏"功"字，功绩也，"开绩"即隐喻"启功"也。忽悟署款如此隐晦，难道当时启老就是要我呈交台公？老一辈行事作风高古，要你自己领悟，笔者生性愚钝，当时竟未能"会意"，启老又不"指事"，不明说，现在想起，只怪自己太钝胎了。

一九八二年秋赴京，到小乘巷探访启老，呈上两个空白大扇页请画梅花，当时只求启老写一件，另一系备用。不料启老当场画了两件，一白梅，一红梅，都赏给我。着实喜出望外。嗣后赴台北访台公，呈上启老这两件红、白梅花扇页，请赐题墨宝。台公欣然应允，一题隶书，一题行草。两岸两老，书画合扇，弥足珍贵，旁人可能不当一回事，但我珍之重之，高兴了好一阵子。到三十年后的今天，仍不时检出欣赏，缅怀两位令人敬重的老前辈。

八十年代末，两岸关系稍稍宽松，台公偶有与大陆旧友通音问，一九八八年元月，启老写了件朱竹寿石扇页，另面小楷书诗满满一扇，极为工整雅致，托友人呈赠台公。次年台公临了件《寒食帖》，托友人回赠启老。我们拍照刊于一九九○年《名家翰墨》月刊"台静农启功专号"中。

纵观台启二公，由订交到别离，前后说是四年，其实一年也不到，怎么说呢？

启功系康熙十一代孙，所以说他是天潢贵胄。而台公则是共产党嫌疑分子，鲁迅爱徒，陈独秀老友，而且暗中加入左联，往来多是共产党分子或左翼人士，与主流统治者旨趣迥异，结果就麻烦不断。一九二七年八月，台公经刘半农之介，任北京中法大学中文系讲师，初涉杏坛。次年四月七日因未名社被查封而被捕，出狱后转入新成立的辅仁大学，任国文系讲师，旋升副教授。启老就是在辅仁大学与台公订交的。一九三二年十二月十二日，台公因保释共产党嫌疑孔另境，而再度被捕，出狱后只得离开辅大，转入国立北平大学女子文理学院。惟一九三四年七月二十六日，台公与同事范文澜（国文组主任）同被抓捕，这次较为严重，要五花大绑押解南京警备司令部囚禁。幸得蔡元培、许寿裳、马裕藻、沈兼士、郑奠诸贤营救，始于一九三五年一月获释，但三次被捕，难以再在北平院校立足。同年秋得胡适之介，去厦门大学中文系任教授。次年秋，到济南国立山东大学及私立齐鲁大学中文系任教授。短短几年间，转校频仍，"打一枪就跑"，实为当道所迫。细算一下，台公跟启老相处的日子，实不足一年。聚少离多，

"苑北"、"开绩"翰墨，一九八二年

分别长达半个世纪之久，但两人的情谊，完全不受时空影响。

一九四九年之后，两岸壁垒森严。五十年代，台海那边白色恐怖极为严重。奉魏建功、台公为师长的女弟子萧明华遭枪决……台启两老音讯几乎全断。五十年代初，台公托人捎回一极细小纸条，卷起来一厘米长（像一小阙牙签），慨叹："回不得也。"（一九八〇年启老见告）嗣后大陆这边反右、四清、"文革"，实行"无产阶级专政下继续革命"，不断折腾，启老惶惶不可终日，还怎敢与台公联络，犯涉台之忌而自招麻烦呢。及"四人帮"倒台，中共十一届三中全会召开，拨乱反正，启老翻身，逐渐吐气扬眉。到八十年代，始能通过弟子友朋与台公互通音问，再进而翰墨交流。

"平生风义兼师友"，启老对台公一直敬重，台公对启老也非常友爱。惟政局无常，影响到二位流传下来的翰墨交往实物极为稀少。台公只得启老一通三页手札、山水画二件、朱竹扇页一件，启老只得台公临《寒食帖》一卷，信件则无有也。

笔者有幸，歇脚庵旧藏启老三件墨迹，是从大洋彼岸、海峡对岸，陆续汇入寒斋。这，不仅仅是名家翰墨，当中更蕴藏一个大时代文人所呕的心血与难言的抑郁。

二〇一二年劳动节

蓬莱银阙浪漫漫　弱水回风欲到难

——记启功台静农相见难

传说蓬瀛三岛是仙山，其间水无浮力，称"弱水"，又有"天风"，物至辄吹返。这就是北宋杨亿《汉武》诗"蓬莱银阙浪漫漫，弱水回风欲到难"的用典命意之所本。

台湾海峡数十年来也有"弱水"、"天风"，那可不是传说，而是现实，而且是挥之不去的现实。这种"现实"令海峡之间满途都是欲行未得的忧心、欲见还难的离思，是那"才簪又重数"的惊疑，更多的是那"怅归期多误"的愤懑。

纵有生花妙笔，也"载不动"这"许多愁"，在此，仅只想说说两位终生企盼、而终为现实的"弱水"、"天风"所罣误和欺凌的师辈人物，就是台启二公。

台公（静农）在台湾"歇脚"四十多年，屡想渡海回京却以形格势禁而不可得；反之，启老（功）是想去台湾看望台公而屡逢阻滞，毫无办法。两岸两老"相见时难"。终于蹉跎，台公及至病笃，乃不无怨愤地写出："老去空余渡海心，蹉跎一世更何云。无穷天地无穷感，坐对斜阳看浮云。"这自伤诗，足令人读之掷笔三叹。

台静农摄于台北市温州街十八巷六号寓所，一九八六年春节

追溯上个世纪八九十年代，启老本想跨海渡台，探望老友。当时启老在台湾的师友已所剩不多，算来健在者仍有三位，在台静农之外，还有郑骞、王静芝。

先说这位郑骞（一九〇六——一九九一），长启老六岁，是启老在北京汇文中学高中三年级的老师，启老时有提及。笔者于一九九〇年曾在林文月教授陪同下造访郑公馆。那次访郑，是为拙编《名家翰墨》出版"台静农启功专号"约稿。郑公很给面子，惠赐宏文。据郑老师高足吴宏一见告：这是老师绝笔之作。

后来，我曾把上次在台所拍摄郑骞照片呈启老看，但故意不先报姓名。谁料，启老见到架着一副厚片密圈眼镜的老人家照片，瞬间即说："是郑因百郑老师吗？"几十年没见，还是能一眼认出。

再说台静农，长启老十岁，在台湾系清流表率，备受学界敬重，是启老挚友。启老在北平辅仁大学教书第一天，就认识了台公和牟公（润孙），

267

启功，二〇〇三年

三人被时人目为铁三角。一九三四年七月，台公涉嫌共产党被宪兵三团抓走，留守警员埋伏台宅等候其他人出现时一体查拿。当天启老正要去看台公，幸牟公机警，及早截住，不然启老也就糊里糊涂遭缧绁之灾，在牢中被毒打一顿事少，随时掉脑袋也不稀奇。

到一九三七年北平沦陷后，启老滞留北平，台公则辗转入川，复员后去台湾大学教书，从此天各一方，历半个多世纪而两老友迄未相见。启老非常惦念台公，常说：去台湾最大愿望就是看望台公。

一九八二年春，启老莅香港中文大学讲学三个月，逢周末周日，我都接他到铜锣湾寒舍短住，好几次诱启老打电话与台公，启老都说不好，怕给台公招麻烦。台湾大学许多人都知道，当年台公住温州街十八巷六号，街口常停泊一辆吉普车，不知是宪兵司令部还是警备总部的，台公不敢掠美，客气地指：那是监视隔邻彭明敏的。

一九九〇年台公患喉癌，启老因夫人亦是患喉癌三个月就往生，所以知道台公时日无多。六月七日启老再度莅寒舍，告以再不与台公通话就没机会了，启老此时才敢"冒险"让我拨通台公电话，一诉衷情。台公讲电话声音尚算洪亮，但末了喊："你快点来吧，再晚就见不着了！"令启老颇为伤感而又无奈。

还有一位王静芝（一九一六——二〇〇二），三十年代跟梅兰芳学唱戏，跟沈尹默学书法，跟启老学绘画，虽然只比启老小四岁，一直对启老执弟子礼，毕恭毕敬，一派古风。最早邀请启老访问台湾的，就是这位王静老。

九十年代初，台湾国民党对大陆的政策稍稍宽松，个别大陆学者，开始被邀访台。王静老时掌辅仁大学国文研究所，通过辅大邀请启老赴台访问，结果未获台湾当局批准。

与此同时，启老老友徐邦达亦被台湾某机构邀请，也同样不批，徐老再接再厉，但办了三次都不成功，托人了解原因，始悉关键系徐老在党派一栏填"九三学社"，国民党认为"九三是共产党外围组织"，主管方面相当介意，所以不批，后来申请表格由邀请单位代填，作了一些"技术处理"，徐老才能成功入台。同此类推，启老也是"九三学社"成员，老实填上，就确实不准。徐老返京后在故宫有公开的汇报，也有老友间私下交谈，启老心痒痒的，还是想去台湾看看。一九九三年，台北故宫召开"张大千溥心畬诗书画学术研讨会"，启老作为学界名流，兼又是溥公宗晚、大千弟子，自然被邀请参加。启老也早就把论文写好，题目是《溥心畬先生南渡前的艺术生涯》，寄交台北故宫，同时也寄了一份给我。当时我们拟出溥心畬专集，早已向启老约稿，启老寄稿时交代一句，要等台北故宫正式发表后，我们才可刊用，可见启老心思缜密。有上一次不批准的经验，启老颇关注有关手续，通电话时有问及。

为了让启老安心，我打电话给台北故宫书画处处长林柏亭兄（后升任副院长），问启老入台手续办得如何。但台北故宫过去未曾邀请过大陆学者赴台，亦懵然不知有关手续程序之复杂，所以林兄还说为时尚早，不急。过几天，陆委会文教处处长龚鹏程兄莅港访小轩，我请他在百乐潮州酒楼小酌，席间顺便向他探讨启老入台手续有什么障碍。龚问启老是政协委员吗？我应之以不单系全国政协委员，且还是常委。于是龚兄坦言，这就需要邀请单位故宫向安全部门报备。

翌日，即电告林柏亭兄，不久得知，这些麻烦事，秦院长（孝仪）也一一照办了。过了十多天，启老的入台证件批下来了，且别高兴得太早，当时有些学者，得到台湾当局批准，而北京方面却未必配合放行，启老在北京备受重视，所以不存在这个"不配合"的问题，但这次仍是没有成行，原因何在呢？

话说一九九三年冬天，陈立夫数十年来第一次踏足香港，新华社社长周南设盛宴款待，笔者陪立公出席。甫一见面，周紧握立公的手，中气十足地说：我代表中共中央、国务院向您问好。立公答谢后说，从前两次国共谈判，都是他跟姓周（恩来）的谈，现在阁下也是姓周，大家哈哈大笑。宴席笑谈间，想不到周也向立公了解启老赴台问题，立公一脸茫然，他虽然当过教育部部长（抗战间），但早已离任，与启老实属不同界别，所以毫无印象。其实，立公曾经见过启老，是启老跟我说过好几回了！

那是一九四五年的事，抗战胜利后，立公与陈诚到北平视察，在宣武门外北平市党部召见北平学界，北大、清华、燕京、辅仁等主要大学副教授以上学者、校长均被邀出席，启老也有参加。启老还记得，当日陈诚对学界的冷淡有点不满，抱怨说：北平的气氛不够高涨，教授们比较消沉。启老恩师辅仁大学校长陈垣就诉苦说：政府知道我们在沦陷时期的日子是

陈立夫数十年来第一次踏足香港，在翰墨轩接待各方友好及会见记者，一九九三年

怎样过的吗？陈援老愈说愈气，把桌上盛载点心的碟子推翻，摔得满地花生瓜子。

紧接着，燕京大学校长陆志韦用叉子敲着碟边说，我给你们念念现在流行的一首民谣（边说边敲节奏）："此处不留爷，自有留爷处，处处不留爷，爷去投八路。"陈诚大怒，说你们就投八路去吧！立公也不悦。法学院陈教授（名瑾昆，操常德土音）在会上发言完毕，即赴张家口转延安，真的投八路去了。那次启老就是在上述环境下见到陈立夫的。

但毕竟是半个世纪前的事，立公不可能记得的，所以无言以对。

周南向立公查询，是要表示中央很关心这件事。当立公离席去洗手间

271

时，我向周分析，其实启老去不了台湾，有这么一个原因。启老年轻时，是不怕死的，六十六岁还自撰墓志铭，什么"八宝山，渐相凑"，可谓百无禁忌。但八十岁之后，有点紧张。说白了，怕死。

八九十年代，启老有好几次送医院抢救，还发病危通知，按启老的说法，差一点"呜呼"。所以凡出门，必有家属陪同，一以方便照顾，一以安其心。但台湾当局硬性规定，陪同者一定要直系亲属，旁系不行。启老夫人一九七五年上天了，无儿无女，生活一直由内侄章景怀照顾，出门也是由景怀陪同。景怀与启老情同父子，照顾老人家比儿子还周到，但说到底不是儿子，不符台湾当局的规定，所以景怀的证件批不下来，启老也就去不了。

一九九五年，刘九庵由萧燕翼（后为故宫副院长）和笔者陪同，成功进入台湾，看了不少东西。不久，谢稚柳也被邀请赴台，谢公当时人在美国，本拟由洛杉矶直飞台湾，但大陆政策不准，要先飞回香港，入深圳，了却先前的行程，然后再出香港，才可以飞台北。刚巧我在罗湖碰到谢公，才知道手续这么麻烦，兜兜转转，要让八十多岁的老先生折腾，但谢公总算成功访台。这两位都是启老老友，他们渡台，或多或少对启老总有影响，但启老认为去台湾尚不是时候。

隔一年，又有人不怕麻烦，重提旧事，邀请启老赴台。这回邀请者是收藏家组织"清翫雅集"负责人陈启斌，陈在台湾政商两界吃得开，认为无问题，笔者跟陈直言启老要有章景怀陪同始能成行，陈拍胸脯说一定能"搞掂"。这次连刘九庵也一并邀请，并动员刘老做启老工作。刘是忠厚老实人，到北师大找启老好几回，热心帮忙说项，刘老还传达邀请单位主事者的建议，比如把章景怀改变身份为儿子以便陪同，或者请北师大暂封章景怀为副研究员，用学者身份申请，等等。

这不知是哪一位"红须军师"出的馊主意，他们太不了解启老了。启老一贯堂堂正正，行无愧怍，怎么可能为了去台湾而弄虚作假？这些"权宜"之事，启老当然不干，且因此事而对刘老有点意见呢。九十年代中，台公早已不在了，启老去台湾的意愿也淡了，去得这么勉强就算了，干脆不去了。

二〇〇五年六月三十日凌晨两点二十五分，启老仙游，离开这繁文缛节的人世。仙界不似凡间，仙界的"弱水"、"天风"只不过是传说，并不可怕。何况，启老这未竟的心愿，在无罣的仙界，相信不必经庸官俗吏的批核，就可与台公雅叙，醉墨寄慨。

二〇一二年三月十三日

想起马承源馆长

最后一次与马承源馆长晤谈，是二〇〇二年冬，上海博物馆（简称上博，下同）举办《晋唐宋元书画国宝展》，而恰值菲律宾庄良有女士尊翁两涂轩旧藏书画捐赠上博的捐赠仪式在举行，并招待晚宴。散席前，马馆长与陈佩芬副馆长移玉至笔者席，寒暄叙旧，交谈了半句钟。笔者好奇马馆长生日的官方记录一九二八年十月十日是否准确，马馆长说，他应该是丁卯年十月初十日。我当时还跟他开玩笑，说他十月初十就与慈禧太后、陈援庵（启老恩师）、汪孝博（汪兆镛公子）是同日生申。当时虽匆匆短会，也还合拍了一张三人照，马居中，精神抖擞，看不出半点病态。过后一两年，有几个场合也遇到马，匆匆点个头，握握手，再没有细谈。

不久，听说他病逝了，旋传出是跳楼自杀。隔了许多年，还依稀记得当时所闻。出事前，马早已把从上博借的书都还了，或表示没有欠上博什么了。出事那天是二〇〇四年九月二十五日星期六，马乘车返家，寓所在徐汇区吴兴路二百四十六弄二号楼高层。该大楼建于九十年代初，有三幢，一号楼住的是干部，二号、三号楼住文艺界人士较多，王蘧常、王元化、程十发、秦怡等住三号楼。楼高十五层。马下车还吩咐司机星期一去接他。

许礼平、马承源、陈佩芬，二〇〇二年

当晚在家中客厅吃饭，只夫妇二人，饭后马入厨房洗碗，老夫人进房间。约十时吧，夫人出来喊：马承源、马承源，没有回应，夫人第一个反应望窗户，窗户椅边留下一双拖鞋，大惊，出事了。后来上博现任馆长陈燮君与副馆长顾祥虞、党委书记胡建中登门，安慰马夫人并了解情况时就问，为什么不见马回应，不到外面看看马有没有出去，或其他房间看看，而是先看厅的窗户呢？原来马已有一次跳楼前科，只因被夫人拉住，跳不成而已。

马从十四楼跃下，地面刚巧有晾衣服的粗电线，身体坠下时正碰颈项，有若斩头般，身首之间就只剩一层皮连着，真牙假牙撒落一地（一说假牙挂在树上），可见冲力之大。后来殡仪馆花了不少工夫整修化妆。

马馆长经过"文革"煎熬也挨过来了，当此太平盛世，为何要自杀呢？传闻不一，官方版本是马得了忧郁症。当日副市长殷女士与华东师大

马承源伉俪，八十年代

心理系教授探讨此事，教授说，忧郁症病患者百分之六七十会跳楼自杀。

马为什么得忧郁症呢？为什么要跳楼呢？各种传言出来了。有说马看错东西，有说买错东西，有说他告人人告他，当局在查马，不一而足。笔者当年就尝电广东省博物馆古馆长，探讨原因，古不愿谈，但不经意地说，或者马看错了几件铜器，知识分子爱面子，看错东西受不了吧。

马有魄力，有人喻作上博的邓小平，不单指马与邓体型近，而是在上博很有权威性。马最大优点系善于网罗人才，发现别处有学问有本事的人才，千方百计调动、礼聘至馆里，增强上博实力。马对内对外的活动能力都很强，让上博从河南南路十六号杜月笙旧银行，迁去市中心人民大道市政府对面，不是易事，马施展官场功夫，结果让市政府拨出这块宝地给上博，再卖掉旧馆址作启动资金。但所需费用仍欠一大截，马要与亲密战友汪庆正副馆长到处化缘，当年见他俩风尘仆仆地频频来往港台，以他俩的威望和长年交友的手腕，努力筹募兴建经费。香港回归前一年，马奔波香港，疲累到中风，尚幸及时送入跑马地养和医院治疗，迅即康复。

新馆由设计到施工，马都倾注极大心力。马系青铜器专家，把上博设计成一个大鼎，但后来却变成鼎不像鼎的后现代装置艺术品。笔者最初以为是市政府不让正对面的上博建得太高，不能高过市政府大楼，后来了解，此说不对，原来另有文章。上博所在位置，原系上海市自来水公司圈定作上海市中心的储水池，所有管子都已埋在地下，副市长某君（已故）帮上博忙，把这块宝地转交上博。这就打乱了上海市规划局的计划，要另觅地方做储水池，不胜麻烦。不知是否因此而限制了上博的高度，最初限十九米，后来争取到二十二米，再努力一番才弄至最高点二十九米。原来设计的大鼎因减几层，高度压扁了，外型就变成不像鼎，倒像成吉思汗的陵墓，看看蹲在门口的一对石雕畜牲，更像镇墓兽。图书馆设在地下一层，本港著名藏家建筑师关善明曾说过，碰上百年一遇的大水，很易出问题的。办公也在地下一层。有人说上博风水不好，果不其然，先是某副馆长病逝，马跳楼不久，汪患癌亡，某专家交通意外卒。这又是怎么一回事呢？

马跳楼之前，汪已发现胃很不舒服，原定九月二十七日星期一就要入院治疗，但马一跳，汪不能入院了，要处理许多事情。到把马的丧事办完，汪才入院，已隔了一个月，错过了最佳治疗时间，一年后，汪胃癌不治离世。上博擅修复瓷器的一位专家，刚学会驾驶，一家三口到新疆旅行，租车自驾，与迎面而来的大卡车碰撞，当场死亡。早前上博另一位副馆长，由西安碑林调来的王仁波，专研唐代金银器，患肝癌病卒。上博接连发生这么多不幸的事，怪力乱神之说也就有市场了。

又要说回马的死因。官方版本说因病逝世，相对准确，若改为厌病自杀更接近实情。马样子硬朗，其实早已外强中干，出事后不久，陈佩芬副馆长曾说，其实马馆长日子很难过，内脏有许多问题，整个人有许多毛病，瑞金医院的医生说马是高危病人。

277

马最初看病在华山医院，住院住单间，儿子也在该院服务，照顾方便。后来或许费用太昂，转到瑞金医院，没有单间待遇，一个病房住两个病人，不那么爽了，加上该院医生评他为高危病人，就更不舒服了。这或许又是造成他忧郁的其中一个因素吧。

还有让马不爽的，是馆里的同事。马曾经抱怨，过去在馆里见到旧部，人家老远已经扬手大呼马馆长好！现今不在其位了，许多过去客客气气的旧部，老远瞥见，赶紧绕道而行，省得打招呼，老人家宣之于口，当然很不爽了。

或许还有更深层的原因，只能靠推测了。据接近马的人士透露，真正原因或是，马退下来后拟当名誉馆长，名誉馆长还是有权力的，但上面不批，结果得个"顾问"虚衔，顾问不止一个，也可以顾而不问，马很失落。但马在上博还是有宽敞的办公室继续做研究工作。马虽已退休却退而不休，仍时常关心馆务，而且太投入了，打个比方，乾隆做了太上皇，仍要干政，嘉庆怎么受得了，当然引起矛盾。马一直热心参加上博活动，某次展览开幕仪式，马在主礼台下与一众嘉宾站着举头观望，碰到香港藏家天民楼主人葛师科先生，葛很热情地说，马馆长，您应该站到台上啊！言者一番盛意，听者又作何感想呢，能不忧伤？

马与汪本是亲密战友，后来有些不协调，直到下面一事，矛盾才公开。事缘美国藏家安思远出让《淳化阁帖》与上博，是汪拍板的。此帖过去上博老馆长徐森玉与当时北京的启老都认为系珍稀善本，汪才决定收购。马不知根据什么认为此件糟得很，不应该收购，写报告一式两份，向市委宣传部和国家文物局告状。当年就曾听闻文物局派人去机场拦截取件的王立梅，但未能成功，此帖最终入藏上博。北京的专家认为马不搞碑帖这行当不应乱告。如此让马汪分裂由暗转明，矛盾由地方性变全国性，最后以马灰头土脸，很不爽而告终，马因此跟市政府关系也处得不好。

马承源研究青铜器，
二〇〇三年

　　种种原因，加重他的抑郁，为求解脱，一跳了之。原本雅好青铜器的法国总统希拉克到上海，早已约定要会晤老友马馆长，结果总统到上海时，已人天永隔，大概希拉克也难以明白个中三昧吧。在马的追悼会上，希拉克送来满插白花的大花篮，藉寄哀思。

　　马馆长书法作品传世极稀，笔者有幸珍藏一叶。三十多年前，笔者到山西太原，参加古文字学术研讨会，马有其他公务缠身，迟两天才到。那时马还未当馆长，风尘仆仆赶到，刚入门口还未放下行李，我已备好册页请他赐题墨宝，马很爽快，放下手提包，不假思索，提笔就写下这篇金文："王初迁宅于成周。复禀武王礼福自天。在四月丙戌，王诰宗小子于京室。"文出自西周青铜酒器"何尊"铭文前段，马凭记忆背临，具见功力。嗣后马高升馆长，地位不同了，事情也多了，就不敢随便叨扰。但在许多场合仍然见到面，偶也寒暄几句。有一次纽约的妇产科医生杨思胜兄"不务正业"，在上海美术馆办书画作品展览，马与我一起进大门口，军乐队卖力吹奏，喇叭声震天价响，大厅堆满人，极为挤迫，我拉他尽量往前挺进。

279

马承源金文——"何尊"
铭文

杨见马到，硬把他扯前做主礼嘉宾，临时加把剪刀，参加剪彩。可见备受欢迎、备受重视，那时仍是上博大馆长。

马汪二人合力筹建上博，功绩有目共睹。但不知什么原因，后来弄至尹邢避面，大家都很诧异，都很惋惜。最可怜系上博同仁，两个领导不协调，下面办事的人无所适从。闻人才流失不少，最受伤害的是上博。"人的因素第一"，这道圣谕还未过时。

二○一二年九月十九日

未罹浩劫　实乃万幸

——记弘一法师"鼓吹文明"

弘一法师居俗时，好临习古碑帖，尤着力张猛龙、张黑女诸碑，大抵清季包世臣、康有为辈倡尊北碑，为一时风气所尚也。

"鼓吹文明"楷书小横幅，法师用笔挺拔瘦劲，胎息杨大眼造像、张猛龙碑。壬子五月，即民元春夏间，距今刚好百载。署款息霜，乃弘一俗家时号。

弘一（一八八〇——一九四二）俗姓李，名叔同，号息霜。光绪三十一年（一九〇五）间赴日留学，习油画、钢琴、作曲诸艺。其时日本正流行新剧，李叔同与同学组织春柳社，公演《茶花女》，为中国人首演话剧者，由于表演出色，轰动东瀛剧界。

宣统二年（一九一〇）李叔同学成归国。壬子民元，李氏因两家钱庄倒闭，百万家财，倏忽荡然，立变无产阶级，无牵无罣，南下沪渎，做陈其美伙计，编辑《太平洋报》，并加入南社。"鼓吹文明"就是写于此时。

上款优优先生，即故宫青瓷专家陈万里。仅"优优"两字，亦足觇见陈氏的自负与多才。优优者，优秀优伶之谓也。李息霜以春柳社中人，而称誉陈氏的"文明鼓吹"，这是对陈氏戏剧成就的肯定。而文明者，是指

李叔同与同学组织春柳
社，公演《茶花女》

"文明戏"而言。时人仅称他青瓷专家，是有点"以偏概全"。

陈万里（一八九二——一九六九），江苏吴县人，原名鹏，字万里，又字剑魂，号优优，别署梅筠。陈氏才华横溢，兴趣广泛，叶圣陶评他："富于艺术天才，文艺、戏剧、绘画、书法，他没有一项不笃好，也没有一项不竭思尽力去揅摩。"令人艳羡的是陈氏"永远活在兴趣中"。

"鼓吹文明"卷末陈氏跋云："余于辛亥壬子间创新剧进行社于故乡，颇为当时社会所推重。吴江柳亚子先生撰联祝贺，有'剑魄花魂新剧本，龙蟠虎踞旧舞台'之句，为息霜先生所书，复由息霜书赠'鼓吹文明'四字，即此横幅也。"可见陈万里弱冠时与李叔同一样，搞新剧运动。"优优"两字，是其自诩。陈氏题跋七行，蝇头小行楷，流畅灵动，深具法度，亦足见其书法造诣。

而这位陈先生，却是北京医学专门学校出身，曾任北京大学校医、协和医院医生，民国间又做过浙江、江苏两省的卫生处处长，任内颇多建树。

戏剧、青瓷而外，陈氏又雅好摄影，一九一九年在北大举办摄影展，还成立了中国第一个摄影艺术团体"艺术写真研究会"（简称光社），一九二四年更出版中国第一本个人摄影集《大风集》，是中国摄影界先

弘一法师"鼓吹文明"（上）
陈万里"跋"（下）

弘一法师肖像

驱。一九二八年起研究青瓷，是中国第一个运用考古学方法，到窑址实地调查研究而卓有成就者，有"古陶瓷之父"之称。故宫冯先铭就是他的得意门生。

建国初陈在卫生部任职，国家文物局局长郑振铎要调陈入故宫，卫生部不肯放人，最后惊动政务院总理周恩来，周拍板，说故宫不能没有陈万里，陈才成功进宫。

陈住在离康生寓所（竹园宾馆）不远的小石桥故宫宿舍三楼，康生时常就近登陈宅观赏文物。"文革"伊始，陈又来一个第一，是第一批被抄家的，文物全被抄走，传与康生有关云云。

陈楼下住的是徐邦达，楼上住的是故宫政治处处长，该女处长有两个十多岁的宝贝儿子。在"文革"如火如荼之时，陈夫人与楼下徐夫人两个

陈万里

大家闺秀同被剃头，不敢上街，但家里没有食的，被迫出去。而四楼那两个革命闯将正守候多时，满怀阶级仇恨地向陈氏伉俪浇之以滚烫开水，陈老俩哪里受得了，儿女又不在身边，不得不"自绝于人民"，双双自杀（徐老太太七十年代忆述）。

"鼓吹文明"的人，在文明古国，算是被不文明消灭了。而这件"鼓吹文明"，则尚存人间，再一次如陈氏跋语所云："未罹浩劫，实乃万幸。"

二〇一二年六月五日

真亦假时假亦真

——说齐白石书画

白石换菜

香港艺术馆寄来齐白石画展简介，封面印的是白石老人画的大白菜，不期然想起黄永玉说过的故事：

齐白石在家中听到菜贩叫卖，跑出来看到一棵棵壮实的大白菜，煞是欢喜，忽生一计，急返屋里拿出一幅自己画的大白菜，要与菜贩交换。菜贩是个目不识丁的农妇，不晓得眼前这个老头就是鼎鼎大名的齐白石，更不知道这幅白菜画可以值多少担大白菜，一心以为城里人哄她，用纸白菜骗她的真白菜。农妇心直口快，立即要说个明白："想拿你画的假白菜换我种的真白菜？我才不上当！"交易告吹，白石老人为之气结。

老人家一心以为拿自己值钱的白菜画，与农妇交换不值钱的大白菜后，可以留下如羲之换鹅之类的艺坛佳话，只可惜菜农太天真，也太认真，坚决"打假"，让老人想制造的墨林佳话变成艺坛笑话。

286

有眼应识真伪

谈起齐白石真假白菜，又要扯到他老人家书画的真伪问题。

齐白石是中国近代画坛真正的大师（不是自封的），知名度最高，受众最广，中外人士咸与赞赏。齐画销售畅旺，订单不断，老人又长命（活到号称九十七岁），又勤力，传世作品据说有四万件之多。白石老人在世时，各地"分公司"已然大量生产，大批赝品入市，真伪混杂，分薄（可以说剥夺）老人的利益。老人恨得咬牙切齿，尝刻一朱文印泄愤："吾画遍行天下，伪造居多"，还不足以解恨，再刻一方白文印："有眼应识真伪"，算是告诫芸芸众生。

齐白石伪作遍天下，几十年来，人人皆知。所以如果有人自夸家中有齐白石书画，听者总是条件反射般问出口（或把疑问吞回肚中）："是不是假的？"可见齐画伪品泛滥至何等程度。君不见如雨后春笋般涌现的大小拍卖行，几乎场场拍卖都请齐白石"站岗"，小则三数幅，多则十数幅甚至数十幅，不管真的假的，总之"遍地开花"。

白石老人在一开草虫册页上题道："白石之画，从来被无赖子作伪，因使天下人士不敢收藏。"的确，齐白石也看出，赝品太多，会使买家却步。

著录不可尽信

白石的画，让人又爱又恨，爱的是想拥有，恨的是怕收到假的，既失钱财，又失面子，真个"财色兼失"。怎么办呢？

齐白石肖像

　　有些朋友，相信著录，只买书上刊载的，以为这样保险。但要问一句，是否见于著录的，都是真的？答：未必。这里面也大有文章。

　　内地改革开放之后，北京某著名出版社，印行齐白石画集，编选不可谓不认真，敦请白石高足李可染、李苦禅等画家筛选，审定，但到最后，不知什么原因，也杂厕若干伪迹，令一众编选者傻眼。十多年前，另一家著名的出版社，被人借用招牌，出版了一册齐白石画集。整本画册，清一色赝鼎。十年前碰到经手此书的编辑，讨教之下，她还不觉得有什么问题呢。也曾见深具良知的鉴家，编印白石画册，编辑过程中为剔除伪

288

郁风与齐白石

郁风为齐白石画像

迹，与有力者据理力争而病倒，几乎引致中风。原来捍卫白石老人画集的纯洁性，也差点要付出性命的，不能开玩笑。也有处理不当而丢乌纱帽的。前些年，《寄萍堂画录》面世，书中掺入不少伪迹，编者系刚上任之大博物馆馆长，愤而要告出版社。出版社是否被告倒则不得而知，但此君因此书而丢官则是事实。现在书画拍卖图录上大都不敢援引此书，若然标明某拍品著录于此书，等于叫买家放弃，真个弄巧反拙。其实《寄萍堂画录》所收白石书画，有假的，也有不少真的，但真赝掺杂，就算真迹也被视为伪物，岂不冤哉？

名家题跋仅供参考

有些朋友，相信权威，见齐画诗塘、裱边、签条或画中有名人加题的，等于证明某名画家或某名鉴定家看过，并题字作为担保，应该信得过。我又不识趣地问一句，这能作为依据吗？答案依然是泼冷水：未必。

启功先生是齐白石弟子，又是书画鉴定权威。他老人家在二十年前私下跟我说："我题的齐白石你不要相信。"当时不好再追问为什么。启老被人迫着题字，有时会以打油诗"王顾左右"应付过去，但有时有力者也会见招拆招，坚决要他老人家明确胡题，什么齐白石真迹神品，齐白石真迹妙品，含糊不得。

可见，权威加题，仅供参考，不可尽信。信者不一定得永生，很可能得往生。

怎么办

愈说愈玄，真的那么复杂？其实一点也不复杂，真的就是真的，很简单，假的才复杂。真的，好的，"开门见山"的齐白石，大都干干净净，不需要著录，不需要品题，不需要流传故事。假的才要出生纸（著录），才要请保镖（名人品题），才要讲成分（出处）、"骚"（show）履历（编故事），才需要搔首弄姿，引人上当。

十多年前，尝与王方宇先生讨教齐画的鉴定问题。王老感叹说，我们不能光靠几个权威说了算，这样不科学。我们可以把公认可靠的齐白石书画，按年份排次，按内容分类，做一个齐白石作品编年系列，遇到某件作品要鉴定时，拿同时期的作品逐一比较，仔细研究，才解决问题。这就是他研究八大山人的办法。

白石真迹何处寻

可靠的齐白石书画，到哪里找呢？其实齐白石真迹多的是，齐白石生前所属单位——北京画院庋藏最多，还有中国美术馆、湖南省博物馆、辽宁省博物馆……还有许多私人收藏，都有不少齐白石真品。

香港的观众有福了。香港艺术馆把辽宁省博物馆藏的齐白石精品，运到九龙尖沙咀该馆四楼展出。这是该馆继一九七三年在大会堂顶层举办民间收藏齐白石画展之后，第二次正式展览齐白石作品。

辽宁省博物馆藏齐白石作品多达四百件，来源大都可靠，质量也相

齐白石题赠黄苗子
《借山吟馆诗草》

当高。齐白石恩师胡沁园，拥有许多齐白石早岁精品，胡沁园孙子胡文效（阿龙）在辽博工作，近水楼台，这些精品自然归入辽博。齐白石三子齐良琨（子如）也在辽博工作，他藏的许多白石精品，也收归辽博。辽博名誉馆长杨仁恺先生五十年代就为博物馆积极收集齐白石书画，他知道白石老人喜欢直版钞票，每年专门从银行提取直版新钞呈奉白石，再递上购画订单，白石高兴起来，多加几分"肉紧"，画得也特别精彩。这许多独特的条件，做成了辽博藏白石作品较为丰富、可靠。香港艺术馆展览的辽博白石，可以视作"标准器"，通过眼睛，认真细读，输入脑中，作为鉴定的重要依据。如此提高眼力的良机，又岂容错失？

　　过去传言白石的工笔草虫，请弟子王雪涛代笔，一只大洋一元。也有

齐白石为小朋友示范画荷

说由三子良琨（子如）代笔。不然白石老眼昏花，怎么可能画得了这么工细的东西。（一说白石早年闲时画了许多草虫作储备，晚岁有订单时再添加粗笔花叶和署款就可交货。）这次展览中有两册工虫，一册标明白石三子子如画虫，白石老人补花草，父子合作。一册赠送阿龙细侄的，全由白石动笔。两册并列同观，相与比较，细微处有何异同，识者自能心领神会。如果没有材料对比，仅仅纸上谈兵，或凭借粗劣的印刷品作对比研究，那神仙也没办法。所以说，这个展览很重要。

生逢斯世，三生有幸

　　还有，收藏齐白石书画另一重镇北京画院，近年已设有专门展馆，分批陈列所藏白石原作，现正展出白石的山水、人物。广州二沙岛广东美术馆也有白石精品展览，展出北京画院藏的白石草虫。

　　活在二十一世纪的朋友，看到名家真迹原作的机会剧增，雅好此道者，当感生逢斯世，三生有幸。

二○○六年十月三日

书如剑气多飘逸

——记还珠楼主行书宋诗

    民国武侠小说大家，首推还珠楼主。还珠楼主（一九〇二——一九六一），原名李善基，后改名李寿民，四川省长寿县人。父亲李元甫曾任苏州知府，后弃官返里任塾师。寿民自幼得乃父调教，三岁开始读书习字，五岁已能吟诗作文，九岁作五千言之《一字论》，惊动闾里，县衙特送"神童"匾到李家祠堂，值资鼓励。

    李寿民十岁丧祖母，乃父领着他到成都奔丧之后，随家庭教师王二爷上峨眉山，开始少年壮游，嗣后三上峨眉，四登青城，为日后写武侠小说以峨眉、青城为背景之缘由。李自幼喜习书法，李家祠堂前院有一洗墨池，相传系严嵩当年洗墨处。李父一九一六年死，越二年分家产，寿民分得房子前边院落，包括这洗墨池。

    李寿民初恋情人叫文珠，后寿民迫于生活，与文珠分手，出差天津。后文珠堕入风尘，而寿民念念不忘，倒是后来妻室孙经洵体察"民"情，建议寿民用"还珠"作楼名。后撰有《女侠夜明珠》寄意。

    李在天津当过天津警备司令傅作义的中文秘书，旋入天津邮政局工作，兼到大中银行孙董事长公馆做家庭教师，爱上了小自己六岁的二小姐孙经

还珠楼主，二十八岁戎装照

洵。那个年代师生恋还了得，连鲁迅恋许广平也被人指指点点。孙老爷发觉之后告到官府，罪名是"拐带良家妇女"，而开庭之日，二小姐竟敢出庭当众申明爱意，李才赢得美人归。而李也"桃花运后福星随"，所写《蜀山剑侠传》，经其友唐鲁孙交《天风报》发表，竟一炮而红，《天风报》销纸急升。从此一剑定江山，自是李的武侠小说大受欢迎，也就新作不断。人家是写完一部接一部，李是几部同时写，有似徐悲鸿五马同台之本事。

抗战期间李因出版事为奸人所害，被日本宪兵队抓捕，由于不屈，受尽酷刑，最糟是以胡椒粉揉眼，弄至后来无法写小字，写小说要靠口述，由秘书笔录，也无法再细阅，只较陈寅恪完全失明好些。尚幸李会子平术，为日本宪兵大佐算命，居然很准，加上上头还有几个还珠迷，查不出什么重庆分子证据，也就放了。

李出狱时剩半条人命，调养几个月后，南下沪渎，卖字为生。笔者二十多年前在广州文德路文物商店购得李一轴行书宋人诗，无上款，即此时期所书。未几，李就被上海正气书局老板陆宗植商邀，李氏著述统由正气独家出版，稿费从优。日写二万字，十天出一书。写一本，出一本。这是李写小说高峰期。

李与尚小云有缘，交同莫逆，一九三二年结拜。为尚撰写《汉明妃》、《卓文君》等剧本，后来还为尚的两位公子写剧本。

新中国成立，新人事，新作风，武侠小说不出版了。李初到上海天蟾京剧团任总编导，写了《白蛇传》、《岳飞传》等剧本。越二年，北上到军委总政文化部的京剧团任编导。招牌大了，但收入仅百五元，尚幸领导识做，破例容许兼职，李才能靠三份薪金养活全家，此时还在协和医院戒掉烟霞旧习。李像其他知识分子一样，努力自我改造，认真学习当时风行的《联共（布）党史简明教程》、黄药眠编的《文艺理论学习参考资料》等书，真是近朱者赤，还易名"李红"，用于撰写反映农民起义的通俗文艺作品，而无复"还珠说剑"的豪情。反右一役，李侥幸躲过，但不多久，报刊大版杀出："不许还珠楼主继续放毒"，从"蜀山"批到"剧孟"。这回"蜀山剑侠"遇上批判笔杆，竟不堪一击，虽未鸣呼，却也脑

还珠楼主行书宋人诗

溢血造成左偏瘫，生活无法自理，端赖爱妻悉心照顾，多活两年。病中还不忘创作，口授长篇历史小说《杜甫》，完成初稿后赶紧辞世，享年五十有九，寿民不寿，只与杜工部同寿。算避过了五年后那场丙丁红羊浩劫。

论者谓还珠楼主的小说表面上荒诞不经，实质高度融合中国传统文化，深含哲理，自成体系。而且小说中大段自然风光的描写，各种人文景观，为他人所无，表现出作者非有游历三山五岳、大江南北，设非饱读儒、释、道各家各派的典籍，曷克臻此。所以他的小说不仅令一般读者痴迷，连傅雷、白先勇也喜读，可见影响之大。还珠楼主作为对中国现代通俗文学有重大影响的作家，在历史上和文学史上自有其应有的地位。

还珠楼主本人的形象又如何呢？与他有交往的贾植芳形容得好："身材高大，浓眉重眼，于文质彬彬之中隐现出几分江湖豪侠之气。一看就知道他是个久经风尘，见多识广，而又富有才情的中国旧式文人。"论武功，还珠楼主比金庸、梁羽生都强，懂太极拳、少林拳、八卦掌、五式梅花拳，还曾随峨眉山老道学过气功，而且勤加锻炼，所以真能耍两下子。当然小说中的许多招式，都是夸张加想象。

笔者所藏还珠楼主这件行书宋人诗两首，前者系陈简斋〔与义（一○九○——一一三八）〕所作，陈诗多感时伤事，以学杜甫名。后者系福建连江人郑起（一一九九——一二六二）所作，郑专研周易，人称道学君子。郑的儿子郑所南（思肖）系大画家，名气更大。王渔洋《池北偶谈》卷十九载宋人绝句数十首，其中也录有这两首，且连在一起，还珠楼主或据之抄录。末钤"寿民长寿"、"还珠楼主"朱文方印。还珠楼主工诗擅书，此幅冷金笺朱丝栏，用笔如行云流水，飘逸若剑仙，小阁风凉，茗余静对，如见蜀山侠客。

二○一二年九月十一日

298

忧患余生

——记吴文藻丹青

旧日文士，多才多艺，偶涉笔，作品生拙居多，而反得真趣。惟偶然鳞爪，寻觅维艰。近三十年日事搜求，不敢有遗余力。日前检出吴文藻画作一轴，谨缀言作记。

吴文藻（一九〇一——一九八五），江苏江阴人。就读江苏南菁中学，以曹老师命，考入北京清华学堂，与梁思成同班兼有同寝室之雅，深受思成父梁启超之影响。一九二三年赴美留学，同船留美学生有梁实秋、顾一樵等，吴对文艺兴趣不大，没有参加他们的活动，却阴差阳错邂逅了谢婉莹（冰心）。其时冰心文名正盛，又年轻貌美，而吴言谈中从不提她的著作，说的又是逆耳忠言，与一众追逐者相异，令冰心视之为诤友、畏友。（这一招果然奏效。）吴还陆续把看过的书寄与冰心，冰心之指导教授发觉，垂询，盛赞这位朋友"是个很好的学者"。冰心终于在众多追求者中选择吴文藻。八十年代陈作梁丈（郑德坤燕京同学）见告，尝见同在燕京任教的许地山披着斗篷追求冰心。设若嫁许地山，四十年代变未亡人；若适徐志摩，更惨，三十年代就要守寡。于归吴氏，却多厮守半个世纪。

吴文藻搞的是社会学，留美五年，在达特茅思学院毕业得学士衔，继

吴文藻和谢婉莹，一九七七年

入哥伦比亚大学研究院得博士学位，并获近十年最优秀外国留学生奖状。一九二九年二月归国，到燕京、清华任教，夏天与冰心共结连理。

吴文藻熟识欧美各种民族学与社会学思想流派，经比较研究，较倾向英国功能学派的理论，为这个学派的理论在中国付诸实践，做了不少工作。在培养人才方面吴氏也费了极大心血，从国外请专家来燕京讲学，又把学生有针对性地选派出国留学，培养了大批骨干力量，费孝通就是其一。吴又竭力提倡社区研究。惟抗战军兴，吴氏在大学的教学和研究计划难以贯彻，四十年代初到重庆，在国防最高委员会参事室工作，对边疆民族、宗教、教育诸问题做研究和提出处理意见，也继续参加学术活动，在海内外考察相关问题。至胜利后，担任中国驻日代表团政治组组长，兼任盟国对日委员会中国代表顾问。借机将日本作为一个大社会现场来考察。政治组副组长谢南光（一九〇二——一九六九），原名谢春木，福建同安人，一九三二年入共产党，一九三九年入国民党，是共产党地下工作者，引导吴文藻冰心研读毛著，而国民党特务渐悉政治组同仁每晚在吴家以打桥牌为名，研读毛著为实。吴有在书上签名习惯，其签了名的毛著《论持久战》为特务取走，吴甚为担心。其时吴氏老友林君是横滨领事，同情共产党，被召回台湾即被枪毙。一九五〇年六月吴文藻只好请辞，通过关系借胡文虎《星槟日报》记者身份留日。次年秋，耶鲁大学聘吴任教，始取得台湾当局批准离日，但事实上不是东行赴美，而是与冰心双双西去香港辗转上京。

投奔祖国的吴文藻，先学习新思想，了解新情况，当时在中国科学院哲学社会科学部社会调查办公室工作。全室四人，吴文藻、潘光旦、吴泽霖、费孝通，费系三人之共有弟子。（假日办公室搞卫生全由费一人干，以弟子服其劳也。）建国后有好些学科被莫名其妙取消了，社会学即其一。幸好吴一专多能，民族学也是其强项，一九五三年十月，正式分配到中央民族学院任教授。没几年，大鸣大放，书呆子天真到要帮党，说了真心话："我们对英美的一些好东西没有学，倒学到了苏联的一些坏东西。"一九五八年四月被册封右派，吴很不解，对冰心说："我若是反党反社会主义，我到国外去反好了，何必千辛万苦地借赴美的名义回到祖国来反呢？"周恩来约见冰心鼓励她助吴做思想工作，帮他渡此困厄。次年底虽摘帽，但发表文章都不能具名，或只能用笔名。"文革"间更基本荒废，当时一家八口分散八地，"没有家破人亡，就是万幸了"（冰心语）。三中全会后，才恢复正常的教学和研究著述。

吴文藻性格古板，头巾气重，有些观点近乎迂，有友人戏称"文藻在家是一言九顶"，一开口就有几个人顶他。吴的记忆力惊人，龙绳德（龙云七公子）言及，五十年代初吴尝丢失手表，竟能立即默写出手表背后的编号。吴一生潜心学术，太专注于学生，冰心难免吃醋，尝撰文忆述吴，谓吴的自传九千多字，"提到我的地方，只有两处"。难怪梅贻琦在冰心的宝

吴文藻工笔画《农家乐》

塔诗下添加二句："冰心女士眼力不佳，书呆子怎配得交际花。"

　　吴文藻这张工笔《农家乐》画得挺认真，画中母鸡在两大捆禾秆草堆旁孵蛋，大概禾秆草堆顶端两只麻雀撕扯螳螂，远处也有两只麻雀正扬翅追捕另一只螳螂，生死争斗的声响惊动了几只正在啄食的小鸡，它们好奇地抬头张望，而一片黄绿禾穗中静伏着红蜻蜓，令画面为之一亮。前景公鸡昂首挺胸喔喔叫嚷，仿佛在宣称这是本鸡的地盘……一派农村生活景象。左上端小行楷抄录唐人徐夤咏鸡诗上半首："名参十二属，花入羽毛深。守信催朝日，能鸣送晓音。"钤印三，白文印"吴文藻印"，朱文印"忧患余生"。右下压角章朱文"望美人兮天一方"。题记"丙戌冬月"，即一九四六年尾一九四七年初，是吴文藻旅日时作也。该画九十年代中得自台北。

二〇一二年十一月十四日

满屋书卷气

——记李方桂水墨生虾图

李方桂（一九〇二——一九八七），山西昔阳人。昔阳是穷乡僻壤，六十年代出了个陈永贵，把昔阳搞得有声有色，加上"农业学大寨"的圣谕，这小地方一下子大大有名。

李方桂官宦世家，祖名李希莲，字亦青，咸丰庚申（一八六〇）进士，一生官运亨通。父名李光宇，字简斋，光绪庚辰（一八八〇）进士，曾到广东做官，署广东肇阳罗道台，勤政爱民，创办女校，设戒烟局，有政声。辛亥鼎革，挂冠回乡，杜门读书，下场是一贫如洗，晚境凄凉。尚幸幼儿李方桂聪明伶俐，是一读书种子，二十七岁得博士学位，以后连孙辈也是博士学士，可谓书香世家。大概上天照顾不了李光宇，也就福荫其子孙吧。

李方桂十九岁考入最难考的清华学堂医预科，由于学医要学拉丁文，学德文，于是引发对语言学的浓厚兴趣，改攻语言学。李方桂同学老友王书林损他，说要送他一匾，上书"救人千万"，如果李做了医生，不知要医死多少人云云。

一九二四年，李方桂赴美深造，入密歇根大学语言学系插班三年级，两年后，以优异成绩毕业得学士学位，随即入芝加哥大学，随布龙菲尔

304

李方桂，一九七一年

德（Prof. Leonard Bloomfield）、爱德华·萨丕尔（Prof. Edward Sapir）
等名师攻印第安语言，一年得硕士，次年得博士，再到哈佛研究一年，
一九二九年学成归国，蔡元培礼聘为中央研究院历史语言研究所专任研究
员，一九四八年更成为首批院士。他从一而终，一辈子都是"中研院"的
人，出外讲学，名义上算是请假，死后书籍则捐赠"中研院"和清华，也
算"中研院"的鬼。

李方桂回国之初，中国只有两个人搞语言学，一位赵元任，另一位就
是李方桂。赵元任被尊为中国汉语语言学之父（傅斯年说），李方桂被尊为
中国非汉语语言学之父（周法高说）。中国语言学的基础，就是赵、李这两
"父"奠定的。

李方桂是北美印第安语言专家，他不辞劳苦，到荒蛮之地调查，为红人
记录印第安语，其后某些种族灭绝，其语言赖李的记录而得以保存。李还深
入研究古德文、古英文、拉丁文、法文、高索文、梵文、藏文、印欧语言等
等，对中国方言和上古音韵学，也甚有研究。真是上下几千年，纵横数万里

中国两个语言学之父：赵元任（右）、李方桂（左），一九二九年

的语言学问都涉及，堪称渊博。数十年间，讲学于耶鲁、哈佛、密歇根、华盛顿、芝加哥、普林斯顿、夏威夷、燕京、台湾等大学，桃李满天下。

一九一四年李方桂在北京师大附中就读时，有位国文老师很看重他，常夸奖他作文好，能言之有物。但有一回却言出祸来，缘由李的一篇作文与政治和学潮有关，犯了学校的大忌，学校要开除李出校，幸得这位国文老师力保，方能念到毕业，且名列前茅，不负老师厚望。不知是否经此一役，李方桂终生不谈政治，专研学问，而且对政界有戒心。一九七四年回台北参加院士会议，首长设盛宴款待，李坐首席，蒋经国等"党国"领导殷殷垂询。过后李语徐樱："和政要们哪能谈学问？我是不折不扣地说了一晚上的废话！"李的习惯，每到一地，不拜官府，不见记者，少惹了许多烦恼。

统战高手周恩来尝前后三次，托赵元任、何炳棣、任之恭传话，请李回国一晤。后来周恩来正式邀请十大教授访华，包括李在内。李担心影响

306

在台的工作，没有去成。待到一九七八年，大陆政局稳定，李公才首次到神州大地探亲访友，去前让夫人跟"中研院"院长钱思亮打个招呼。钱倒也开通，不鼓励，不拦阻，只嘱归途先回台湾休息。李公在北京期间也应老友、弟子之邀讲演，座无虚席，一再扩大课堂仍然爆满，让李公欣慰，祖国大地竟还有这么多人要听语言学的讲演，证明此道不衰。而大陆安排演讲，原让李讲三小时，李习惯四十五分钟讲完，不必拖三小时这么长。

李方桂聪明绝顶，学什么都容易上手。李幼年已学会打麻将，而且牌艺精湛，曾向蒋复璁（台北故宫院长）夸耀："我七八岁时，就蹲在椅子上，为父亲陪大官打麻将！"学界中梁启超最喜攻打四方城，不知牌龄有否李公那么早。

一九三七年李方桂在耶鲁客座三年，但向中研院只请假两年，一九三九年放弃安静舒适的环境，跑回烽火连天的中华大地，共赴国难，随中研院辗转流徙。一九四三年燕京大学在成都复校，李方桂受聘讲学，与陈寅恪、吴宓，被戏称为该校"三大名旦"。战时没什么娱乐，一众教授暨眷属组织曲会，每周聚会唱昆曲自娱。李夫人徐樱受父徐树铮将军影响，也擅昆曲，但笛师难寻。有一回，中央大学的吴作人携笛造访，与徐吹唱，甚为相得。其时李已四十多岁，向吴讨教吹笛之道，次日即买笛子苦练，没多久夫吹妇唱，一众曲友不知李才刚学会吹笛，还以为他深藏不露呢。吴宓不会唱，但懂听，夸李方桂吹笛有独到处，板眼准确，音色圆润，笛声一响，满屋书卷气云云。后来李很快又学会唱昆曲。

一九三七年秋，李方桂到耶鲁讲学，夫人徐樱到拉森艺术学校（Larsen College）学水彩、油画。李方桂陪太太读书，也陪同到校旁听，自顾自画。教授贝弗利·史密斯（Beverly Smith）好奇李画得怎样，一看才惊叹，李画的竟甲冠全班二十多位正式学生。李方桂能画画，得从他母亲说起。

李方桂母亲何兆英系出名门，清季左都御史何乃滢长女，自幼聪敏，

李方桂、徐樱夫妇在清华大学，一九三二年

李方桂母亲何兆英是为慈禧太后
代笔的女官之一，一九三五年

李方桂水墨生虾图

精于绘事，是慈禧太后代笔的女官之一。何性格倔强，极有主见。李家一女三男的成长、教育，完全由她一手谋划。李方桂能脱颖而出，端赖老母的决策。何兆英过门后没再画画，但画具则为幼子方桂所用。李方桂从未拜师学画，偶尔涂抹几笔，老母夸奖，略加指导，李也画得似模似样。一九三三年夏天，李方桂抱恙在家休养，忽要画画，用糊窗的棉纸，画了十四开小画。老母极赞，徐樱拿去装裱成册，还请胡适、张充和、台静农、孔德成、董作宾等老友题字。一九八七年李方桂病重时又要画画，还要向张充和讨三青、三蓝用，张送到时李已病笃，来不及画了。殁后遗作由张充和代点石绿足成。

笔者喜收学人丹青，早知李能画，但无缘面识，其作品市场也绝迹。十年前，史语所前所长丁邦新教授伉俪来访，丁夫人陈琪也能画，师承台湾岭南画派大师欧豪年。丁夫人很想收一件祖师爷高剑父画作，我手边正好有件高的水墨幽兰图，举以奉赠，丁夫人打开一看很喜欢，但辞不敢受，无功不受禄也。而剑父的画，对一介寒儒来说，再便宜也是沉重负担。灵机一动，丁教授不就是李方桂高足吗？即问丁有否李的画作，丁不假思索答有几件，即请他惠赐一件，当作交换高画。丁爽快应允，皆大欢喜。隔几个月，丁送来李方桂水墨生虾图，展卷生机扑面，题云仿借山吟馆意，几只墨虾游弋，但觉闲趣恬淡，每一展卷仿佛与李公晤对，更由衷感激丁教授伉俪割爱玉成。

二〇一二年七月二十八日

朝闻道　夕死可矣

——记求道者河上肇丹青

　　马克思主义对近代中国影响至深，马氏系德国犹太人，以德文撰述。百年前国人懂德语者鲜，像陈寅恪在宣统二年（一九一〇）已啃马克思德文原著《资本论》者更是少之又少。国人通日语者众，众所周知，第一本中文版《共产党宣言》，就是陈望道据日译本移译的。

　　日本京都帝国大学有一经济学家河上肇教授，专攻马克思学说，著述颇富，岩波书店后来出版其全集就有三十六卷之多。中共早一辈党人，受河上肇影响至巨，郭沫若就是其一。一九二四年，郭氏花五十多天时间翻译河上肇《社会组织与社会革命》一书，译完之后不自觉地被河上肇"洗脑"了，郭氏自道："这书的译出在我一生中形成了一个转换时期，把我从半眠状态里唤醒了的是它，把我从歧路的彷徨里引出了的是它，把我从死的暗影里救出了的是它。""我现在成了个彻底的马克思主义的信徒了！"（《孤鸿》，《创造月刊》一卷二期，一九二六）李大钊留学日本早稻田大学时（一九一三至一九一六年），就是读了河上肇著述而接触马克思主义，一九一七年俄国十月革命之后，李大钊写下了《我的马克思主义观》，一九一九年五月发表在《新青年》第六卷第五期"马克思主义专号"

河上肇

上，而《晨报副刊》四月已开始连载河上肇《马克思的〈资本论〉》、《马克思的社会主义理论体系》，由李大钊早稻田同学老友陈溥贤翻译（署名渊泉），马氏学说自是在神州大地广为传播。周恩来留日期间，读了河上肇《贫穷的故事》，钦佩不已，拟申请入京都帝大师从河上，未成，遂赴京都住南开同窗吴瀚涛处，欲拜会河上也不果。周虽未见河上，但经常把河上编印的私人杂志《社会问题研究》带回家阅读，归国时行李尽是河上的书。一九一八年十月二十日，周恩来在日记中写道："二十年华识真理，于今虽晚尚非迟。"毛泽东早年读过河上肇《经济学大纲》和河上翻译的马克思《雇佣劳动与资本》。六十年代初，毛跟到访的野间宏说："河上肇写的书，现在还是我们的参考书。河上肇在《政治经济学》那本书中写有怎样从旧的政治经济学发展到新的政治经济学，河上先生说新的政治经济学就是马克思主义的政治经济学。因此此书我们每年都再版发行。"毛在河上肇《马克思主义经济学基础理论》（李达等译）中还留下若干批注。

马克思主义在日本的传播，河上肇堪称功臣；马克思主义在中国的传

《社会主义评论》，一九〇六年　　《社会组织与社会革命》，一九二二年

播，河上肇也居功至伟。日本学人实藤惠秀曾统计过，二三十年代中国翻译外国社会科学书籍三百七十四种，河上占十八种而居首位（香港中文大学《中国译日本书综合目录》）。

河上肇（一八七九——一九四六），日本山口县岩国镇人（现岩国市锦见），旧吉川藩士河上忠长男，大清戊戌变法那年（一八九八）高校毕业，入东京帝大法科大学政治科，一九〇二年毕业即迎娶大冢秀子（后生一子二女）。次年当东京帝大讲师，开始教学生涯。一九〇五年在《读卖新闻》连续发表《社会主义评论》，备受注目，报纸销数骤增。不久辞教职到《读卖》当记者。后转办《日本经济新志》，提倡保护贸易政策。一九〇八年任京都帝大法科讲师，旋升副教授。一九一三年十月由文部省选派留欧，次年得法学博士学位，一九一五年初春回日本，任教授。一九一九年河上肇开始研究马克思《资本论》，出版《马克思资本论略解》诸书，成为当时日本最有

影响力的马克思主义理论家。二十年代初被批评："河上是以研究为名，而宣传社会主义，内务省为什么不禁止它发售？"一九二一年河上终于被当局标签为"危险思想家的首领"。大正昭和交替（一九二六），灾星骤至，长子政男病卒（仅二十四岁），次年父亲河上忠卒，享年八十。一九二八年"三·一五"事件之后，文部省下令大学驱逐"左翼教授"，河上肇被迫辞京都帝大教职，开始走出书斋，"站在暴风雨中"，参与无产者运动的实践，也不忘著述，出版《资本论入门》等名著。一九三二年九月九日河上肇正式参加日本共产党，秀才造反，一百四十多天，就在中野区住吉町三十号画家椎名刚美家中被捕，以违反治安维持法罪名被判徒刑五年。河上坐牢期间，坚拒"转向"换取释放，坚持"道"。迄一九三七年六月十五日皇太子诞生而减刑出狱。嗣后作"闭户闲人"，以汉诗、和歌、书画、篆刻为业，清苦度日，也不肯接受粉丝募款资助。一九四一年末返回京都，定居上京区圣护院中町。一九四五年八月十五日日本投降，河上欣然赋短歌："哎呀！多么高兴呀，居然能活着看到战争结束的今天！""好，我也要离开病床，仰起头来迎接万里晴空的阳光！"一九四六年头，写下"我要是年轻十岁，一定提笔挺身而起……乘着澎湃的人民革命的滔天波浪，一同叱咤风云……"河上终因营养不良，一月三十日清晨四时五十三分，吐血身亡。享年六十有八。

一九六一年河上逝世十五周年，京都大学举行纪念会，出纪念刊，纪念这位求道者。而东京也不甘后人，成立"东京河上会"，故乡山口也成立了"山口河上会"。可见河上粉丝不少。

河上肇一辈子追寻"道"，初攻儒学，后读《圣经》，继而服膺马克思。河上治学严谨，反对曲学阿世。一九二三年河上肇的《资本主义经济学说之史的发展》出版，其弟子在杂志上公开批评书中错误观点，并指出河上对唯物史观不理解时，河上甚为震惊，虚心接受，并加紧学习研究相关哲学。郭沫若译完其《社会组织与社会革命》一书，去函指出其不足处："作者只强调社会变革在经济一方面的物质条件，而把政治一方面的问题付诸等闲了。"河上肇接受批评，即嘱出版社停止印行，在在显示出河上的学术良心，超乎常人。河上尝引孔夫子名句："朝闻道，夕死可矣。"

河上肇能诗，被捕后所藏《资本论》等六百四十余册左翼书籍被抄没，所以在狱中和出狱后均无法照旧有方法研究政治经济学，于是"六十衰翁初学诗"，转研中国古典诗歌，专攻南宋抗金诗人陆游的诗，寄寓中国人民抗日战争。河上通读陆游诗近万首，选约五百首评释，成《陆放翁鉴赏》巨帙。河上的思想感情与陆游相通，也与烽火漫天的中国人民相通。河上在日本《改造》杂志上读到毛公《论持久战》日文译本，谓"毫无疑问，在日本没有一篇论文能对战争前景作出像《论持久战》这样清晰透彻的预见"。一九三八年得"奇书"：埃德加·斯诺的《西行漫记》，赋诗《天犹活此翁》："秋风就缚度荒川，寒雨萧萧五载前。如今把得奇书坐，尽日魂飞万里天。"论者认为河上肇的诗，"不仅具有拒绝与反讽当时日本主流意识的意味，而且堪称是在文化领域坚持深层的反

河上肇彩墨画蔬果图

战抵抗"（陆晓光《汉诗人河上肇的文化抵抗》）。

　　河上肇也能画，他自称一辈子画过三张油画，"南画"画了多少则没说，但也很少见到。前几年，在京都觅得河上肇彩墨画蔬果图一轴，构图设色题款，规规矩矩，一如河上其他手稿一样整整齐齐。右下题："大正十三年七月念七日写于洛东之寓居，肇。"大正十三年即一九二四年，洛东在京都清水寺平安神宫附近。上端录白乐天长诗《中隐》，或为后来所加。钤印四方，自上而下为："真个风流"、"闭户闲人"、"节义玉碎"、"千山万水楼主人"。友好访寒斋，偶尔检出披阅，感怀这位异国的求道贤者。

二〇一二年十一月四日

从"沧海一声笑"谈到"歌哭无端"
——记林肯手札

因有某"明星"论政，一而再，迭遭社会人士诟病，于是就有人说艺术中人不宜论政。其实，这话也有点偏颇，里根也是艺人出身呢！也许这说得太远，且回看香港就曾有艺人以特别的"笑声"，用以表达对时世的轻蔑。

那艺人是谁？是黄霑。他用那《沧海一声笑》，嘲弄了当时的一大堆很无谓的政治概念。

歌词中说"滔滔两岸潮"、"纷纷世上潮"都是"只记今朝"、"浮沉随浪"的即时现实。幽默的他，谱出了"谁负谁胜出，（只有）天知晓"的见解。

所以"江山笑"、"苍天笑"、"清风笑"、"沧海（也）一声笑"了。而人类的纷扰是无意义的"竟惹寂寥"。所以"涛浪淘尽"，"豪情还剩了，一襟晚照"。这都暗示出"浪淘尽，千古风流人物"以及"只赢得几声渔火，数行秋雁，一枕清霜"的意境和哲理的感喟。

而笔者个人更喜欢"浪淘尽"和"红尘俗世几多娇"。这两句是对"数风流人物"以及对"如此多娇"作了一种轻蔑的反嘲问。世事有"机关算

317

尽太聪明"，经不起时间的"浪淘尽"，结果是"成个世界最终得谈笑"。大抵黄霑不想横生枝节，他本人没说出这"真意"所指。但揆之曲词，这又是分明易懂的事。

试重忆当日黄霑的歌声：

> 沧海一声笑，滔滔两岸潮，浮沉随浪，只记今朝。苍天笑，纷纷世上潮，谁负谁胜出，天知晓。

黄霑是高人，通俗的歌词，充满哲理，饱含世故，看破红尘。何必这么认真呢。

> 江山笑，烟雨遥，涛浪淘尽，红尘俗世，几多娇。清风笑，竟惹寂寥，豪情还剩了，一襟晚照。苍生笑，不再寂寥，豪情仍在痴痴笑笑，啦……

其实，我也是"能笑"的人，自幼就被老师批评"嬉皮笑脸"，在班房念书常忍不住笑，连参加同学父亲丧礼，也是嬉笑如故。没法子，三岁定八十。什么事都往好处想，为人乐观，常常忍不住就笑。连补牙时，牙医在嘴巴中钻钻凿凿，有似行刑，也禁不住肚皮波动地笑。

但我的"能笑"，似没什么实际价值。比起"能吃"、"能喝"、"能睡"、"能吹"、"能干"都差了一截。如果比起黄霑那"沧海笑"，所差又更不只是道里计了。我"能笑"只是心态好，能自足无怨。

但笔者想说的是，除"能笑"之外，我还有一特点是"能哭"。本来"能哭"就是件美事。古人多有以"急泪"指用于政治的哭。演义说有人问刘备还荆州，刘备就哭，金圣叹就欣赏他装腔作势的那副"急泪"。

　　笔者的哭是与生俱来的。最近竟是为出于一种崇敬而哭。

　　日前，仁孚车行曾寄赠两张戏票，那是斯皮尔伯格拍的《林肯》，这对既崇敬林肯而又几年没进电影院的我，当然是个吸引，于是届时欣然携美入座。当观看美国南北战争中，满脸忧郁的林肯，绞尽脑汁，不惜任何手段，甚至运用到贪腐办法，终于获得足够票数，令国会通过了废除黑奴法案。击败南方分离势力，维护美国统一，实现了美利坚联邦及其领土上不分人种人人生而平等的权利，为美国历史写下光辉的一页。当那镜头放映到国会通过法案那一刻，笔者激动到心潮澎湃，热泪涟涟，亦与当时的崇敬之心相应了。

　　其实，崇敬早有存在。因为笔者集藏名人墨迹，对于域外名人，为我华人所熟知者，也都随缘收集。前些年在纽约第五街某大书店偶尔碰到华盛顿、林肯的翰墨，都是肖像与墨迹镶在极讲究的金框中，机会难逢，不得不咬牙切齿地刷卡，先后请回林肯的手札摆放在铜锣湾小轩办公室，而华盛顿手迹则悬于另一秘室。日夕相对，藉申崇敬。

　　而林肯这封信写于一八六四年七月四日，在他生命最后的美国独立日。全信如下：

　　　　鲍威尔参议员（Senator Powell）先生，战争部长告诉我沃尔福德上校（Col. Woolford）的审讯将于本周尽早进行。林肯（A. Lincoln）鞠躬。

　　　　按：鲍威尔是肯塔基州参议员，沃尔福德上校参加反林肯活动，谴责林肯和麦克莱伦一八六四年的总统大选。后来沃尔福德被捕，一八六四年六月二十七日，带到华盛顿，被囚禁在一间酒店。有资料显示他的审判后来没有发生过。

July 4, 1864

Senator Powell
        Sir
                The Sec. of War
informs me that Col. Wool-
ford will be put on trial
this week & just as early in
the week as the case can
be prepared

                Very Respectfully
                        A. Lincoln

林肯手札

对美国历史笔者是门外汉，只是被林肯那苦心孤诣，锲而不舍，寸心为他的精神所感动。所以对其片纸只字，也是珍之重之。至于再看戏而流泪，也就是这种情绪的延伸。

可能，有人会笑一个中国人会为一个外国人而流泪，或者激进者更会视之为"媚外"行为。但人总要承认有超乎国界的普世价值，比如白求恩就是一例，我们总不能用上述的"理由"说他是"媚中"吧！

再说，笔者也曾听到播放六十年代革命舞蹈史诗《东方红》，当听到男女声朗诵："亲爱的同志啊，你可曾记得，在那战火纷飞的黎明，在那风雪弥漫的夜晚，我们是怎样地向往啊，向往着胜利的一天，这一天终于来到了！……中华人民共和国诞生了！中国人民从此站起来了！"跟着响起《义勇军进行曲》。听到聂耳这乐曲，也就和今日一样，总是控制不住感情，泪如泉涌的。看来笔者的眼泪是便宜的、糊涂的，而且是超阶级的、超党派的、超国界的。

用惯了阶级分析法思维的人，或会以"世上没有无缘无故的爱，也没有无缘无故的恨"来问难。但我的"歌哭无端"，却不能用阶级政治来作因果的分析。我似乎会享受这泪流满面的"净化"，那心情就像晋朝阮籍的穷途之哭。龚定庵《己亥杂诗》说："少年哀乐过于人，歌哭无端字字真。"自问这是庶几仿佛的。

检讨自己，小时喜欢笑，但懂人情以后，便是进入"歌哭无端字字真"的境界。有时听些音乐，或在什么场合，却还是会有感动到流泪的时候。别人会当我傻的。有一次在台北，参加林海音的追思会，听着听着，也是控制不住，不觉满面泪痕。这大概就是《世说新语》所谓"中年伤于哀乐"的翻版。

不过，当"流泪眼看流泪眼，断肠人对断肠人"，我却又会有不同表现。前几个月，到"大酒店"参加翟公（暖晖）丧礼，绕棺一周瞻仰遗容，返回座位，邻座翟公肝胆相照的死党蓝公（真）忽唏嘘一句："这就是两个世界的人了！"前排蓝公千金列群失声痛哭，我还拍拍她肩膀，安抚了几句。其后陪列群一同上哥连臣角火葬场，看着翟公棺木徐徐下降火化，忽念人生如梦。啊，"沧海一声笑"！

二〇一三年三月十八日

"名家翰墨"之"偶然"

邝露隶书"名家翰墨"四字为岳雪楼旧藏，因一种偶然遇合而归于寒斋，又得借用为拙编刊物之名，这就是翰墨因缘吧。

先说邝露（一六〇四——一六五〇），字湛若，号海雪，广东南海人。书香世家。十三岁成秀才，闻名乡里。稍长入罗浮山明福洞潜心苦读。工诗词，精骈文。冯敏昌尝言"吾粤诗人，曲江（唐张九龄）之后，当推海雪（邝露）"；而温汝能更誉邝露为"吾粤之灵均（屈原）"（见《粤东诗海》）。邝露书法兼擅各体，存世不多，偶见其行草，笔势豪纵，而隶书则罕见，或仅此四字而已。至乐楼主何耀光老先生雅好晚明忠烈暨遗民墨迹，也藏有邝露草书，二十年前尝莅小轩观邝露此隶书四字，也为此赞叹不已。

邝露通兵法、骑射、击剑，精音律，富收藏，其所藏绿绮台琴被誉为广东四大名琴。顺治七年清兵攻广州城，邝露与诸将士戮力，城陷抱琴而殉。其时春秋四十有七。他身后所藏绿绮台琴三百多年来，一直是流传有序。是由叶锦衣、陈昙、张敬修到近代的金石书法家邓尔雅，其间递传，历历可数。邝露著有《赤雅》、《峤雅》等书传世。

粤人对邝露的钦慕颇深，像乾隆间有个陈昙，字仲卿，就因为对邝露邝露隶书"名家翰墨"

的崇拜，书斋就取名为"邝斋"。这就像潘正衡（潘飞声曾祖）酷爱黎二樵书画，就将自己书斋称为"黎斋"，并有诗云："顾我中表陈仲卿，慕邝斋即以邝名。我今慕黎如慕邝，以黎颜斋还合并。"这诗中就说明白了昔人为了倾慕之忱而志以斋名的做法。而这做法不仅见于广东，在中原也是同样流行。像翁方纲酷爱苏东坡书，自名书斋曰"苏斋"就是一例。

清初以来世人出于崇敬，故邝露画像亦有流传。据知有康熙间禹之鼎绘邝露抱琴小像，旧藏南城曾宾谷（燠）家。此本于嘉庆乙亥间陈仲卿曾借摹于邝斋，摹本后为范仲臧所得，民初归台山邝氏。今禹本及摹本也并不知下落了，犹幸当时邓尔雅曾嘱赵浩公据摹本重摹，摹本为邓尔雅婿黄

324

邝露像，赵如容画

般若所藏，般若殁后其哲嗣大成兄捐与香港艺术馆，供诸市民观赏。而笔者另藏赵如容乙亥年的摹本也是邝氏抱琴图，中有李研山题。

附说一下：赵如容身世未详，疑为浩公女公子。因摹邝露图，浩公为近世第一人，现在如容亦赵姓。如容所摹在一九三五年，时浩公四十七岁，倘有女公子，年岁当在三十以下。

浩公有斋名"无所容居"，有子名"不惶"。

笔者按："无所容居"出自《汉书》东方朔传之"同胞之徒，无所容居"。"不惶"见《诗经》"不惶启居"，父与子的"号"和"名"皆以"无所容止"取意。而"如容"两字作名，又正好匡补了浩公这种感喟。所以笔者怀疑这赵如容该是赵浩公之女公子，是耶？非耶？盼能有博雅君子匡正不逮。再者，笔者又尝见蔡哲夫摹本，中有陈子丹（步墀）题诗者。

而令邝露之名妇孺皆知，却莫过于将邝露的身世传于戏曲。六十年前简又文编粤剧《天上玉麒麟》，名伶廖侠怀就以饰演邝露见称于时。（按：清朝陆以湉的《冷庐杂识》认为邝露湛若父子抗清殉难一事为《南疆绎史》不载。于是参考诸书，录其遗事以补之。其中说到邝露"初生时，不啖母乳，有憨上人见之，曰：'此天上玉麒麟，岂嗅人间乳气耶？'以露水调米汁啖之，因名露，字湛若"。）

近日广东粤剧《青青公主》，演的也是邝露的事迹。

"名家翰墨"四字，无署款，卷末只钤"湛若"、"邝露之印"，押角钤"海雪堂"。另有"岳雪楼记"、"少唐审定"、"佩裳宝藏"等鉴藏印记。

从藏印看出一些递藏的情况。首先卷末的"湛若"、"邝露之印"，押角钤"海雪堂"是邝露本人的自钤。

而"岳雪楼记"、"少唐审定"，让人知道是"岳雪楼"的。

"岳雪楼"主人孔广陶（一八三二——一八九〇），字弘昌，号少唐，南海人，是孔子七十代孙。（圣裔都有谱牒可查，当时是不能有假的。不像现代连性别都可假。）他是清末大藏家，又喜刻书。光绪午间，广州称藏书是"城南孔、城北方"。"城南孔"就是在城南太平沙建有"岳雪楼"的孔广陶，"城北方"是广州城北大石街狮子桥聚龙里的方柳桥（即方功惠，斋名"碧琳琅馆"，和冼玉清的斋名"碧琅玗馆"相似），时人每以谑谓"孔方兄"。

孔家藏书藏画都有名于时，藏书多以殿本、校抄本为特色。旧址就在今日广州北京南路的太平沙，该地旧称"孔家花园"。但"岳雪楼"的藏品是怎样散佚的却是一个谜，只知后来徐信符、莫天一，甚至罗振玉等人的藏书都是受到孔家藏书的沾溉。在罗振玉年谱中，也有说到他三十八岁（一九〇四）到广州收购"岳雪楼"藏书的事。那我们只能假设："岳雪楼"在清亡之前已易主流散了，但具体的原因则总是不能明白。

但孔家藏品散落的原因固不能明白，在时间上也只能窥测个大略。据知在宣统元年广州大火，"孔家花园"由孔氏家人曾一度借出用作收容。这证明"孔家花园"那时还有人在。事见杜展鹏《广州陈塘东堤"烟花"史话》一文：

> 大沙头火烧时，集中此处之妓女有五百多人，全居于水面各船艇中，以楼船作妓寨。大火时，群妓能逃出登陆者，多未携及衣物，又无栖止地方。就近太平沙孔家花园，是孔氏之妾居住。孔妾中有日前大沙头妓女，招呼一部分无栖止之妓暂住园内（此园后变为南园酒家，现改为海军俱乐部）。其余散依各所熟悉者，状极狼狈，且有乘机逃去者。（《广州文史·存稿第九辑》）

但到民国初年，此处"孔家花园"却变了同盟会的"广东省总部"。澳门辛亥老人赵连城的《光复前后广东妇女参加同盟会活动》曾记载说：

> 那些过去受过家庭委屈的人，也存有自己己身为"女志士"（那时社会上都称同盟会的人为志士），回家可以扬眉吐气的想法。但时间一天天过去，同盟会的领导人物各忙各的，和我们见面的机会不多。我们一批女同志被安置在河南一所大房子里，连吃饭也得各自到亲友家或上馆子。大家有时候也过河到南关太平沙的孔家花园（同盟会省机关所在地）打听消息，希望能分配到一些具体工作，但事情老

《岳雪楼书画录》，清光
绪十五年（一八八九）
孔氏三十三万卷堂刊本

是拖着，负责人的回答也不着边际。在孔家花园每人交了毫洋两元，
总算领到一张同盟会证书和一枚黄铜质的证章……（《广州文史·存
稿第五辑》）

可见，仅清末民初的十几年间，"岳雪楼"从可以收容灾民到变成了同
盟会省机关所在地，这当中就有了沧桑。又几年，陈炯明以整顿"民军"，
因而和王和顺发生冲突，结果"孔家花园"被战火夷为平地。花园的主人
和藏品的最后下落也就无从征问了。而今只有一张注明是广东省同盟会开
会的相片还可让人管窥一下那"孔家花园"的一角。

其次是"少唐审定"之上有"佩裳宝藏"一印，佩裳就是潘佩裳。

看来，"名家翰墨"四字是从孔氏"岳雪楼"流至潘佩裳的手上，那潘
佩裳又是何人呢？

潘佩裳就是粤中大名鼎鼎的潘正炜的孙子。

黄苗子恩师邓尔雅得绿绮台琴，七十多年之后苗公赴港借得此宝物观赏抚摸，爱不惜手

近代粤中藏家中，潘佩裳和辛仿苏都一样是少为人知。我们只能知道他祖父潘正炜（一七九一——一八五〇）是广州十三行外贸商行潘振承同文洋行第三代继业者。据当年法国杂志报道，潘正炜家财达一亿法郎，是道光年间广州首富，其"听马风楼"藏品精且富，且著有《听马风楼书画录》。

邝露这四个字大概由孔家先转入潘家，再辗转飘来香港。

当初，这"名家翰墨"四字悬挂在香港摩啰街古玩店的二楼，这是店老板黄维熊老先生的办公会客之所，一般客人只能在楼下。忘了那是一九八六年还是一九八七年，我与常宗豪、阮廷焯两教授暨黄轩利大律师一起登大雅古玩店的二楼。我一眼看到这个宝贝，已是一见钟情，又怕三位先开声。稍息，见三位没吭声，我立即问价，黄伯回说两千，但千字的声音拖长些，大概见我很想要的神色，千字之后却有个"五"字收音，即两千五。我即说谢谢！我要！立即开支票交易。主人黄维熊老先生阴声细气说，其实早有几位朋友看过想要，但未下决定。其中一位是澳门新马路

一号Ｊ永大古玩号邓苍梧。而最近还听到本港一位古琴藏家沈君就是先我一日看到的，因邝露是广东四大名琴（绿绮台琴）的藏者，琴人的书法自然是很适合于他的，但该藏家当时未决断，终至贻误，听说他后来为此也颇为后悔。

说回来，原是"岳雪"旧物的"名家翰墨"四个字，在沧海桑田之际，在电光火石之余，却能"偶然"地，像御沟红叶般流到这海隅，又使之能像鲁殿灵光般启示了书画刊物的名称。这真是一种偶然相合的因缘！

清初梁元柱（此人是邝露姻亲）曾在广州城北粤秀山南，浚池得奇石，移古树为配。曾认为这是一种"偶得"也，因而署自己的堂名曰"偶然"。后来更给自己的诗集取名为《偶然堂诗集》。看来，这种因"偶然"相合而取名，正相似于我今日刊物取名的情况呢！

买古董，定真假是一难。真假已定，则价值位置又是一难。当两者都肯定下来，便该是"心痛"和"后悔"的选择。其分别是：花钱会"心痛"，但"心痛"会随时间慢慢淡忘；但买不到的"后悔"，则是会与日而俱增的。

当年，刘公作筹购藏的伊秉绶隶书"虚白"两字，本来卖家先找群玉堂主人李启严，但李公嫌三百元太贵。杀价不成，卖家拿给刘公，同样要三百元，刘公不减一毫，照价成交。李启严获悉，也是后悔不已。而且很不相信这交易分文不减，一再打电话以怀疑的口吻追问刘公，真是三百元？让刘公生气。

民国初年有个大藏家周肇祥，他写《琉璃厂杂记》都是自记他自己买古董的许多后悔的话，读来让人发噱。

买书画古董，要有汪精卫狱中诗"引刀成一快"的豪气，世间尤物往往是只此一件，要是买不成，"托刀而逃"，"苏舟过后"可没"后悔药"可买的。

　　试设想：要是这邝露的四个字让传研楼主人邓苍梧或者是藏琴的沈君买去，香港将没有《名家翰墨》这名称的杂志了，而这四字的流传和会合，又是何等的"偶然"！

二〇一三年四月二十五日

谈《名家翰墨》的偶然和甘苦

  哲学上"偶然"和"必然"是一对概念，谈"偶然"离不开"必然"，但说"必然"，会很乏味的，说"偶然"，则容易令人产生悬念和趣味。其实，任何事物的"偶然"，其背后都蕴藏着"必然"。

  《名家翰墨》这刊物的创始，不会产生于大陆，也不会产生于台湾，它只能出现于香港。因在八十年代末九十年代初，大陆、台湾两地都有很多忌讳，都不那么自由。而香港，在那个年代，却相对自由，能有所特殊。这是出于一种历史的"偶然"。

  香港自古以来只是个渔村，一种历史的"偶然"使它成了"割地"，改变了命运。因祸得福，"割地"避免了多次的战乱。上海是冒险家的乐园，香港则是逃亡者的天堂。就是这种"偶然"，让"前清遗老"、"商团事件的被缉捕者"、"老K（国民党）追捕的大批共产党和左翼文人"、"一九四九年政权交替之际的南来避难者"、"一九六二年的大逃亡"这些局面，都变成对香港文化的移植和保存。所以造就了香港能有一定的文化根基作为传承的动力。也因此香港能有七十多年没受到人为破坏的"学海书楼"。同样，在这历史的偶然中，《名家翰墨》能蒙其福荫而应声出现于这弹丸之

332

地，并受到社会欢迎。

《名家翰墨》是构思于飞机上的"偶然"。而刊名的得来也是一种"偶然"。因为拙藏有邝露所书的"名家翰墨"四字，而这四字当时并非为刊物而预买的，这是因偶然的文字相合而借用，《名家翰墨》的完全借用和"三希堂"、"诒晋斋"的以物取名是稍有不同的。

我们今日在此谈鉴赏事必要涉及文物。倘无文物则谈不上鉴赏，鉴赏也避不开要论及掌故。掌故就是事物的原委。所以不能不从"名家翰墨"四字的书者邝露谈起。

邝露是何许人？现在搞晚明史的都应该知道，而在百年前知者就普遍得多，因辛亥前后为了配合时局，让晚明史成了"显学"。这只是就全国性而言，如在广东则可说是三百多年来一直被传颂。邝露所书"名家翰墨"四字，下有"岳雪楼"藏印，"岳雪楼"是孔子七十代孙所属，旧址就在今日广州北京南路的太平沙，旧称"孔家花园"。上文《"名家翰墨"之"偶然"》，对邝露和"岳雪楼"已详细道及，此处不赘。

话说回来，谁想到，那原是"岳雪"旧物的"名家翰墨"四个字，却在沧海桑田易手之际，在电光火石之间，却能"偶然"地，像御沟红叶般流出人间，而且又薄命如纸地飘零到这海隅，但又能像鲁殿灵光般，启示了一份全彩杂志的名称。这是一种因缘，正是奇妙的"偶然"！

我原来就喜欢书画，还记得小时候家里客厅左边挂徐悲鸿的马，右边挂司徒奇的红棉。六七十年代喜欢古文字，跟这行业的人混得多，偶然的因缘际会，就在中文大学中国文化研究所混口饭吃，其中一项任务就是编辑《中国语文研究》。当时学术界对我们弄的这个刊物评价还不错。当然，这要感激我的老板我的领导刘殿爵教授无为而治，随我乱搞。自由自在，所以编得高高兴兴，自我感觉不错。

工作余暇，就近就是文物馆，可以看看书画，楼上就是研究所的大老板郑德坤教授，看看他个人藏的书画，有时也到广州，请教郑公的老师容庚教授，容老也收了不少书画，我受这两位前辈启发，开始学他们也收些书画。那时候书画买的人少，没有今天这么贵，所以像无产阶级的小弟，也可以买些玩玩。

那个时候，常去集古斋、新风阁，及后来的博雅。观画之外，也看画册。那时这几家店有很多旧画册。十九世纪，大概光绪、宣统年间，珂罗版（玻璃版）印刷术传入中国，先后有神州国光社、商务印书馆、上海艺苑真赏社、中华书局、文明书局、有正书局等，以珂罗版大量印制中国书画、碑帖，流通极广，影响深远。

在光宣至民国初年，不少青少年，已经有幸能够通过印刷清晰、水墨浓淡织毫毕现的珂罗版图册，临摹研习，揣摩古代名家书画的神髓。这大批出版物，影响到二十世纪中国画坛书坛，名家辈出。上海著名画家、藏

郑德坤、黄文宗伉俪在中文大学中国文化研究所，约一九八二年

334

家唐云先生尝自称"科（珂）班出身"，就是靠观赏、研习、临摹珂罗版图册打滚出来的。可见书画图册的出版对书画家影响之大。

但是画册印量少，定价高昂，难以普及。大家留意一下这些珂罗版书画册版权页上标示的定价，都是大洋几元一册。那个时代大洋几元是什么概念？毛主席在北京大学图书馆打工，月薪八元而已。可见这些书画册在当时已是那么贵，一般人是买不起的。我产生一个念头，如果以期刊形式出版，印量多，定价可以降低。当我想到这一点，就有一种冲动，也有一个极强烈的愿望，要办一本刊物，让喜欢书画、研究书画的人有可用的书画杂志。

环顾七八十年代的当时：台北的《艺术家》、《雄狮美术》，都很成功，但这两份杂志什么都有，够杂。再说香港的《书谱》也很成功，但只集中于书法方面。当时《美术家》也办得不错，但也不完全是讲中国书画。虽然珠玉在前，但对我来说，犹未能满足。所以那时候，我想弄一本定位为收藏家、书画家都想看的中国绘画方面的专业性刊物。

当时各种刊物，大都以黑白为主，只间有彩色，这又让我觉得现在是二十世纪八九十年代，要搞就搞全部彩印，当时来说，彩印成本极高，连二玄社印《虚白斋藏画集》只是头两帖十多页、二十来页彩色，后面就全部黑白了。我们想全部彩版，简直异想天开，有点不自量力。如果要搞我设想中的，达到我心目中要求的中国画刊物，花费这么大，如何弄呢？我想到了要借助台湾的老友记。

这又得拉远一些，说说八十年代中后期的形势了。八十年代中，台湾是亚洲四小龙之一，在两蒋统治下，尤其反攻大陆无望，不如老老实实搞好经济，有所谓十大建设，经济起飞，老百姓有钱起来了。

出版业方面。台湾过去盗版猖獗，翻印许多外文书，也翻印了不少大陆书，现在发财立品，不要再做强盗，要做绅士，讲文明，讲法治了。其实主要系美国迫台湾遵守国际版权公约，不得随意盗版。官方要出版社合

容庚为笔者题"问学社"横匾

法获得人家出版社授权，才能印刷出版。外国的还好办，大陆的就有点为难了。那个时代，"总统府"大门口的广场，仍然矗立着四块大牌："处变不惊"、"庄敬自强"、"反共必成"、"建国必胜"大字标语。还是"汉贼不两立"、"检举共匪，人人有责"的时代，所以官方不容许台湾出版业直接与大陆出版机构接触，不许"通匪"，而是必须经过第三地区的中介机构转授权，才能合法出版。

小弟人缘还不错，两岸出版业都是老友记，于是台湾出版业的朋友，特别是远流出版公司的王荣文兄，要笔者离开中大，成立中介公司——问学社，从事这种中介业务。

起初把沈从文的《中国古代服饰研究》介绍与艺术家何政广兄，四色片已运到台北，何兄胆子小，不敢印。他的哥哥恭上兄胆子大，费很大的劲把王世襄《明式家具珍赏》的四色片一大木箱空运台北，立即出台湾版。远流也印了香港商务《长城万里行》、《辞源》等书，书林书店苏政农兄印了钱锺书的《围城》。这些都是我经手授权的。

很快，小弟就取得了中国大陆中央一级出版社人民出版社、人民文学出版社、三联书店、中华书局、商务印书馆和本港的三中商、天地、香江等出版社的授权。而台湾新闻局黎模斌局长对小弟也很支持，通令台湾出

许礼平、王荣文与三联书店范用，人民出版社周游、庄甫明

版业必须通过许礼平授权，才能印行大陆的书。这就形成了由小弟一家垄断的局面，得罪了有意搞此道者的利益。跟着警备总部收到检举信，说许礼平是"共匪"，警总知会黎模斌，黎可能也有压力，如果小弟是"共匪"，黎岂不是通匪，与匪勾结。还好，黎很聪明，将消息透露给《新新闻》公之于众，对小弟反而安全啦。王荣文兄建议小弟请律师控告"中华民国政府内政部新闻局"，没有证据而污蔑我是"共匪"。民不与官斗，小弟对这种事也懒得理，反正自己不是"共匪"，怕什么。说是不怕，那个时候去台湾也还是有些担心的，连小思也为我担心。

而同一时间，有人打报告去北京有关部门，说许礼平是美蒋特务。中央有关部门通过新华社香港分社也进行调查。我跟启老（功）提过，启老拍胸脯说我担保你。

也就在同一时间，香港廉政公署来中文大学找我不到，登小轩造访。

启功与笔者家父主持翰墨轩开幕

我以为是同类事情，三面夹击。廉记东问西问，最后才弄清楚不关此事，是我曾替新加坡藏家郑应荃先生垫付画款，开了一张港币两万元的支票与王良福，支付郑买林风眠《修女》一画。王涉国泰航空食品供应贪污一案，因曾收我开具的支票，所以廉记就来查问。虚惊一场。最终由我致电恒生银行，要求索取当年所开支票影印本，寄交廉署了事。

台湾有好几家专出版文学类的出版社，林海音的纯文学、蔡文甫的九歌、柯青华的尔雅、姚宜瑛的大地、叶步荣的洪范，常相约吃喝叙谈，自称"五小"，他们也希望他们的出版物，通过问学社，引进大陆。远流王荣文兄和户外生活出版社陈远健，再加上小弟的问学社，合组成八大出版集团有限公司，准备"反攻大陆"。但当时大陆书价太低，三两元甚至几毛钱一册，抽百分之十的版税，分与作家之后，出版社所得无几，中介的问学社所得更微薄，根本不足以维持。而问学社也曾兼营供应大陆图书与台湾的有关机构，如台北故宫博物院、台湾清华大学等，但手续一大堆，所得费用不足以支付工作人员的薪酬。

作为中介公司的问学社，并没有赚多少钱，赔了许多精神、时间和食饭应酬的金钱开销，还惹来一大堆麻烦。怎么办？

在这种情形下，我要学郑公太老师罗振玉的办法，创办翰墨轩，经营书画业务。有了盈利，累积一定银两，才可涉足出版，做我想做的书画刊物。当时大陆画店对画家苛刻，如林墉一张四尺整纸的人物画，集古斋售六千元，画家所得三十元。我们也售六千元，与画家平分，各得三千元。三十元变三千元，多两个圈，画家高兴，让我们代理。业务发展较快，为出版杂志打下经济基础。

一九八九年夏，在上海飞往香港途中，我考虑到这个局面书画生意一定冷清，应把握难得的机遇，与王荣文商讨合作出版《名家翰墨》月刊。王的远流出版公司出版各种图书，独缺美术类，所以也有意合作，两个小时的飞机，就是谈我的构思、内容，如何组稿、印刷、发行、宣传等等。坐在后面的陈远建兄听到我们在筹办新刊物，颇为紧张地提出警告，还未脱离险境，你们就讨论业务，讨论办杂志，真是不要命。《名家翰墨》的创办，是在危难中，从上海飞香港的飞机上空决定的，这种"偶然"的时空境界，也可以叫"横空出世"吧？

刚才提到拙藏两开邝露隶书"名家翰墨"四个大字，写得神完气足。邝露又系明末大名家，时守广州城，城破，抱绿绮台琴为清兵所杀，是忠烈之士。专收明末忠烈和明遗民法书宝绘的至乐楼何耀光老先生看了，大赞系罕见之精品。所以小轩以之命名为翰墨轩，而新创的月刊就叫做《名家翰墨》。邝露生平和"名家翰墨"这隶书可参看创刊号上马国权的介绍文章和拙文《"名家翰墨"之"偶然"》。

办这个月刊，与从前搞的《中国语文研究》大不一样。从前在大学里，经费不愁，有学校拨的预算，有吴多泰捐款赞助，我只管约稿编辑，联络过去的前辈老友记王力、朱德熙、周祖谟、罗福颐等大家，再请中文系的张双庆、港大的单周尧诸君供稿，印成书后与国内外许多大学交换，送些中学，发些去书店贩卖，赚赔都不必理会。

《名家翰墨》就不一样了，全部自己掏钱，不要说赚，如何少赔一点，最令人关心。资金与远流各一半，我负责编辑出版印刷，然后主力在台湾销售，由远流负责。先决定开本，《艺术家》大三十二开，略细，不合我们要求；《艺苑掇英》八开，又稍大了一些。启老（功）说你书再大，画也要缩细，不如多些局部。所以我们决定用大十六开。二十世纪九十年代，应该全部彩印，方显出作品的墨韵色彩变化，但成本就较重了。何政广说，他们《艺术家》广告才用彩页，内文尽量墨白，以省成本。

笔者系处女座，据说这个星座的人追求完美，所以要求要办得最好。我们选编较严，印刷品质要求高。我们是民营的，不用投标，可以不惜工本，找专业摄影师，拍摄用 4×5，甚至 8×10 的大底片，较之当时刊物普遍用 120 甚或 135 底片强多了。分色制版找当时全港最好的黎泉师傅，用纸要日本 B8，即最好的一百五十七克雪铜纸，装订用串线胶装，封面底过瓦胶，都是当时最贵的。印刷找最好的工厂，中华商务联合印刷厂。当然成本非常高昂。当时我们以台湾为主要市场，香港印刷成本几乎贵台湾一倍，还要装箱船运，迟几天才到，但我们为什么不在台湾印刷呢？当时台湾印刷水平实在不敢恭维，我说服王荣文，坚持在香港印制，以保持国际一流水准，在市场上才有竞争力。

而刊物主打台湾，当然要在台湾登记，这在当年也不是一件容易的事，但王荣文与党政关系不错，帮忙解决。所以虽然两年后王退出，书中版权页上我们一直列名创办人：许礼平、王荣文。资深传媒人高信疆就说我们很大度，我以为这是应该的，这是历史。

因为我们在台湾登记，在台湾发行，所以本地许多人把我们当台湾帮。

一九九三年新华社香港分社周南社长莅小轩，对悬挂墙上的故宫电脑放大宋四家诗帖黄庭坚行书诗吟哦一番，我向周诗人介绍这是故宫藏品，周脱口而出，"这是你们的故宫"。可见新华社香港分社社长也把我们视为台湾帮。

万事起头难，创刊号最难搞。我个人自幼喜欢傅抱石，创刊号主打傅抱石，傅抱石千金傅益瑶小姐提供"九张机图册"正片，那就好办了，遂请吴宏一教授帮忙撰写介绍文字。吴教授从文学角度介绍这件作品，而上款人王芃生其实系相当重要的一位人物。扯远一点说说。王是搞情报的，最早破译日军密电码，而且一早截获十二月八日袭击珍珠港的情报，上报蒋公，蒋转送罗斯福，不知罗斯福是不重视中国来的情报，还是故意让山本五十六袭击成功，牺牲几千官兵，牺牲几条战舰，以引起全美公愤反日，国会易于通过对日宣战和争增军费的预算案。这个册页后来在佳士得高价拍出，为蔡辰男夺得。现归林百里兄。这件"九张机"其实不完整，还短了一开，缺的一开下落不明。

再说《名家翰墨》的定位。

一九八七年，华尔街黑色星期五，股票狂泻，投资者才发觉股票可以变废纸，血本无归。而当时英国铁路工人俱乐部投资艺术品，不但不受股票影响，回报还相当不错。传媒再加渲染，人们注意到艺术品也可以作为投资工具。而台湾在蒋经国独裁统治下，群策群力，经济起飞。那时台湾同胞常说钱淹脚，财大气粗，一个土包子，进画廊转过圈，全场包下的事，也常有发生。整个社会趋势，把艺术品作为投资工具。所以我们刊物，着重拍卖行情，而刊名旁边标出"国际性中国书画投资鉴赏杂志"。

《名家翰墨》创刊号

原大刊印"九张机图册"

　　杂志的定价也很重要。预订时港币八十元一册，到正式推出时一百二十元一册，不久调升至一百五十元，这在当时是够贵的了。后来再升至一百六十元，维持十多年，再加至二百元，这两年才改为二百五十元。

　　大家要留意，八十年代末九十年代初，香港商务陈万雄兄弄了一册《国宝》，和我们的刊物一样大小，也是全彩，编印得不错，加个壳，精装，要五六百元一册，我们少个壳，当时定价一百五十元，真是亏大了。我们当时印一万册，开销七十五万元，成本即平均七十五元一册，按国营单位三中商定价以成本乘四或五计算，应该定三百元才合理，定一百五十元太便宜了。所以当时也用了一个口号："最便宜的画册，最昂贵的杂志。"

　　当时《名家翰墨》每个月开销港币七十五万元，再说七十五万元是什么概念。浙江省博物馆等许多省级博物馆，每年预算也就是七八十万元而已。铜锣湾正对维多利亚公园的维多利大厦高层单位，一千八百平方英尺（约合一百七十平方米），一百五十万元左右。

　　杂志可以有广告收益，第一期有不少老友捧场，荣宝斋、中华书局、和平图书公司。刊出这些广告，可惹来麻烦了。台湾驻港国民党机构来电，问长问短，意思登这些广告有附匪或为匪张目之嫌。我解释中华书局的广告系傅熹年先生编著《古玉精英》，台湾中华获授权印行台湾版，现在香港中华出广告费，台湾中华不是占大便宜吗？台湾中华是党营的，不是对国民党有利吗？来电者听不明白，说这不能登，那不能登。我问对方，和平书店那广告可以吗？他说可以。真不知这位驻港的老Ｋ有没有进修过情报学。和平书店是地地道道的共产党机构，它的负责人都是中央派来的，是外文局领导的宣传机构。

　　这位老Ｋ水平太低了，真是秀才遇见兵，有理说不清。遂电台北商量对策。感谢曾志朗兄献计兼打通关节，小弟照曾的指示到金钟奔达中心中华旅行社找邓备殷。邓是广东人，也是这个机构（国民党香港党代表）的最高负责人，一番沟通，也忘了说些什么，反正获得邓大人鼓励和照准。老K再没有来电话。

读者如果留意第二期编者的话，刊有感谢邓备殷的字眼，就好像五六十年代本地铺头开张，流行送块镜，下款某某探长赠，一般宵小，就揾食行远些。从这些小事看出，国民党在香港的干部，不明白台湾党部的政策有所改变，还是老一套在混日子，老K在香港真是一天天烂下去了。

我们的主要顾问，在香港是刘作筹先生，故刊印了他所珍藏的书画名迹。先印四王：明末清初的王时敏、王鉴、王翚、王原祁。赖老（少其）来港时尝劝喻，注意方向问题。我们就照最高指示，厚今薄古，第四期出李可染专号，第六期出吴冠中专号，销路奇佳，非常受欢迎。最早再版，就是这两种书。真要感激赖老。

书画再便宜，也是要用钱买，能值点钱的东西就有人作假，买书画最大问题就是真伪问题。在未办刊物之前，我那几位忘年交，像刘公（作筹）、启老（功）、刘九庵、谢稚柳等前辈，我经常跟着他们看画，从中学习书画鉴定。到办杂志时，这一切的积累发挥作用了。

我们选刊画作，非常小心，经常请教刘公（作筹）、启老（功）、刘九庵、谢稚柳、宋文治、李乔峰、马国权、吴子玉，甚至远在美国的王方宇等前辈，或看原作，或看正片，或看照片，总之小心甄别审定。但怎样小心，也还是有犯错误的时候。

由于笔者个人偏爱傅抱石，第九期做傅抱石专号。除了在北京拍摄中国美术馆藏的傅抱石作品之外，傅家送来傅公画毛泽东诗意作品120底片若干张，底片质量不太高。刚巧苏富比收了册傅公画毛泽东诗意册，送来4×5底片，请马公研究，马公以为就是六十年代荣宝斋木版水印那套，所以就采用了。

书出来之后，我还飞去台北，应邀到台湾军中电台汉声电台接受采访，

启功甄别审定书画

谢稚柳审定书画

王季迁审定书画

用广东口音的国语，向五十万军人介绍第九期的傅抱石和毛泽东诗词，也可真胆生毛了。

不久之后，到南京参加傅抱石的讨论会。沈左尧发现问题，分析此册系伪作。我们经验不足，中了计，闯大祸了，怎么办？还好，苏记尚未拍卖。返港后立即约书画部的张洪和朱小姐商量，请他们自己宣布撤拍，我们过两期才在"编者的话"中向读者致歉，到第十三期才刊出批判文章，以正视听。本来失察刊出假画，十分丢脸，但立即补镬，反而得读者信任，声誉日隆。

其实出第一期的时候，香港许多人认为第二期要执笠了。因为大家都知道这种刊物不可能生存三两期。结果我们一直出到现在，居然还未执笠，也是异数，当然这要付出代价。我卖了维多利大厦十八楼C座和太古城隔壁一家五千平方英尺的工厂大厦来顶住。

没出几期，香港《新晚报》有篇文章说《名家翰墨》惨淡收场，停刊了。可怒也！《大公报》就有朋友叫我告《新晚报》，小弟熟读朱子治家格言，"讼则终凶"，和气生财，打个电话给《大公报》老友记杨奇社长。杨奇急忙补镬，派小弟旧友方婉雅来采访，刊诸《新晚报》，说明《名家翰墨》尚在人间，再大加吹嘘，将功赎罪。

出了这套杂志，有点名气，找上门的人也多了。台北某君，藏溥心畬一大批，拟让我们出集。底片都拍好了，但几百件作品，好好坏坏，找几位专家（溥公弟子）反复研究，删了一半，再一阵，又删一半。最后启老发声，还是不出算了。因质量实在不高，有争议的作品也多，只好退回某君。隔不久，这套书出版了，不是我们小单位，而是举世崇敬的北京故宫紫禁城出版社，故宫管业务的副院长主编。或者大家观点角度不同吧，或者上头有令吧。再隔不久，书中一批作品在苏富比出现，但不知是质量还是定价问题，流标者多。但再隔若干年，在大陆拍场再出现，拍得还不错，难得大家糊涂。

也有一次，老友记曹先生引荐其老友朱老先生来，朱老在日本赤阪开中华料理店，也好书画。朱老先批评我们出的虚白斋藏画两期，说刘作筹收的是明清，他收的以宋元为主，层次更高。晚饭作风月谈。次日取来已曾印过一大册《昆仑堂藏画集》，一看之下，名堂够吓人的，作品质量也够吓人。赫然有刘海粟等诸位大师在他饭馆吃完饭后捧场题字，但难掩作品的准确性，当然婉拒之。结果一样，你不干有人干。不出一年，大型画册《昆仑堂藏画集》出来了。出版社当然不是我们小公司，是中央一级的人民美术出版社，中央美院大教授主编。

各位看官，朱先生这些宝贝哪来的呢？是孔庆隆先生供应的。孔是山东孔家的人，也是不懂书画瞎买瞎卖，朱要赵伯驹、吴道子，孔就电上海文物商店有这个名头的都调来，经专家鉴定，时间不逾乾隆前，就可以打火添印出口，即是说专家早已定为Ａ货，始可出口。孔也不是当真的卖，照来货价加二十巴仙，也就是几万日元一件。在日本裱一张画十万八万是正常行情，裱工一半的大名家是Ａ货，也算正常吧。补充一句，先生为人非常厚道，也捐了很多钱出来办学，值得我们尊敬。而朱先生呢，把这些宝贝捐回乡下昆山，搞了个博物馆保存这批Ａ货，让莘莘学子作为学习材料，祸延子孙。有时在上海博物馆参加研讨会，这个馆也有不少学者出席。处女座的人坏就坏在太认真，各自揾食，管他姓甄还是姓贾。

自一九九〇年开始编印《名家翰墨》月刊，陆续印制了任伯年、吴昌硕、齐白石、黄宾虹、林风眠、傅抱石、李可染、吴冠中等名家画册，因为选编较严，印刷品质要求高，出版后一纸风行，大受欢迎。到今天，偶尔碰到画家、藏家、美术评论家，或是书画业经营者、艺术品拍卖行从业员，说是读《名家翰墨》成长的，不禁老怀安慰，毕竟多年心血没有白费。

《名家翰墨》第六期吴冠中专号　　　　　《名家翰墨》第四期李可染专号

　　刊物要靠广告收入以维持开销，但台湾刊登广告，习惯附刊"蟮稿"（广东话，即宣传文稿），我最反感，坚决拒绝。台湾某君拿来一些徐悲鸿夫人廖静文拿着的徐悲鸿画作要登广告，我也婉拒，不想误导群众也。而拍卖行有时来的广告也很有争议，也有人据以寄来批判文章，小弟也不敢刊登，只好变阵。再考虑到月刊不收广告，收入顿减，索性改为不定期丛刊，广告全删。所以到第四十八期，就改为不同系列的丛刊。

　　一九九四年，因应新形势发展，我们将月刊改为丛刊，分几大系列出版。其中《中国近现代名家书画》系列，沿用月刊时期风格，出版了张大千、丰子恺、潘天寿、傅抱石、吴冠中、陈少梅、宋文治等数十种图册。

　　这里讲一讲其中一个系列，是《中国历代名家法书全集》。在杨仁恺老馆长大力支持，王绵厚馆长、马宝杰馆长鼎力襄助下，又得到北京文物出版社杨谨社长，后来是苏士澍社长的积极推动，陆续出版了《王羲之·万岁通天帖》、《宋徽宗·草书千字文》、《欧阳询·梦奠帖》等巨迹和《齐白石·法书集》等书。全部彩色精印，尽量原大刊出，个别重要处放大，方便临摹、研究。这些名迹出版后，反应不错，谢稚柳、徐邦达、启功、刘九庵、傅熹年等前辈均予好评、鼓励。

这好些名迹出版后，令我感触较深的是《欧阳询·梦奠帖》。

这要从六十年代末至七十年代初香港所见现象说起。自"文革"开始后，中国内地出版物大部分不是被批为封资修，就是被诬为大洋古，继而批林批孔，评法批儒，总之没完没了。旧有的书不许再印再卖，新的不容出版，所以"文革"前所出书刊如凤毛麟角，骤变古董，是古董价钱的普通书本，书店大都不按原来书上印的定价出售。例如《甲骨文编》（一九六五年中华版）原定价人民币十二元，要港币一千八百元；《傅抱石关山月东北写生画选》（一九六四年辽宁美术出版社版）原定价人民币十二元，要港币五百元。

一九七二年我在中环商务印书馆，花港币二百大元，买了册黑白珂罗版普通线装本《梦奠帖》，真是咬牙切齿。当时的二百港元是什么概念？香港一般工薪阶层，月薪二三百元。澳门教书先生有的月薪九十元。家庭佣工一个月六十多元。即是说，普通打工仔不吃不喝，花一个月薪金才能买到一册黑白的《梦奠帖》。而现在《梦奠帖》是全彩色印制的，还加放大彩版，定价港币才一百二十元。纵是现在香港薪酬算是最低的菲佣，一天的薪酬也可以买一册《梦奠帖》。这有利于普及。

还有一个系列《古代名家绘画系列》，有《西汉帛画》、《仇英清明上河图》、《黄公望富春山居图》等。这里要说一说这系列的两种书。

前年女儿大学毕业，作为父母总要去参加毕业典礼，捧捧场。去美国东岸，与布朗大学艺术史教授麦吉·比克弗德（Maggie Bickford）会唔，送呈《西汉帛画》作见面礼。她长期研究中国书画史，很留意这件中国最

《名家翰墨》出品《西汉帛画》　　　　　《名家翰墨》出品《黄公望富春山居图》

早期的画作。她说过去许多书刊印刷这件画作，都模模糊糊，而我们这本居然清清楚楚，令她大为惊叹。我告诉她，我们是请故宫罗振玉孙子罗随祖兄帮忙，到湖南省博物馆，对着实物拍摄数十张 4×5 底片，再认真分色制版，才能有此质量。

说回我们去年印制元代黄公望的《富春山居图》。这件作品去年为传媒广泛报道，热闹得不得了。台湾故宫展览时要排队三四个小时才能看几分钟，拥挤得很。

其实九十年代初，我们已开始组织出版《富春山居图》。王伯敏教授很早寄来富春山实景摄影。一九九五年左右，通过台北故宫出版组组长宋龙飞先生，花大钱正式申请租用《富春山居图》十几张 8×10 大底片，其后在杭州，得浙江省博物馆曹锦炎兄协助，让我们派专人拍摄《剩山图》4×5 底片数十张。一九九六年，又得秦公先生帮忙，在北京瀚海拍卖公司仓库，拍摄沈周临《富春山居图》卷，也用了数十张 4×5 底片。沈周临本后来拍卖，由北京故宫投得。我们集合这四种材料，再请香港中文大学文物馆书画专家李志纲博士撰文，准备出版。

当时浙江美院许江送了一卷日本二玄社印的《富春山居图》，给他的舅舅江泽民，江问许江这件作品好在哪里，许江是搞当代艺术的，也说不出一个所以然。我跟许江说，我们正准备出版这件《富春山居图》，书出来后你送你的舅舅，看了文章也就明白了。

惟香港回归前后，市况不佳，出书后堆放仓库，难以销售，只得挂起来，搁一搁。一晃十多年，前年温家宝总理提起这件名迹，一下子提升到政治层面，传媒争相报道，我们才借东风，重新把它印制出来。

最初制版效果不理想，我要求雅昌印刷厂重新制版，晓以民族大义，一定要超越上世纪八十年代日本二玄社的印本，毕竟现在是二十一世纪的中国，印刷技术不能输过上世纪的日本。雅昌的技术人员的确不错，精益求精，果然印出现水准的最高阶，把元代黄公望这件名迹的纸质也显现出来，总算不失礼。

大家看看，《剩山图》前黄公望的画像一直被误认为系王同愈所画。这件作品赴台前，电视台访问专家，专家介绍黄公望的画像也是说王同愈画的。王同愈是大学者，偶尔画几笔山水，从不画人像，尤其肖像。为什么会搞错呢？就是因为过去发表的图像模模糊糊，只认得题诗的是王同愈，看不清画像左下角钤有朱文印"慕康写照"。慕康就是寓居上海的潮阳画家郑慕康，八十年代还在，以画肖像名世。我们印的本子清清楚楚，过去释文打方格，未能释出，这也是印刷图像模糊，苦误学者。

再说回《名家翰墨》出名了。不是我王婆卖瓜自卖自夸，是好多搞书画的朋友，对我们鼓励，也有许多人不认识我们，对我们有一种虚幻的敬重。有朋友把《名家翰墨》比喻为《石渠宝笈》，著录在《名家翰墨》的作品都比较可靠。这是天大的误会，著录在《石渠宝笈》的作品其实不一定对，有一半对已经不错了。人家原意是夸奖我们，对我们是一种鞭策，是要求我们更加小心，以免有负众望。

我初次发现我们的影响力，是刘凯仁兄跟我说起来的。刘凯是我们的顾问老前辈刘九庵的孙子，但念大学学的是化工。他在爷爷的书房看到我们这个月刊，拿来翻翻，觉得很有趣，越看越发觉得他的爷爷是这么伟大。刘老是河北省衡水县穷苦人家出身，到琉璃厂做学徒，由张葱玉推荐入故宫，服务数十年，慢慢成为专家，到七八十年代更变成举国知名的老专家。不同行业的孙子，不知道爷爷是个宝，可能觉得爷爷并没有念几年书，只是在故宫混口饭吃的糟老头。他通过《名家翰墨》，知道爷爷的重要性，立即改弦更张，转跟爷爷学习书画鉴定。后来中国嘉德大拍之后，也搞小拍，最初叫周末拍卖，后来发展成四季拍卖。刘凯进了嘉德小拍，边干边学，很快就上手，公司再把他调去大拍。后来还做到古书画部的总经理，经手许多国宝级的拍品，他的部门也创了好多个亿的营业额，对嘉德贡献很大。要奋斗就会有牺牲，他压力太大，搞出病来，幸亏有我们在座的名医陈医生打救，把病治愈，为了减轻压力，就不要再做什么总经理，担那么大的责任，就做资深专家吧，吃喝玩乐算了。

《名家翰墨》因为有名，也变成人家送礼的礼品。记得中英谈判时期，陈佐洱在香港战斗，张永霖先生就捧我们场，买了一套送陈佐洱。偶然在报纸刊登采访周南的照片上，他背后书架就是一整行的《名家翰墨》，不知哪位送的。去年还有一位浙江来的朋友，到小轩来，认识我了。这位小青年说原来传说中的《名家翰墨》就在这里，传说中的许礼平就在这里，很激动，激动到立即说要买十套送他的朋友。虽然还未落实，但我还是感激他。

说起送书，还必须感谢吴冠中先生。他对我们一直很支持。九十年代

许礼平和吴冠中

在日本展览时，指定要主事者在《名家翰墨》上登广告。后来还送来他的大作，当作数十万元，买了一大批《名家翰墨》，分别寄赠全国三十多个省市的大学和重点图书馆几百家。我们缺的是现金，打通电话，有位忠厚长者立即开了支票来，把画请回家中，帮我们解决问题。好人有好报，如果这位老先生后人今天拿回这件吴先生支持我们的画作，我愿意加一个圈立即购回。

人怕出名猪怕壮，出了名就会惹麻烦。二〇〇〇年左右，内地有人冒名《名家翰墨》印了刘海粟专集两种，还刊登了当时的江泽民同志的文章，我们怎么担当得起。冒印书的人不在乎卖书，主要是卖印出来的假画，当时有好几家拍卖行也上当。上海最早有人通风报信，嘉德郭彤小姐也发现问题，来电咨询，还寄来假《名家翰墨》。我们发表声名澄清，又在当时香港书展上作了一场报告，以正视听。

选材和出版上文都约而言之了。选材和出版是自己要付出的，这就比较易控制。但经销却是要向人家拿钱，事情就不同了。

经营书的发行，十分困难，尤其是在大陆。我们在台湾由联经帮忙发行，后来台湾好多书店倒闭，联经很君子，照样付账给我们，但是不敢再发行我们的书。只有我们自己来了。

而在大陆，通过官方，就是由中国图书进出口总公司做我们的代理，一个货柜发去，收账比登天还难，八年的库存报表，一本不多，一本不少，账就是不付。让我们真真正正领教。

《名家翰墨》的发行，在香港也有一个很奇怪的现象。在三联、商务、中华这几家大店，都很难发现我们的书。只能在天地、大业、石斋、文联庄、葵花堂等书店才看得到，三中商不知道是什么原因不摆放我们的书？

记得联合出版集团的大老板蓝真很捧我们场，当年刚印了一本《齐白石印集》，蓝公到三联门市买了一册送朋友，过几天再到三联门市找，三联说没有了，这种书只进一本，卖完就算，也不添书。后来一本都不摆了。我曾跟集古斋彭老板说起，彭公问你们的书很反动吗？为什么三中商不卖，实在搞不懂。还好，我们不靠他们。不然早就关门大吉，文雅一点烧炭，壮烈一点切腹！

再说到我们搞C系列"中国名家法书全集"的时候，因怕收账艰难，改变形式，与文物出版社合作。我们把书编好，让他们挂个名，加印几千，分担成本，他们在内地发行，印刷费由他们直接付与印刷厂。在深圳开了几次会，决定共同出版，承印的是中华商务联合印刷厂。我的想法是以公治公，由中华向文物收账。结果还是搞得非常糟糕。

香港资深藏家关善明，跟我讨论过，因为他要出版一系列中国文物图书，找了内地好几家大出版社，谈来谈去，最后得个吉。还是独立自己在香港出版算了。他真聪明。

而日本有一家同朋社，通过见闻社，要跟我们合作出版书法全集。幸亏我们拖拖拉拉，正要埋牙，他们倒闭了。不然更惨。

因为中国内地发行系统的种种问题，我们就不再考虑大规模发行的方法，而是少量的贩卖，现金交易。结果很多人买不到我们的书，偶然见拍卖行有，就去抢拍，把价格抬高。

去年诚轩拍卖一套《名家翰墨》，就拍了十多万元，是我们原定价的三四倍。在铜锣湾小轩，四万多元就买到了。

说起价钱问题，多补充几句。与我们合作的单位，虽然社长苏士澍是我的好朋友，但他一介书家，不太懂生意。文物的书，常常大减价，以后出书，就很难卖，读者等你大减价时才买，恶性循环。像过去香港太平书局出版的书，每年大减价往下调百分之十，今年七折，明年六折，后年五折，最后关门大吉，不存在了。

上海博物馆搞国宝展，就是故宫、辽博和他们上博所藏宋元书画展。由王运天兄出版一大本画册，重得要命，定价六千元。参加会议的代表，会议期间凭证限购一本，五折优惠，过后门面六千元，很快供不应求，变八千，听说有炒到两万多元。香港三联书店有熟客户要书，三联发行部总管陈金造先生找我帮忙，我说不是按定价六千打折去弄，而是加一倍一万二，对方接受这个价位我才帮你去搞。结果满足了他的要求。

日本书店出的新书三个月下架退回出版社。神田喜一郎《敦煌学六十年》，新出时一千日元，几个月后在旧书店就是一万元了。我将这些案例，向文物的苏社长做思想工作。因为他们的书常常打折，破坏行情，我们就没法合作了。

另外一个更严重的问题，合作出版，要双方都有一定的信誉基础。而文物出版社八十年代出了一本齐白石的画册，整本画册，清一色赝鼎。我曾问过经手的编辑庄小姐，问了几句，就知道不必再问了，因为讨教之下，她还不觉得有什么问题呢。

贩卖假画的人，为什么要把假画印到书上？因为有许多人，相信著录，

与文物出版社苏士澍合作出版

只买书上刊载的，以为这样保险。弄虚作假者，就投其所好，利用有信誉的出版社，出书来包装赝鼎，以售其奸。

九十年代初，人民美术出版社出的《石鲁画册》也掺了一些很有争议的作品，石鲁的儿子在香港《信报》发表长文斥之。

还有，香港某政协委员，两次找我出大千的书。第一次拿来的作品假得太离谱，坚拒之。第二次说他已痛改前非，找到徐伯郊弄到真的大千了，其实也只是画得稍像一点而已，全是假货。徐老是老前辈，我们不好戳穿、直斥其非，婉拒之。

后来这批大千由文物出版社印了。再后来货主某政协委员拍卖，打广告就标明，这些大千拍品是国家文物局出版社的大千画册上著录的，以取信买家。

前几天，我们许家有位远亲拿着一大本文物出版社出版的大画册来找我，一翻开，惨不忍睹，假的水平太低的傅抱石画作赫然在焉。以后叫我们怎么敢再跟他们文物合作呢？问题太多了。

所以说，出版书画类图册绝不简单。清末民初我们广东这边弄的刊物，发表的古画有许多不敢恭维，因为当时交通不发达，印刷不发达，所见有限，误刊伪作，可以原谅。但到现在二十一世纪，资讯发达，也常出这种问题，这就不可原谅，是相当严重的商业诈骗行为。

因为有这许多前车之鉴，我们就更加小心翼翼，尽量减少犯错误，误导读者。

搞了二十多年的《名家翰墨》，有人问，你有没有悟出一些什么东西呢？我觉得收益很大，有以下几个方面。

我有一开段祺瑞的楷书"世人终日忙，无非名利场"。这个题词说得很有道理。

办《名家翰墨》，得到了名声，出了名不一定是好事，也可能是坏事。所以小弟尽量低调，免招灾星。

至于利呢，办这个杂志本意是自己的一种理念，要达成一定的理想。现在算是达到了，但还有很多不足之处。许多读者，爱看我们的刊物，用来学习书画，对比研究，学习鉴定。我们办的这个刊物，对许多人有用处，有帮助，就算是积阴德吧。

但是从刊物本身的投资经营而言，本来想法，少赔就好，不赔就是赚。大家不要只看到拍卖行拍我们的书动辄几万、十几万。我们可是卖了好些楼房投进去的。如果不是办这个刊物，楼房本身就价值好几千万。所以说，刊物本身，无利可言。

但是楼房全港有千千万万户，《名家翰墨》只有一家，而且被业内认

笔者藏段祺瑞楷书"世
人终日忙，无非名利场"

可，被读者认可，我已经很感恩，夫复何求。

再说，就我个人而言，得益最大。干就是学习，每编一册书，就是一次学习，而且是不得不非常认真地学习。通过选择画作，顾问前辈取舍的建议，为什么选这件，为什么刷那件，领悟个中道理，这就是学习。学习书画鉴定，更是学习学习再学习。

有些人把书画鉴定说得很玄妙，以我个人接触所知，毫不神秘。不外乎看标准器看得多，领悟其中特点，不同时期的不同风格，看得多了，自然懂得判断。就例如小孩从出生就看着爸爸妈妈，整天对着，稍望一眼，即知这就是爸爸妈妈，若有人假扮爸爸妈妈，小孩也不难看破。

书画鉴定除了多看，还要用钱买，买错了心疼死了，更加用心研究。老一辈鉴家张大千、张葱玉、谢稚柳、徐邦达、刘作筹、启功、刘九庵等，本身就有收藏，或多或少都买东西。只写文章挂博士头衔的，那是学者，是研究家，在书画鉴定方面往往不那么准确。

还有，杂志本身无利可图，杂志以外，却商机处处。怎么说呢？因为编这个刊物，认识了一大批藏家，因为编书，知道好多件作品的下落，这就比许多人有更多机会挖宝。别的或新的收藏家，需要搜集书画时，我们翰墨轩作为一个平台，提供帮助，变成联合交易所，虽然获取的利润远远不能跟大拍卖行比，但对于我们这样知足的人，已觉不错，有时利润还相当可观的，让我们可以投入更多资金，刊布像《刘九庵先生书画鉴定论文集》、《邓尔雅印集》等大部头书籍。

因为善用刊物的剩余价值，也能抽出一点资金，购买自己喜欢的革命文献、历史文物，建立自己在某方面的收藏，开拓自己的另一个研究领域。特别是享受探讨历史接近原貌的乐趣，为官方正史所欠缺的民间野史添加一木一石。这过瘾之余，也是对学术界的一种贡献，而且这种贡献，没有花任何政府一分一毫，全是自力更生艰苦奋斗换取得来的，不用开什么董事会、咨询会，老子一个人说了算。可以不看人家脸色，活得自在，活得愉快。

但是昨天就有点失落感，二十一号（三月）凌晨十二时，邦瀚思在纽约拍卖八项西安事变有关文件，张学良联络红军的第一手材料，四件薄纸都是美元几十万（港币四五百万元）一件，这回我可"心疼"不起，只能他日"后悔"不已。

末了，小弟老啦，已是花甲老翁啦。社会在进步，年轻一辈比我们强。希望各种新的刊物，超过我们，让我可以真真正正退出江湖。希望寄托在你们身上。

（本文是二〇一三年三月二十二日应香港城市大学中国文化中心郑培凯教授之邀在"城市文化沙龙"讲演的讲稿）

后　记

　　翰墨轩前，流光催老。摊书弄笔，世味心头。以此，年来迭有篇章，或杂记某地某时，或缕说其人其事。由日积而渐多，丛脞居然成集。

　　皎然诗："昔日经行人去尽，寒云夜夜自飞还"，似合当前事。

　　眼见上世纪的风云人物渐都走远，而能系触我心魂者，却是那时代风云的回响。陈恭尹谓"世间何日不风云"，那"风云"，就是历史。笔次间，所记有名士美人，有学者将军，有名僧烈士，有官宦奇人，有球星才女，有书画名家……也可谓不一而足。凡此，都曾直接间接地"感会"于我。所谓直接，是指笔者曾识面而抠衣奉手；所谓间接，是指其人作品及收藏，有为笔者递藏或寓目者。

　　唐代曹唐有诗："风云暗发谈谐外，感会潜生气概间。"而本书就是因那"风云"而有所"感会"的。

　　谨此，是为记。

二〇一三年六月二十三日

董画日录

图书在版编目（CIP）数据

旧日风云／许礼平著. —北京：生活·读书·
新知三联书店，2015.3 （2015.8 重印）
ISBN 978－7－108－05157－8

Ⅰ．①旧…　Ⅱ．①许…　Ⅲ．①回忆录－中国－当代
Ⅳ．①I251

中国版本图书馆 CIP 数据核字（2014）第 246367 号

责任编辑　曹明明
装帧设计　康　健
责任印制　徐　方
出版发行　生活·讀書·新知 三联书店
　　　　　（北京市东城区美术馆东街 22 号　100010）
网　　址　www.sdxjpc.com
经　　销　新华书店
印　　刷　北京隆昌伟业印刷有限公司
制　　作　北京金舵手世纪图文设计有限公司
版　　次　2015 年 3 月北京第 1 版
　　　　　2015 年 8 月北京第 2 次印刷
开　　本　720 毫米×1000 毫米　1/16　印张 23.5
字　　数　297 千字
印　　数　10,001－13,000 册
定　　价　49.00 元
（印装查询：01064002715；邮购查询：01084010542）